Das Buch

»›O nein!‹ dachte Hortense, *›not again‹* (fügte sie in ihrer Verwirrung und auf englisch innerlich hinzu); denn der Neuankömmling, ein Prinz mit Sicherheit, ein grüngekleideter Prinz, sah Gormanskoi zum Verwechseln ähnlich; er glich ihm so sehr, daß ihr davon schwindlig wurde; war er der Gute? War er der Böse? Ihr Instinkt sagte ihr nichts, ihre Liebe schickte ihr keine eindeutige Botschaft.« Gerade erst einer Entführung entkommen, gerät die schöne Hortense durch die Machenschaften des Prinzen Augre auch im poldevischen Exil wieder in Gefahr. Zum kriminalistischen Verwirrspiel tragen das Auftauchen einer zweiten, natürlich falschen Hortense sowie einer weiteren Version ihres Liebhabers und Bräutigams Gormanskoi bei. Keine leichte Aufgabe für Polizeikommissar Blognard, Inspektor Arapède und den »Autor«. Nur Alexander Wladimirowitsch, Katzen-Prinz und enger Freund Hortenses, scheint über den Dingen zu stehen.

Der Autor

Jacques Roubaud, geboren 1932, ist Mathematiker und Schriftsteller und lebt in Paris. Er ist Mitglied der von François Le Lionnais und Raymond Queneau gegründeten Gruppe »Oulipo«, der auch Italo Calvino und Georges Perec angehörten. Roubaud wurde vor allem als Lyriker bekannt. Bisher erschienen in deutscher Sprache u.a.: ›Traktat vom Licht‹, ›Die schöne Hortense‹ (1989), ›Die Entführung der schönen Hortense‹ (1991).

Jacques Roubaud:

Das Exil der schönen Hortense

Roman

Deutsch von Eugen Helmlé

Deutscher
Taschenbuch
Verlag

Von Jacques Roubaud
sind im Deutschen Taschenbuch Verlag erschienen:
Die schöne Hortense (11665)
Die Entführung der schönen Hortense (11725)

Deutsche Erstausgabe
Februar 1994
Deutscher Taschenbuch Verlag GmbH & Co. KG,
München

Titel der französischen Originalausgabe:
›L'exil d'Hortense‹

Umschlagtypographie: Celestino Piatti
Umschlagbild: Dietrich Ebert
Gesamtherstellung: C.H. Beck'sche Buchdruckerei,
Nördlingen
Printed in Germany · ISBN 3-423-11794-X

Wichtigste Personen des Dramas

In unserer Welt:

HORTENSE, Heldin und Hauptperson.
LAURIE, rothaarig, Hortenses Freundin, Carlottas Mutter.
CARLOTTA, rothaarig, Lauries Tochter.
OPHELIA, Carlottas Katze.
INSPEKTOR BLOGNARD, unser größter Detektiv.
INSPEKTOR ARAPÈDE, Adlatus Blognards.
JIM WEDDERBURN, Kompagnon Lauries.
DER AUTOR.

In ihrer Welt:

PRINZ GORMANSKOI, alias Airt'n, Mutmaßlicher Erster Prinz von Poldevien, Liebhaber und Bräutigam Hortenses.
PRINZ AUGRE, Feind Gormanskois.
PRINZ ACRAB'M, Freund Gormanskois.
ALEXANDER WLADIMIROWITSCH, Katzen-Prinz.
CYRANDZOI, Pony-Prinz, Freund Carlottas.
PATER RISOLNUS, Abt von Léthème, Rhythmus-Theoretiker.
ALICIUS, Regierender Prinz und Usurpator, zweiter Mann Gertrudes.
GERTRUDE, Mutter Gormanskois.
MESSRS T. AND T., Geheimagenten im Solde Alicius'.
FHORTENSE, Falsche Hortense, Komplizin Augres.

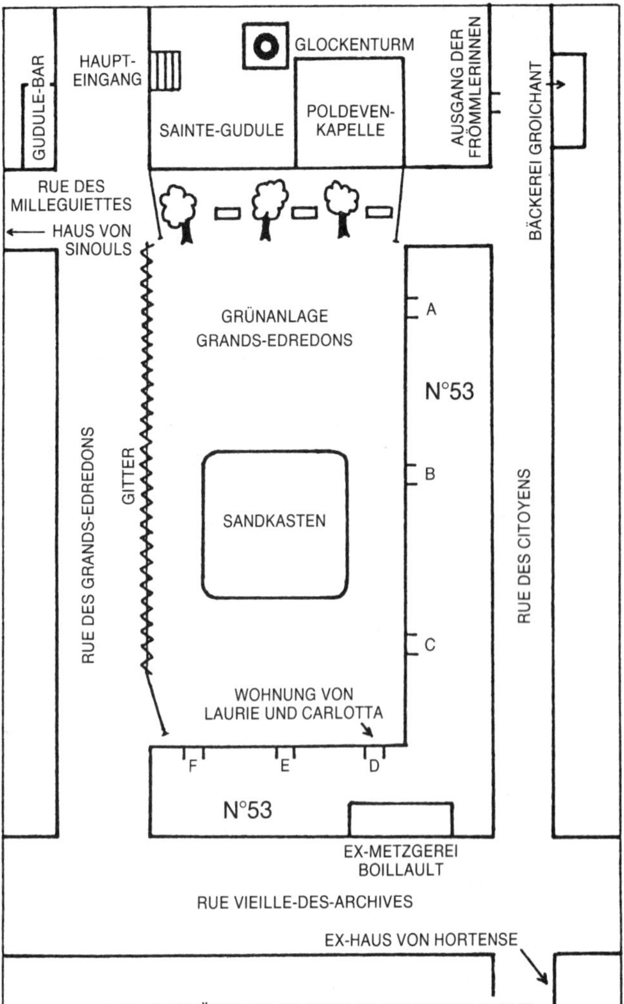

PLAN DER ÖRTLICHKEITEN IN UNSERER WELT

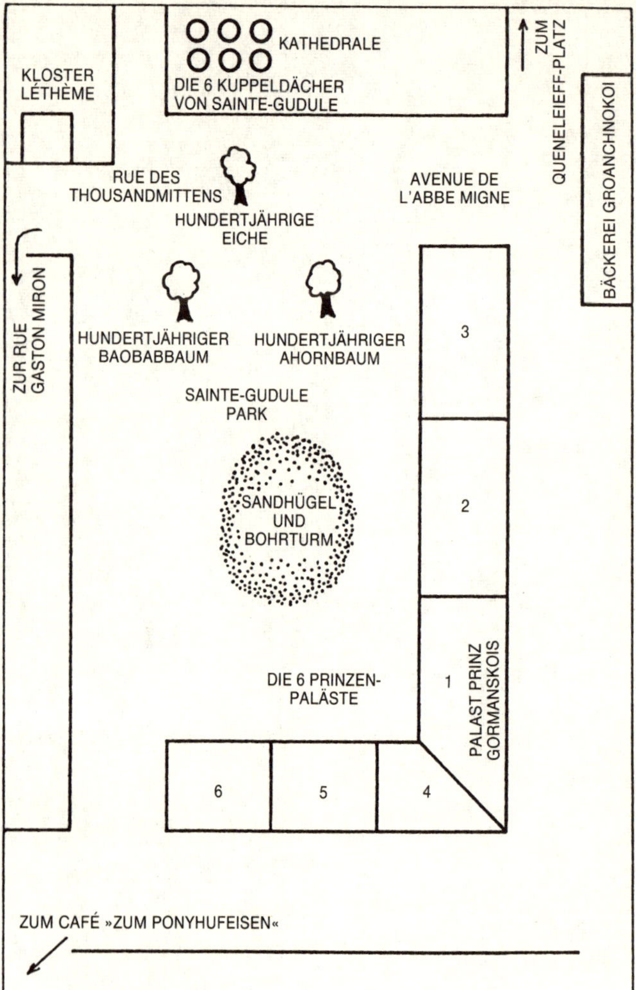

PLAN DER ÖRTLICHKEITEN IN IHRER WELT

Erster Teil

Ungekünstelte Einführung in den lebhaften Bericht über die Abenteuer

Erstes Kapitel
Das Bad mit Hortense

Alexander Wladimirowitsch machte einen Satz. Seine rechte Vorderpfote versetzte dem äußeren Ende des Türgriffs einen geschickten Schlag. Das Hebelgesetz, einst von Archimedes entdeckt, als er in Syrakus sein Bad nahm, kam zur Anwendung. Die Tür begann sich zu öffnen. Auf den Boden zurückfallend, verstärkte die linke Vorderpfote Alexander Wladimirowitschs die Bewegung der Tür, die nun ganz aufging. Er schritt über die Schwelle und prüfte mit geübtem Auge, ob Spione, Mörder oder Mäuse da waren; dann trat er beiseite, um Hortense hineingehen zu lassen.

Hortense betrat das Badezimmer des Palastes. Sie ging zu der großen, halbrunden Wanne und drehte die sechs Wasserhähne auf: ganz heißes Wasser, warmes Wasser, kalt-lauwarmes Wasser, eisiges Wasser; aus dem letzten Wasserhahn floß alternierend in einem Intervall von 2,7 Hundertstelsekunden kochend heißes und eisiges Wasser; sämtliche einzelnen dünnen Wasserstrahlen fanden sich in einem vergoldeten Bronzemischer zu einem mächtigen, schäumenden, einheitlichen Wassergemisch zusammen. Hortense drehte solange daran herum, bis die sich daraus ergebende Temperatur vollkommen war. Die Wanne fing an sich zu füllen.

Das kubische Badezimmer hatte auf dem Boden eine Fläche von dreihundertsiebzehn Quadratmetern. Es war aus Marmor: schwarz auf drei Seiten, weiß auf den drei andern; Spiegel; Wanne (einundvierzig Quadratmeter): niedrig, aus Basalt und Lava; weiße, schwarze und rote Handtücher mit dem Bildnis des Prinzen, wohlriechende Seifen; Schaumbadfläschchen mit balsamischen Essenzen; Haarspangen und Kämme usw. Hortense legte die schnurlose Perlmuttschnecke, die sie in der Hand hielt, auf den Boden, schleuderte ihre Pantoffeln fort, löste ihren Gürtel. Der Bademantel glitt von ihren Schultern, einen Augenblick lang aufgehalten von ihren Brüsten, die sich nur zögernd zeigten, und von ihren Hüften. Sie war nackt. Sie stieg auf die überempfindliche, genaue, präzise und zuverlässige elektronische Waage, wobei sie sich ganz gerade hielt, um ihr Gewicht nicht zu verfälschen, das in rot-fluoreszierenden Ziffern auf der weißen Wand ihr gegenüber abzulesen war: hundertvierundzwanzig Pounds und neun Unzen, das heißt vier Unzen mehr als am Vortag (»Schokolade, Schokolade«, dachte sie).

Als sie von der Waage herunterstieg, streckte sie einen Fuß über den Rand der Badewanne: Ihr linker Fuß befühlte das Wasser. Die Botschaft des Wassers, die in ihren Fuß eindrang, stieg an ihrem Bein hoch und erreichte nach einer Strecke von einhunderteinundsiebzig Zentimetern die Spitze Hortenses zwischen dem leichten und dichten hellbraunen, sehr weichen Haar; es war eine Vollkommenheitsbotschaft. Hortense schauderte vor Behagen und setzte den Fuß auf den Boden der Wanne. Das Wasser ging ihr ungefähr bis zur Wade.

Nachdem sie in einem löblichen Bestreben nach Symmetrie auch ihren zweiten Fuß in die Wanne gestellt hatte, blieb sie einen Augenblick lang stehen, um sich an die Wärme des Wassers zu gewöhnen, wobei sie im Geiste die verschiedenen Zonen ihres Körpers auf den baldigen Kontakt mit ihm vorbereitete, auf seinen Druck, der aller Wahrscheinlichkeit nach dem Gewicht der verdrängten Flüssigkeit (vier Unzen mehr als am Tag zuvor! »Schokolade, Schokolade«, dachte sie) gleich sein würde. Dies ist eine der so prägnanten Wahrheiten der Physik, über die man nicht genügend nachdenkt, wenn man ein Bad nimmt.

Alexander Wladimirowitsch setzte sich elegant auf den Rand der Wanne, auf den Katzenplatz. Auf den Rändern aller Wannen schöner junger Frauen gibt es einen Katzenplatz. Er befindet sich an der einzigen Stelle, an der die Bewegungen der schönen jungen Frauen in ihrem Bad keine Spritzer verursachen. Zwischen dem Basaltgrau der Wanne und dem schwarzen Marmor der drei Wände war das dunkle, grau-schwarze Fell Alexander Wladimirowitschs, in dem sich eine Andeutung von Blau festgesetzt hatte (eines Blaus allerdings, das so blau war, daß es beinahe schon nicht mehr blau, daß es fast rot war; eines Blaus jenseits von Blau und Rot gewissermaßen), wie immer in diskreter Harmonie zu seiner Umgebung. Seine Schnurrhaare waren übrigens weiß. In seinen Augen war ein wenig Gold.

Seine Augen waren starr auf Hortense gerichtet. Nachdem sich Hortense lange zwischen den Zehen eingeseift hatte, war sie nun an den Knien angelangt und betrachtete sie, wie jeden Morgen, mit vorwurfsvoller Ratlosigkeit: Trotz der wiederholten und überzeugenden Reden des Prinzen, ihres Bräutigams, hielt sie sie geradezu für das Kennzeichen ihres Scheiterns, zur wahren Schönheit zu gelangen; sie fand sie zu rund, gewissermaßen albern. Sie strafte sie mit Nichtachtung und ging zum Milchkaramel ihrer Schenkel über. Eigentlich war die Farbe ihrer Schenkel nicht grundlegend verschieden von der anderer Teile ihres Körpers; es ist jedoch einleuchtend, daß die Assoziation Karamel-Schenkel von größerer deskriptiver Eigenschaft ist, als wenn man Karamel zum Beispiel mit Wade in Verbindung bringen würde. Deshalb hat es sich so gefügt, daß der Schenkel den Vorrang bekam.

Die Augen Alexander Wladimirowitschs waren starr auf Hortense gerichtet und folgten dem sinnlichen Fortschreiten des Einseifens. »Ich frage mich«, sagte sich Hortense, »was er wohl denken mag, wenn er mich jeden Morgen so anschaut.«

»Was ich denke«, dachte Alexander Wladimirowitsch, der, wie alle Katzen (ausgezeichnete Kognitivisten alle), aber auf Grund seiner persönlichen Qualitäten und der Noblesse seines Ranges (er war Prinz) noch klarer und deutlicher, keinerlei Schwierigkeiten hatte, die Gehirnwellen der Menschen zu entschlüsseln: Sie sind so langsam, so summarisch und obendrein noch derart überfrachtet mit Sprache!

»Was ich denke«, dachte Alexander Wladimirowitsch also, »ich denke, daß es da gewaltig an Pelz fehlt; sicherlich ist nach den menschlichen Kriterien, wenn ich das Urteil des Prinzen in Betracht ziehe, der ein Kenner ist, das wenige an Pelz, das Hortense hat, korrekt, hat sogar Charme, ich gebe es zu, und ist an der strategisch richtigen Stelle angebracht; aber erstens ist die ungeschickte Diskontinuität zwischen Pelz und Nicht-Pelz, die allen Menschen, gleich welchen Geschlechts, gemeinsam ist, ein bedauerlicher Mangel an Harmonie, und zweitens, wenn die Intention des Pelzes eine erotische ist, und das ist ohne Zweifel bei Hortense der Fall, wie kommt es dann, daß ein großer Teil dieses Pelzes in Wirklichkeit keinen Gebrauchswert hat? Ist das nicht ein trügerischer Köder und ein enttäuschendes Blendwerk? Wie sehr hingegen beim Katzenmädchen ...«

So dachte Alexander Wladimirowitsch, und noch vieles andere, mit der Geschwindigkeit des Katzendenkens, dem man nicht folgen kann, da es die Geschwindigkeit aller materiellen, korpuskularen oder ondulatorischen Partikel übertrifft und somit die (zu Unrecht) gesichertsten Grundsätze der Relativität Ainstains und der Quotentheorie von Max (dem Blanken) vereitelt.

Eine leichte Gehemmtheit in den Beziehungen zwischen Hortense und dem Kater des Prinzen war immer wahrnehmbar. Er war zwar immer sehr rücksichtsvoll, schnurrte höflich, wenn sie ihn streichelte, erfüllte pünktlich, sparsam und meisterhaft die Pflichten seines Amtes, aber trotz allem blieb die Spur eines Mißverständnisses zwischen ihnen, ebenso alt wie ihre erste Begegnung. Alexander Wladimirowitsch hatte Hortense, es war im Sommer, zum erstenmal in einer anderen Stadt gesehen (die STADT, Ihre Stadt und meine, Ihre Stadt und die ihrer Bewohner, kurzum, unsere Stadt): Sie ging auf der Straße, in der Morgensonne, und unter ihrem Kleid trug sie nicht das mindeste!

(Dieser Satz, ich gebe es zu, ist ein wenig zweideutig: Man kann nicht sagen, daß unter Hortenses Kleid nichts war; es gab immerhin sie, und wenn man annehmen darf, daß sie sich selber trug (sie trug und betrug sich übrigens gut), trug sie demnach etwas darunter: Vielleicht sollte man sagen: und unter ihrem Kleid trug sie nicht das mindeste Stück Stoff. Wahrscheinlich rührt daher der ursprüngliche Sinn eines Ausdrucks wie »drunter und drüber«, der dann später eine abgeleitete Bedeutung bekam, im Zusammenhang mit den Folgen der Unordnung, die eine solche Praxis bei den jungen Frauen unweigerlich hervorruft.)

Gewiß, es war eine vollkommen unfreiwillige Unterlassung mit am Ende nützlichen Folgen, da daraus die Liebe des Prinzen, den Al.Wl. als einzigen unter den Menschen als seinesgleichen ansah, erwachsen war; aber er hatte sich dennoch eine winzige Spur moralischen und, vielleicht schlimmer noch, ästhetischen Tadels bewahrt.

»Außerdem«, dachte Hortense, »weiß ich genau, daß er mich vor den Spionen der Mörder im Solde des Feindes beschützt; und vor den Mäusen. Aber ist er nicht auch da, um mich zu überwachen?«

In diesem Augenblick war ein Läuten zu hören. Den Bruchteil einer Sekunde zuvor war Alexander Wladimirowitsch von der Badewanne heruntergesprungen, und mit der Pfote die Perlmuttschnecke packend, hielt er sie Hortense hin. Es war das Telefon und der Prinz.

Als sie die Stimme des Prinzen am anderen Ende der Nicht-Schnur (es war ein schnurloses Telefon) hörte, richteten sich die Brüste Hortenses plötzlich auf, als seien sie unversehens von einer Frühlingsbrise zwischen zwei Hemden entschleiert worden; sie führten plötzlich ein Eigenleben, und angeregt von einer Hoffnung, machten sie, die bis dahin friedlich und zufrieden auf dem Brustkasten zu ruhen schienen, eine Bewegung nach oben, und gleichzeitig und gemeinsam wurden ihre homöomorphen Spitzen hart, während sich ihr Volumen deutlich vergrößerte. Da dieses Phänomen bereits eintrat, bevor Hortense überhaupt den Hörer ans Ohr gebracht hatte, hätte man in der Tat glauben können, daß sie (die Brüste) plötzlich mit Gehörsinn ausgestattet seien. Und die Ursache dafür war nicht allein die Stimme des Prinzen, sondern auch das Wissen (das Hortense mit ihren Brüsten teilte), daß der Telefonapparat des Prinzen einen Bildschirm hatte, auf dem sie in ihrer feuchten und totalen Nacktheit vollständig sichtbar war.

»Die Liebe«, dachte Alexander Wladimirowitsch, Zeuge dieser topologischen Veränderungen, »die Liebe ruft bei den weiblichen Menschen seltsame Wirkungen hervor. Wieviel subtiler ist sie doch beim Katzenmädchen«, dachte er noch, »wo allein die Schnurrhaare die Erstimplizierten sind.«

Allerdings ließ sich im Verlauf des Gesprächs eine gewisse Ernüchterung bei den Brüsten Hortenses feststellen, die bald schon, sichtlich enttäuscht, wieder zu ihrer a-erotischen, möchten wir sagen, Ausgangsstellung zurückfanden. Vielleicht (aber wir möchten das nicht beschwören) hatten sie das nahe Ende des ersten Kapitels gespürt.

Zweites Kapitel
Warum? Wo? Wann? Wie? Womit? Mit wem?

An diesem unendlich komfortablen Ort verbrachte Hortense die für eine gründliche Reinigung unerläßliche Zeit. Wie man sich aus eigener Erfahrung leicht vorstellen kann, verging notwendigerweise eine beachtliche Zeit. Denn zum einen ist eine Wanne von einundvierzig Quadratmetern Grundfläche ein ziemlich umfangreiches Feld, auf dem man, in Abwesenheit Alexander Wladimirowitschs, während das Wasser einläuft, was ganz einfach ziemlich lange dauern muß, gewiß Mäuseradrennen veranstalten könnte; und zum andern hätte das Badezimmer selber, da es ungefähr achtzehn Meter Seitenlänge hat, Hortense vorher oder nachher dazu verleiten können, Rollschuh zu laufen; gut. Doch wo sind wir?

»Jedes«, erklärt Pater Risolnus im vierzehnten Präludium mit dem Titel ›Rhetheorik oder Rhetheo-Rhythmik‹ seines großen Werkes *Prolegomena rythymimorum*, »jedes Thema soll man in der Reihenfolge und gemäß den sechs Arten und Weisen der Gleichartigkeit, des Vergleichs, der Opposition, der Deposition, der Supposition und der Kenntnis der Umstände mit sechs wesentlichen Fragen angehen: *Warum? Wo? Wann? Wie? Womit? Mit wem?*« Also:

Warum? Weil dies ein Roman ist und weil die Erfordernisse des Romans es erfordern.

Wo? In Poldevien, im Prinzenpalast des Prinzen Gormanskoi, Bräutigam Hortenses, der Heldin des Romans.

Wann? Einige Zeit vor dem Weihnachtstag im Jahr des Heils ...

Wie? Was wie? Ich muß zugeben, daß ich diese Frage nicht verstehe.

Womit? Was womit? Vielleicht handelt es sich darum,

in Erfahrung zu bringen, womit Hortense ihre karamelfarbenen Schenkel einseift; in diesem Falle lautet die Antwort: mit einem roten Waschlappen mit dem Wappen des Prinzen, ihres Bräutigams.

Mit wem? Wahrscheinlich muß man darauf antworten: in Gesellschaft Alexander Wladimirowitschs, poldevischer Katzen-Prinz, Gesellschafter und Ratgeber des Prinzen Gormanskoi, Bräutigam Hortenses, Heldin des Romans.

Damit sind die sechs Fragen beantwortet, doch wir sehen nicht so recht, inwiefern sie unseren Kenntnissen in bezug auf das Thema etwas Wesentliches hinzufügen. Die Rhetorik enttäuscht uns. Wir werden uns in Zukunft also für die nackte Wahrheit entscheiden und wie Hortense ohne Schleier und ohne Schmuck dem Bade entsteigen.

Nachdem Hortense dem Bad entstiegen war, begab sie sich in Begleitung ihres Bademantels, den sie nachlässig aufs Sofa warf, und Alexander Wladimirowitschs in den Hauptraum, wo sie sich des Reiseführers über Poldevien von Inferno Liber bemächtigte, in dem sie sogleich, und wir mit ihr, zu blättern begann, um dort die Auskunft zu suchen, die sie brauchte.

»Poldevien« las sie, »nach Meinung einiger in mittelalterlicher Zeit von Sir John de Mandeville, nach Meinung anderer von Marco Polo entdeckt, oder, nach den neuesten Theorien, von dem schrecklichen Doktor Schutz, liegt in einer autochthonen und gebirgigen Gegend unserer Erdkugel; wahrscheinlich seit der Jungsteinzeit von Banditen und Schnurrbärten (oft in denselben Körpern gegenwärtig) bewohnt, wird es nach dem Prinzip einer Fürstentümelei verwaltet, die die Spezialisten für Verfassungsrecht *Poldevische Hexarchie* nennen; was nichts anderes heißt, als daß es sechs Prinzen unterworfen ist, von denen der hierarchisch an erster Stelle stehende Erster Prinz heißt, der zweite Zweiter Prinz und so fort; zur Zeit unserer Drucklegung ist der Mutmaßliche Erste

Prinz, vor kurzem wieder in unser Land zurückgekehrt, Prinz Gormanskoi. Prinz G ...«

»Blättern wir weiter«, sagte Hortense zu Alexander Wladimirowitsch.

Es war keineswegs das, was sie suchte, sie suchte nämlich einfach nur einen Plan der Hauptstadt, Queneau'stown, um sich zu gegebener Zeit dorthin zu begeben, wohin der Prinz sie im ersten Kapitel telefonisch hinbestellt hatte, und zwar nach Tätigung der Einkäufe, die er ihr aufgetragen hatte. Da wir den Ereignissen vom zentralen Blickwinkel aus folgen, der im Augenblick der Hortenses ist, und also nicht ohne Mühe über ihre Schulter hinweg mitlesen, ist es uns unmöglich, diese immerhin faszinierende Beschreibung Poldeviens fortzusetzen. Wir können uns also nicht so über die Geschichte und die Geographie, über die sechs von den Poldeven in Ehren gehaltenen Kulte, über die so schöne und schwierige, noch schwieriger als das Walisische oder Kymrische, poldevische Sprache mit ihren dreiundfünfzig Konsonanten und ihren elf Vokalen, ihren sechs Klangvarianten und ihren vierzehn Fällen, über die Komplexität seiner politischen, ökonomischen und gesellschaftlichen Organisation (wir werden das in einem späteren Werk nachholen; sowie hier selbst, sooft uns Gelegenheit hierzu gegeben wird) so ausführlich auslassen, wie wir das gern getan hätten; sogar die Meteorologie ist uns untersagt; es sei denn ...

Nachdem sie sich mehr schlecht als recht auf dem (teilweise auf Seite 7 wiedergegebenen) Plan zurechtgefunden hatte, sah Hortense zum Fenster: es regnete. In der Regel regnete es im allgemeinen über den poldevischen Fürstentümern; jeden Morgen brachte das Radio den Universalen Wetterbericht, der gelegentlich winzigen, jahreszeitlich bedingten Schwankungen unterworfen war: »Lange Regenperioden werden von kurzen, aber heftigen Schauern unterbrochen.« Und tatsächlich prasselte ein besonders heftiger Regenschauer horizontal gegen die Scheiben; Hortense erschauderte.

Diese Herrschaft des Regens läßt sich leicht erklären: Wenn es nicht regnet, ist es schön; wenn es schön ist, ist der Himmel wolkenlos; wenn der Himmel wolkenlos ist, ist er blau; wenn er blau ist, liegt es daran, daß er Ozon enthält; das Ozon jedoch ist heimtückisch, denn es denkt nur daran, sich davonzumachen; also ist das Blau im poldevischen Symbolismus der Farben die Farbe der Heimtücke; also ist der Himmel, *in normalen Zeiten* natürlich, mit Wolken bedeckt, und ebenso natürlich und gewöhnlich regnen die Wolken, da sie sonst so gut wie nichts können, von Zeit zu Zeit, das heißt fast die ganze Zeit über. Zudem ist der Regen für das Wohlbefinden der Schnecke notwendig, die, wie jederman weiß, das heilige Tier der Poldeven ist.

Es regnete.

Drittes Kapitel
Hortense macht ihre Weihnachtseinkäufe und folgt dabei einem von Hinweisen übersäten Weg

Hortense legte den jetzt nutzlos gewordenen Reiseführer von Inferno Liber auf das Tischchen zwischen die Tabakdose und die kleine Kristallkaraffe, ging in den Flur und machte ihren eingebauten Kleiderschrank auf. Sie wählte ein sehr strenges rotes Höschen, das sehr knapp ihre dichte Behaarung bedeckte und über den Pobacken sehr tief ausgeschnitten war, ein Paar schwarze Strümpfe mit Strumpfbandhaltern, die das Wappen des Prinzen trugen (man kann ja nie wissen), einen Rock von ziemlich zartem Rot, der auf der Seite geknöpft war, einen grauen Pullover aus poldevischem Kaschmir; sie zog keinen Büstenhalter an.

Als sie einen Augenblick lang bei der Wahl eines Paars Schuhe zögerte, umwehte sie plötzlich im Dämmerdunkel des eingebauten Kleiderschranks ein Hauch von Vergangenheit: In einer Rückblende durchlebte sie blitzartig die tragischen und entsetzlichen Ereignisse wieder, die sie, nur einige Monate zuvor, hierher, nach Poldevien, geführt hatten: ihre Entführung durch den Todfeind des Prinzen, seinen teuflischen Doppelgänger und unbeugsamen Rivalen; ihre Erlösung in allerletzter Minute von einem Schicksal, das schlimmer war als der Tod; die in der Nacht haltende Berline, die atemlose Flucht in Richtung Grenze in dem von Carlottas Pony, Cyrandzoi, gezogenen Wagen; ihre Augen wurden feucht, füllten sich mit Tränen, wie eine Fensterscheibe mit Feuchtigkeit beschlägt, so daß man nicht mehr nach draußen sehen kann, so wie ein Spiegel sich mit einem Hauch verschleiert, so daß man kein Gesicht mehr sehen kann: wie fern war das alles!

Und was war sie jetzt? Eine Fremde, die am Hofe

schief angesehen wurde und nur einen einfachen, von der Präfektur der Hexarchie als Braut des Mutmaßlichen Ersten Prinzen provisorisch ausgestellten Paß besaß, fern von allem und von allen; von ihren Eltern, einem in den geschlossensten Kreisen der Haute Charcuterie geschätzten Paar, ihren Freunden und Freundinnen, Laurie, Carlotta … ihre Tränen flossen noch stärker … und wenn der Prinz …

Das Fell Alexander Wladimirowitschs schmiegte sich sanft an ihr Bein, ein beruhigendes Schnurren war zu vernehmen. Sie lächelte, trocknete sich die Augen (mit einem Taschentuch aus feinem roten Batist, wie das Athos' in den ›Drei Musketieren‹, mit dem Wappen des Prinzen), und kehrte in ihr Zimmer zurück, um sich anzuziehen.

Vor ihrem Rendezvous mit dem Prinzen mußte sie zuerst im Palastviertel Einkäufe für den Heiligen Abend machen. Cyrandzoi wartete mit den Einkaufskörben vor der Tür. Die sechs Prinzenpaläste lagen auf beiden Seiten des Sainte-Gudule-Parks, in dessen Mitte, auf dem Gipfel eines Sandhügels, seit der kürzlich erfolgten Entdeckung des Erdöls, das Poldevien einen ungeheuren Reichtum an Petrodollars eingebracht hatte (und den Kurs der poldevischen Krone in unverhoffte Höhe trieb), ein roter Bohrturm stand. Als Hortense das Haus verließ, schritt sie durch das Gartentor und durchquerte den großen, mit hundertjährigen Eichen, Baobab- und Ahornbäumen bepflanzten Park, von deren Wipfeln noch das Wasser des Regenschauers herabtröpfelte, der gerade unterbrochen wurde, da die Wolken sich zu Ehren Hortenses und trotz ihres dringenden Bedürfnisses des Pinkelns enthielten.

Zu ihrer Rechten stand, flankiert von der Kapelle der Prinzen, einer Perle der barocken Kunst, die majestätische Silhouette der Sainte-Gudule-Kathedrale mit ihren sechs Kuppeldächern mit einem Knauf in Granatapfelform und jeweils zinnoberrot, purpurrot, orangefarben, blau, gelb und grün gestrichen (die sechs Grundfarben des Spektrums nach der poldevischen Wissenschaft), zu Ehren der sechs Kulte, die hier untergebracht sind. Im Garten der Kapelle vollführten die Schnecken zwischen dem Kopfsalat Luftsprünge.

Sie ließ die Avenue de l'Abbé Migne, dem berühmten Kompilator der *Patrologie* (einer Sammlung der Werke der katholischen Kirchenväter), von der ein Luxusexemplar mit Goldeinband in einer Vitrine auf der an die Kathedrale angrenzenden Mauer lag, hinter sich, verließ den Park und bog, begleitet von Alexander Wladimirowitsch und Cyrandzoi, dem Pony, in das Labyrinth der mittelalterlichen Straßen ein, das Sainte-Gudule vom Edbaun trennt, dem Fluß, der Queneau'stown wie ein smaragdenes Schwert in der Mitte teilt.

Sie ging zuerst in die Rue des Thousandmittens, in der Pater Risolnus, Abt von Léthème, wohnte; am Ende der Straße bog sie nach links, dann nach rechts, ließ dann nochmals eine Straße links liegen, dann eine Sackgasse und bog dann, nachdem sie die Avenue des Raviolis überquert hatte, in die Rue Gaston-Miron zu ihrer Linken; sie begab sich, wir vermuten es bereits, zu den prinzlichen Lachs-Kontoren. Frisch geräucherter oder marinierter Lachs ist nämlich das poldevische Nationalgericht, und kein Weihnachtsfest wird ohne den Verzehr einer vernünftigen Menge von Salmoniden gefeiert; Hortense wählte zu Ehren von Cyrandzoi geschnittenen Shetland-Lachs und bezahlte mit einer goldenen poldevischen Guinée; der Lachsverkäufer nahm das Geldstück, wog es, um sich seines Gewichts zu versichern, betrachtete es dann aufmerksam, um sich seine Echtheit zu bestätigen: es war ein hexagonales Geldstück mit dem Porträt von Marilyn Monroe, unter dem das Datum ... und der Wert stand: 1 poldevische Guinée; was der Verkäufer jedoch suchte, war nicht das; jede Ecke des Geldstücks war numeriert; die erste, die Nummer 1, war leicht verkratzt, und zwar so, daß man anstelle der »1« »i« liest. Zufrieden mit seiner Prüfung, legte er das Geldstück in seine Kasse, lächelte

Hortense an, die als Wechselgeld vier poldevische Farthings bekam, die sie sorgfältig in ihrer Geldbörse aus rotem Samt verstaute, die am Hals des Ponys hing. Dann ging sie. *(Achtung: Jede Einzelheit dieses Kapitels muß mit der größten Schärfe beobachtet werden, denn jede Einzelheit hat ihre Bedeutung und wird nicht noch einmal in Erinnerung gerufen.* Es wird nutzlos sein, sagen wir etwa dreißig Kapitel weiter, wenn es, zum Beispiel, unerläßlich geworden sein wird, sich an die von Hortense für ihren Kauf von geräuchertem shetländischem Weihnachtslachs (und wohlgemerkt, wir sagen shetländischer, nicht norwegischer, batavischer oder cantalousischer Lachs, und wir sagen jetzt auch »batavischer« oder »cantalousischer«, nicht finnischer oder tasmanischer), und an die genaue Bezeichnung der ausgetauschten Geldstücke zu erinnern, es wird zu spät sein, sage ich, oder besser sagen wir, sich darüber zu beklagen, daß man das Warum eines Romanereignisses nicht versteht, das genau durch dieses Erzählmoment zuvor genau und zur Gänze festgelegt worden ist, auf das ich, als Beispiel, wohlgemerkt, ich sage, einzig und allein als Beispiel, im Augenblick Ihre Aufmerksamkeit lenke (und das ist kein Zufall, nichts geschieht zufällig, nicht einmal der Zufall).)

(Ich bin darauf aufmerksam gemacht worden, daß es in diesem Roman von Tieren wimmelt; wir sind noch nicht am Ende des dritten Kapitels angekommen, und schon gibt es eine ansehnliche Menge tatsächlicher, theoretisch vorhandener und potentieller Tiere: eine Katze, Mäuse, ein Pony, Schnecken, Lachse, eine Manguste, ein Koala (es handelt sich um einen Koala aus Kalifornien, der Carlottas Besuch erwidern sollte, den sie ihm in San Diego abgestattet hatte; er hatte in seinem Eukalyptusbaum gesessen und gerade Eukalyptusblätter gekaut. »Guten Tag«, hatte Carlotta zu ihm gesagt, »ich komme von der anderen Seite des Ozeans.« Der Koala hatte sie mit seinen schönen Koala-Augen angesehen, hatte ihr antworten wollen, doch das Kinn war ihm auf die Brust gefallen, er war eingeschlafen; als er wieder wach geworden war, hatte er beschlossen, sich auf die andere Seite des Ozeans zu begeben, um Carlottas Gruß zu erwidern, doch leider ist er für den Roman nicht rechtzeitig genug angekommen – see ›The Koala Murder Case‹ von G.P.) ein Igel, ein Eichhörnchen usw.; darauf werde ich antworten. Allerdings weiß ich in Wirklichkeit nicht, was ich darauf antworten könnte; und folglich werde ich nicht darauf antworten.)

(Es gibt eine unwahrscheinliche Anzahl von Tieren, sagen Sie, und es gibt nicht einmal einen Hund! Hier ist die Antwort einfach: Seit der Ausweisung der Flöhe im 14. Jahrhundert wegen Spionage zugunsten einer ausländischen Macht [wahrscheinlich Japans] gibt es in Poldevien keine Hunde: keine Flöhe mehr, mithin auch keine Hunde mehr.)

Auf dem Heimweg zum Palast machte Hortense im Cafe »Zum Ponyhufeisen« halt, um sich einen kleinen Milchkaffee zu genehmigen. Cyrandzoi bestellte einen Eimer Wasser und frischen Hafer; Alexander Wladimirowitsch setzte sich aufs Büffet. Hortense legte ihre Pakete auf den Stuhl; es hatte wieder zu regnen angefangen. Am Nebentisch hatte Pater Risolnus gerade festgestellt, daß sein Bierkrug leer war.

»Heda, du Teufelsschankwirt!« rief er, »ein anderes.«

Viertes Kapitel
Im Café »Zum Ponyhufeisen«

»Warum ›ein anderes‹, und nicht ›dasselbe‹?« fragte Pater Risolnus' Begleiter. Für einen Augenblick war Pater Risolnus aus der Fassung gebracht; er hatte gerade eine frische, kleine Poldevin erblickt, die zitternd in einem von Regenschauern durchnäßten Kleid das Café betrat, und sogleich, um sie zum Erröten zu bringen, einen Satz in den Raum gerufen, den er besonders gern mochte und den er als seiner Funktion völlig angemessen betrachtete, da er »Abbé in etcetera partibus« des Ordens der Léthémiten war.

(Weisen wir für unsere Kritiker, die immer auf eine Schwachstelle unseres Panzers lauern, darauf hin, daß »in den Raum« kein Satzglied ist, das eine neue Person dieser Geschichte einführt, die sowieso schon genug Personen hat (ohne von denen zu reden, die bald und weiter unten noch auftauchen werden, ich möchte Sie lieber gleich darauf hinweisen, um Mißverständnissen aus dem Wege zu gehen, daß es viele davon gibt und zugleich mehr und weniger, als es den Anschein hat), daß »in den Raum« also ganz einfach ein feststehender Ausdruck ist, bestehend aus »in den« und »Raum«, was dem Wörterbuch zufolge ursprünglich ein Terminus aus der Theatersprache ist; und dieser Ausdruck bedeutet, immer noch dem Wörterbuch zufolge, »zu jemandem sprechen, der nicht auf der Bühne ist«; sein Gebrauch an dieser Stelle ist dazu bestimmt, *aufs Subtilste* zu zeigen, daß Pater Risolnus so tut, als wende er sich an jemanden, der nicht auf der Bühne ist (der nicht durch die Erzählung bezeichnet ist), in Wirklichkeit aber von der kleinen Poldevin gehört zu werden wünscht, um sie zum Erröten zu bringen; (»Schwachstelle unseres Panzers« ist auch ein feststehender Ausdruck, dessen mir, wie schon die vorhergehenden, von Carlotta telefonisch mitgeteilte Definition nach dem Littré ich hier wiedergebe: »der Zwischenraum zwischen zwei Teilen eines Panzers«; was »auf der Lauer« angeht, so rate ich Ihnen, seine Bedeutung selber zu suchen; wir haben bereits genug Zeit verschwendet (ich wage Carlotta nicht mehr zu belästigen, die ich nun schon zweimal hintereinander unterbrochen habe, während sie ein Porträt von Ophelia machte; zu Carlotta und Ophelia siehe weiter unten, jeweils in den Kapiteln x beziehungsweise y)).

»Kaufe ich!« hatte Pater Risolnus gesagt (da die Variante »miam miam« den kleinen Poldevinnen vorbehalten war, denen er auf der Straße begegnete).

Und in der Tat, die kleine Poldevin wurde rot, und ihr Blick begegnete dem Hortenses, die sie ihrer vollen und ganzen Solidarität versicherte. Alexander Wladimirowitsch machte vor seinem Unterteller mit warmer Zimtmilch ein angeekeltes Gesicht. Doch die vom Begleiter Pater Risolnus' gestellte Frage hinderte ihn daran, die bebende Verwirrung auf den Wangen und anderen Zonen der jungen Poldevin voll auszukosten. Er riß sich einige Barthaare vom Kinn, das er schlecht rasiert trug, und nahm das durch die unerbittliche Synonymie dieser beiden Ausdrücke, die man sich als widersprüchlich hätte vorstellen können, gestellte philosophische Problem in Angriff: »Kellner, ein anderes!« und »Kellner, dasselbe!« Der Kellner mit seiner gelben Schürze stellte eine Pinte »Valstar vom Faß« (Importbier in Poldevien) vor ihn hin. Pater Risolnus bestellte sogleich zwei Kaffees, um Zeit zum Nachdenken zu gewinnen.

Sein morgendlicher Saufgenosse (der allerdings nüchtern blieb) war der berühmte Philosoph Georges des Aquandbiens. Abkömmling einer alten, nach der Aufhebung des Edikts von Neapel nach Poldevien ausgewanderten etruskischen Familie, lehrte er an der Universität, wo er gerade, in einem Seminar, das auch Hortense besuchte (die sich dabei gewissenhaft Aufzeichnungen machte, welche sie Laurie, Carlotta und Ophelia schickte [vor und während ihrer Abenteuer war sie Philosophiestudentin gewesen]), einen Text von Platon kommentierte, den wir unter dem Titel ›Siebter Brief‹ kennen (der in Wirklichkeit jedoch, wie die poldevischen Philologen nachgewiesen haben, der sechste ist). Zur Vorbereitung seiner Vorlesung benutzte er die Antworten Lauries auf Hortenses Briefe und die Gespräche, die er in der Kneipe »Zum Ponyhufeisen« hörte, in die er jeden Morgen kam, um mit Pater Risolnus zu plaudern. (Wir sind darüber nicht erstaunt: Wir wissen alle, wie die Philosophen arbeiten; schon an den Ufern des Ägäischen Meeres ...)

Pater Risolnus hatte unverzüglich die Frage vergessen, er hatte nach dem Entleeren seines Bieres nur noch eine dünne Gedächtnisspur davon übrigbehalten; er spürte jedoch, daß sie philosophischen Ursprungs war. Daher nutzte er die Rückkehr des Kellners mit den beiden Kaffees, um sich eine Ablenkung zu erlauben: Der Kellner (ein Schöner junger Mann, der Hortense nach ihrem wahren Wert einschätzte) nahm die beiden roten Tassen vom Tablett, stellte eine davon vor Pater Risolnus und die andere vor Georges des Aquandbiens.

»Sie irren sich«, sagte Pater Risolnus mit größtem Ernst. Der Kellner zögerte nicht.

»Entschuldigen Sie bitte«, setzte er an und machte eine Handbewegung, als wolle er die beiden Tassen wieder an sich nehmen, um ihre Position zu vertauschen.

In diesem Augenblick hielt er inne, da er nicht einsah, wieso ein Kaffee vom Standpunkt des Verwendungszwecks (der Getränkebestellung, versteht sich) aus als von einem anderen verschieden angesehen werden konnte. Pater Risolnus lachte, mit seinem fetten Lachen eines gelehrten und anzüglichen Abbés (er hatte Jahre gebraucht, um es voll zu entwickeln).

»Ich habe gerade«, sagte er, »vor Ihnen das ausprobiert, was ich das ›Zweite Syndrom des Kellners‹ nenne.«

Sogleich sperrten sein Gesprächspartner, der Kellner,

Hortense, Alexander Wladimirowitsch, Cyrandzoi, die kleine Poldevin (ihr Name? Da Sie ihn unbedingt wissen wollen: Ariane), die erneut in Verwirrung gestürzt wurde, sowie einige andere im Lokal verstreute Gäste (darunter eine Schnecke), ganz weit ihre Ohren auf. In der Tat kannten sie alle das »Syndrom des Kellners«, aber (wie Sie) wußten sie bis zu exakt dieser Minute, die etwas vor dem Ende des vierten Kapitels des Romans mit dem Titel ›Das Exil der Schönen Hortense‹ liegt (»wie irgendein Abschnitt irgendeines Romans eine ›genaue Minute‹ bezeichnen kann, das fragt man sich?« – *ein griesgrämiger Kritiker*), nicht, daß es, was den Kellner betrifft, noch ein anderes Syndrom gab, das demnach nicht dasselbe wäre und daher sinnvollerweise das »Zweite Syndrom« genannt werden könnte.

»Sie alle kennen«, sagte Pater Risolnus und trank eine neue Pinte, diesmal »Poldevian Valstar«, aus, die der Kellner gebracht hatte, »das ›Syndrom des Kellners‹: es besteht darin, daß eine Bestellung, ohne jeglichen Fehler vom Gehirn eines geübten Mitglieds dieser ehrbaren Zunft registriert, augenblicklich vergessen wird, sobald sie am Ziel angelangt ist: Professor Jeancheu, der berühmte turkmenische Kognitivist, hat, als er geschickt einige Elektroden an den richtigen Stellen im Gehirn einiger anschließend obduzierter Musterexemplare anbrachte, ohne jedmöglichen Zweifel die Lokalisierung in der linken Gehirnhälfte dessen bestimmt, was man von nun an das mentale Organ der Kneipenbestellung nennen kann, das dieser bemerkenswerten Speicherungen und augenblicklichen Entspeicherungen fähig ist (er hat auf diese Weise eine Türing-Maschine programmieren können, die in einiger Zeit diese sehr unvollkommenen menschlichen Maschinen ersetzen wird, aber das ist eine andere Geschichte).«

Pater Risolnus unterbrach sich.

»Kellner«, sagte er, »dasselbe; oder besser«, fügte er hinzu, von einer plötzlichen Erleuchtung heimgesucht,

»Kellner, ein anderes. Wenn ich sage: ›Kellner, dasselbe‹, liegt darin nicht«, sagte er zu seinem Gesprächspartner, »ein philosophisches Problem erster Größe, eine paradoxe Synonymie? Wo war ich stehengeblieben?«

»Beim Zweiten Syndrom«, sagten wie aus einem Mund die Gäste des Cafés »Zum Ponyhufeisen«.

»Ja, ja, das Zweite Syndrom«, sagte Pater Risolnus nachdenklich.

»Wunderbar, er hat es wieder vergessen«, dachte Hortense.

Doch Pater Risolnus hatte es nicht vergessen.

»Nehmen wir einmal an, es handele sich um eine ziemlich große Bestellung, beispielsweise eine Grenadine, einen wäßrigen Wein, einen Blue Lagoon, einen Orangensaft, eine Zitrone, ein Salatblatt: Der Kellner bringt auf Grund des ersten Teils des Ersten Syndroms (die Wirkung der vollkommenen Speicherung, ohne die das Vergessen keinen Sinn hätte) ohne jeglichen Irrtum die Gesamtheit der Produkte an den Tisch; doch in dem Augenblick, in dem er sie unter den Gästen aufteilen soll, *wird er sich zwangsläufig irren.* Er wird sich unweigerlich irren, selbst wenn die Bestellung nur aus zwei einfachen und völlig verschiedenen Getränken besteht. Dieses Syndrom, das in seiner ganzen wissenschaftlichen Strenge als erster formuliert zu haben ich stolz bin, hat noch keine Erklärung gefunden. Das Experiment, dem Sie gerade beigewohnt haben und dessen unfreiwilliges Versuchskaninchen unser Freund gewesen ist, ist eine großartige Bestätigung für meine Hypothese: zwischen zwei identischen und banalen Bestellungen, im vorliegenden Falle zwei Kaffees, hat er, mit der unvermeidlichen Reklamation der Gäste konfrontiert, sofort so reagiert, als ob er sich geirrt hätte, als ob er im voraus schon gewußt hätte, daß er sich irren würde, als ob er sich immer irren würde.«

»Dasselbe«, sagte darauf Pater Risolnus in einem umwerfenden Geniestreich, »ist dasselbe also dasselbe oder ein anderes? Das frage ich Sie.«

Tiefes Schweigen machte sich in dem niederen und düsteren, vom Tageslicht, das nicht ohne Mühe die fast bis in Höhe des Bodens herabgekommenen Wolken zurückdrängte, kaum erleuchteten Raum breit, damit niemandem etwas von diesem philosophisch so gehaltvollen Austausch entging.

Da spürte Hortense, wie sie auf einmal von einer entsetzlichen Angst ergriffen wurde, deren Bedeutung sie zunächst nicht begriff. Inwiefern konnte das Zweite Syndrom des Kellners eine solche Wirkung auf sie haben? Doch sie sollte nicht lange in solch bohrendem Zweifel verharren.

Fünftes Kapitel
Der Feind

Gerade waren drei Individuen ins Café gekommen. Eines von ihnen, dasjenige, das als erstes hereingekommen war, war der Anführer dieses Trios von Individuen: er war mit einem Prinzengewand bekleidet, aber einem *blauen*, was für einen geübten Beobachter der poldevischen Angelegenheiten von Anfang an die in seinem Herzen eingebrannte Heimtücke verriet; er war aber leider tatsächlich Prinz! Seine beiden Helfershelfer und Begleiter, zwei junge Männer mit kurzem Haar, deren Schönheit die zu ihrer ebenfalls blauen Tunika ganz wesentlich gehörende Niedertracht noch verstärkte, umringten ihn und beobachteten die Umgebung, die Hand krampfhaft am Abzug ihrer Wasserpistolen (Poldevien kennt keine Feuerwaffen; es kennt vor allem Wasserwaffen: Wasserpistolen und -bomben; Antihagelkanonen; manchmal auch Stinkbomben).

Hortense erkannte ihn sofort wieder; das Fell Alexander Wladimirowitschs zitterte wie unter einem elektrischen Schlag; sein Rücken sträubte sich; der verfluchte Prinz und seine Handlanger hielten sich auf Distanz, doch der Blick des Elenden schraubte sich um den Körper Hortenses, die nicht umhin kam, aus ihren beiden Armen drei Hände zu machen, um sich vor ihm zu schützen.

Prinz Dämon war der Intimfeind Prinz Gormanskois, dem Bräutigam Hortenses; von nun an und in der ganzen Folge dieses Buches werden wir ihm seinen Kriegsnamen geben, nämlich Augre. Was Gormanskoi betrifft, so bekommt er hier manchmal den Kriegsnamen Airt'n, der im Augenblick aus architektonischen Gründen zu ihm paßt. Prinz Augre also, der Prinz Airt'n mit wildem Haß verfolgte, weil er neidisch war auf das erhabene Schicksal dessen, der nach den Traditionen und Gesetzen der Ahnen Mutmaßlicher Erster Prinz von Poldevien war, versuchte mit allen in seiner Macht stehenden Mitteln, sich an seine Stelle zu setzen; und, schlimmer noch, ihm seine Braut, Hortense, zu stehlen.

Die beiden Prinzen glichen sich wie ein Ei dem andern, doch wie zwei Eier, von denen das eine frisch und das andere faul ist. Nur ein Markenzeichen auf dem linken Schenkel, eine Anordnung von Punkten in der Linienführung der poldevischen Spirale, mit der jeder Prinz (sie waren sechs) von Geburt an versehen war, erlaubte es, sie im Naturzustand voneinander zu unterscheiden; und dieses Markenzeichen, von Hortense in einem entscheidenden Augenblick bemerkt, hatte es ihr ermöglicht, in einem letzten Aufbäumen dem Schicksal zu entgehen, das schlimmer als der Tod, aber vollkommen festgelegt von Zeit und Raum war, einem Schicksal, das die Geilheit Prinz Augres für sie vorgesehen hatte, jenes Augres, der sich listigerweise als der Verehrer unserer unschuldigen und fast mißbrauchten Heldin ausgegeben hatte.

Doch von diesem Zeitpunkt an war der moralische Unterschied zwischen den beiden Prinzen mit dem Brandeisen in Hortenses Seele eingebrannt; sie brauchte keine materiellen Beweise mehr, um die Spreu vom Weizen zu trennen. Noch bevor sie den Dämon sah, hatte sie bereits seine unheilbringende Aura gespürt; die Bestätigung dafür brachte ihr übrigens die Reaktion Alexander Wladimirowitschs und Cyrandzois, der sich auszuschlagen anschickte. Jetzt hätte sie zu ihm sagen können: »Und wenn ich Sie von oben bis unten nackt sähe, Ihre ganze Haut würde mich nicht in Versuchung bringen!«

Schweren Herzens seinen Blick von Hortense abwendend, ging Prinz Augre ans Büffet und bestellte drei Fernet-Branca.

In diesem Augenblick kam Gormanskoi an (ich will sagen, Prinz Airt'n); die beiden Prinzen maßen sich mit Blicken; Augre zeigte ein ironisches Grinsen, durch das sich Airt'n dem Anschein nach nicht beeindrucken ließ, Hortense stand auf, und die beiden Verlobten gingen hinaus auf die Straße. Das ganze Café stieß einen Seufzer der Erleichterung aus.

Hortense und der Prinz, begleitet von Cyrandzoi und Alexander Wladimirowitsch, bahnten sich mehr schlecht als recht einen Weg durch die fröhliche poldevische Menge, die an diesen Vorfeiertagen kreuz und quer umherlief. Der Verkehr war dicht; aber aufgepaßt: Wir reden hier nicht vom Autoverkehr; kein Motorengeräusch störte die Ruhe der Luft, kein Auspuff verschmutzte die Umwelt; das kürzlich in Poldevien entdeckte reichlich fließende Erdöl war ausschließlich für den Export bestimmt, und jegliche Fortbewegung erfolgte zu Fuß oder mit Hilfe von Fahrrädern; die öffentlichen und privaten Transportmittel waren Schubkarren und Doppeldeckerbusse, die von robusten kleinen Bergponys gezogen wurden. Von Zeit zu Zeit wurde der Verkehr auf einer Avenue vollständig eingestellt, um eine Schnecke über die Fahrbahn zu lassen, die sich Zeit nahm; in Poldevien ist die Schnekke ein Tier, an dem man sich nicht vergreift; es tut, was es will, und man behandelt es respektvoll. Ein süßer Duft von Ponyäpfeln schwebte in der feuchten Luft.

Und wo gingen unsere Helden an diesem milden, schönen, regnerischen und grauen Wintermorgen wohl hin? Folgen wir dem roten Umhang Gormanskois, dem edlen und weichen Fell Alexander Wladimirowitschs, der roten Mähne Cyrandzois; folgen wir den bewundernden und ehrerbietigen Blicken, welche die schöne Hortense begleiteten. Sie begaben sich festen Schrittes zum Queneleieff-Platz, auf dem der Regierungspalast, Schloß Eerlosni, steht.

Früher aus Holz, mehrmals niedergebrannt und immer schöner wiederaufgebaut, ist Schloß Eerlosni vor genau hundert Jahren von den Termiten zerstört worden, und das gegenwärtige restaurierte Gebäude ist ein zweckentfremdetes Gaswerk; das Innere dient als Gericht, Theater, Museum, Parlament, Bibliothek, Oper, überdachter Pausenhof für die Kinder der Schulen ..., ein Flügel beherbergt die Gemächer des Regierenden Prinzen. Das Gebäude ist von einem gelben Röhrensystem umgeben, an dem entlang Aufzüge für Touristen in der gleichen Farbe hinauf- und hinunterfahren. Das ist sehr schön.

In der Zeit, in der diese Geschichte beginnt (nun ja, in der diese Geschichte begonnen hat, da wir bereits beim fünften Kapitel sind), war der Regierende Prinz der Gemahl der Prinzessin Gertrude, Mutter des Mutmaßlichen Ersten Prinzen; aber er war nicht der Vater des Mutmaßlichen Ersten Prinzen; der Vater Gormanskois war Regierender Prinz gewesen, da aber verstorben, hatte er auf das Regieren verzichtet, und Alicius, sein Bruder, hatte im Palast und im Herzen Gertrudes seinen Platz eingenommen, was Hortenses Bräutigam nur mäßig schätzte.

Die Menge war ganz besonders dicht vor dem Haupteingang des Schlosses, wo sich Sänger und Gaffer, Verkäufer von wertlosem Tand, von Flitter, von Chi Chi Freggi und Beignets drängten; bunte Drachen stiegen zum Himmel auf; Taschendiebknirpse erleichterten die Händler und die Bauerntölpel um ihre Börsen; Pirolchöre sangen Henry Purcell. In dem Augenblick, in dem sie durch die Tür gingen, begegneten sie einem großen, kahlköpfigen, distinguierten Mann, der Intelligenz ausstrahlte und dessen Gesicht von den Unbilden des Lebens mit tiefen Falten durchzogen war; er trug einen großen, durchlöcherten Pullover, einen grünlichen Burberry-Regenmantel, eine abgeschabte Kordhose und hatte Leinenschuhe mit geflochtener Sohle an den Füßen; der linke war blau, der rechte schwarz; in der einen Hand hatte er ein Exemplar der ›Times‹ vom Tage, in der anderen eine rote Einkaufstasche, auf der »Big Shopper« stand, und aus der eine Stange Lauch hervorsah. Er lächelte.

Sie gingen hinein.

Es vergeht ein Moment.

Die Türen des großen Saals des Palastes gehen auf beiden Seiten auf.

Trompeten. Es kommen nacheinander herein:

– von rechts Alicius, Regierender Prinz von Poldevien, Gertrude, seine Prinzessin, Poldevius, sein Erster Minister; Edelleute, Polente und Statisten;

– von links Prinz Airt'n, Mußmaßlicher Erster Prinz, Hortense, seine Braut, Alexander Wladimirowitsch, Erster Katzen-Prinz, Cyrandzoi, Erster Pony-Prinz.

ALICIUS: Obgleich an Airt'ns, unsres lieben Bruders, Tod
Die Erinnerung so frisch, und es uns ansteht,
Unsere Herzen in Kummer und Trübsal zu tragen, und unsere gesamten Fürstentümer
Verkrampft sind in einem einzigen Stirngerunzel des Schmerzes,
Hat jetzt die Diskretion genug mit der Natur gestritten;
Unsere vormals Schwester und jetzt Prinzessin
Haben wir, wie man sagen könnte, mit bedrückter Freude
In einem Auge Hoffnung und das andere
von einem fröhlichen Begräbnis zu einer trauernden Hochzeit fallend
Zur Gemahlin genommen;
Prinz, mein Neffe, mein Sohn,
Wie kommt es, daß die Wolken noch über Euch hängen?

GORMANSKOI *(beiseite)*: Mehr als verwandt, doch niemals Freund.

GERTRUDE: Guter Gormi, laß deine Trauerfarben,
Und wirf ein freundschaftliches Auge auf Poldevien;
Such nicht, für immer, mit deinen verschleierten Lidern
Deinen edlen, zu Staub wordenen Vater.

Du weißt es genau, jeder muß sterben,
Und von dieser Welt in die Ewigkeit gehen.

GORMANSKOI: Ja, Madame, das ist das gemeinsame Los.

GERTRUDE: Aber warum dann
Scheint es dich so ganz besonders zu berühren?

GORMANSKOI: Scheint, Madame? Nein, ich glaube nicht »scheint«.

Trompeten. Alle gehen ab, außer Airt'n-Gormanskoi, Alexander Wladimirowitsch, Cyrandzoi und Hortense.

GORMANSKOI: Oh, daß dies allzu allzu feste Fleisch nun schmelze
Wie Butter und sich zu Tau auflöse.
Ach, wenn der Ewige nicht sein Gesetz gerichtet hätte
Gegen die Selbst-Metzelei. O Gott, Gott ...
usw. usw.
Schwachheit, dein Name ist Weib!
usw.
usw.
nein, nein!

HORTENSE, ALEXANDER WLADIMIROWITSCH, CYRANDZOI *(zusammen)*: – ???

Sechstes Kapitel
Poldeven und Poldadamen

Die Begegnung zwischen dem Prinzen und seiner Mutter, der wir gerade beigewohnt haben, hatte Hortense (ganz besonders Hortense, denn die andern hatten ganz gewiß irgendeine Vorstellung von der Bedeutung dieser Verhaltensweisen) in einen Zustand von Verwirrung und leicht alarmierter Sprachlosigkeit versetzt; das wunderliche Verhalten ihres Geliebten seit ihrer Ankunft in Poldevien schien zugleich unverständlich und dennoch einer Logik zu gehorchen, die ihr entging: »In seinem Wahnsinn steckt Methode«, dachte sie; doch das beruhigte sie keineswegs, im Gegenteil; ferner war die Abkühlung der Leidenschaft ihres Geliebten ein weiterer Grund zur Beunruhigung. Er schien jetzt furchtbar auf Schicklichkeit und Anstandsregeln zu achten, lieferte ihr nicht mehr diese Beweise ungestümer Glut, an die sie sich derart gewöhnt hatte, daß sie für sie unentbehrlich geworden waren. Sie konnte dem Ausbleiben dieser Beweise nur durch Erinnerungen und Phantasien begegnen, die sie keineswegs erfüllten und glücklich machten (habe ich mich klar verständlich gemacht?). »Was ist nur los«, dachte sie. »Was ist nur los? Sollte er mich weniger lieben?« dachte sie. »Sollte er mich weniger lieben?« (ihre Gedanken hatten immer mehr die Neigung, ansatzweise zu stottern). Und an wen sollte sie sich in diesem Land wenden, in dem sie niemanden kannte? Es gab zwar Cyrandzoi, aber der war noch so jung!

Als ob nichts wäre, kam nun Gormanskoi (den bei seinem neuen, unaussprechbaren Namen Airt'n zu nennen sie sich strikt weigerte) wieder zu ihr zurück, höflich, lächelnd. Jemand kam auf sie zu.

»O nein!« dachte Hortense, *»not again!«* (fügte sie in ihrer Verwirrung und auf englisch innerlich hinzu); denn der Neuankömmling, ein Prinz mit Sicherheit, ein grün gekleideter Prinz, sah Gormanskoi zum Verwechseln ähnlich; er glich ihm so sehr, daß ihr davon schwindlig wurde; war er der Gute? War er der Böse? Ihr Instinkt sagte ihr nichts, ihre Liebe schickte ihr keine eindeutige Botschaft: sie sah ihn an, verloren, sprachlos.

»Ich stelle Ihnen hier, meine Liebe, Prinz Acrab'm vor; er ist mein Bruder, mein Verbündeter, ich liebe ihn wie ein anderes Ich; er ist der Wahre Prinz von Poldadamien, das in meiner Abwesenheit von meinem Feind besetzt wurde, aber das alles wird sich ändern, ich schwöre es!«

»*Glad to meet you, I'm sure* (angenehm, Ihre Bekanntschaft zu machen)«, konnte Hortense nur murmeln, ein wenig beruhigt, aber kaum weniger verloren.

»Gut«, sagte der Prinz, »gehen wir jetzt eine Tasse Tee trinken.«

Und sie begaben sich in den Teesalon »Tea Est-Tea« am Ufer des Teiches, wo sie sich an einem Tisch unter den Buchen in der Avenue Parmenidzoi niederließen. Der Teich ist für die Bewohner der Hauptstadt der bevorzugte Ausflugsort; bei dieser Wasserinsel inmitten der Ländereien handelt es sich um einen ehemaligen Arm des Flusses Edbaun, der ihm abgehackt und fast gleichgültig hier liegen gelassen worden war: ob er einen von Nymphen bevölkerten Teich oder einen Nicht-Teich gezeugt hat, kümmert den Fluß wenig, so eilig hat er es, das Meer zu erreichen. Über die reglose Fläche des Teichs fahren Boote, die Kinder stoßen ihre Papierdampfer hinein; und Hortense, die ihre Hand in ein fast warmes Wasser tauchte, war sich ihrer selbst und jeglicher Dinge unsicher, wie er: »Der Teich ist der Teich; der Nicht-Teich ist der Nicht-Teich; aber da er gleichzeitig ein Nicht-Teich ist, kann er dann noch ein Teich sein?« murmelte sie unter den Buchen.

Der Wirt des »Tea Est-Tea« hatte den Fernsehapparat angestellt; eine Gruppe von Sängern wiegte sich auf dem

Bildschirm in den Hüften, und man hörte den Schlagererfolg der Saison: *Are we human? We are Pol-devo!*

Poldadamien, ebenso alt und gebirgig wie sein Nachbar und Rivale Poldevien, hat diesem lange Zeit den ersten Platz in den Breiten, welche die Geschichte und die Geographie, »einmal wenigstens in ihren Bemühungen vereint«, ihnen auf unserem Erdball eingeräumt haben, streitig gemacht und tut dies noch immer. Der Bericht über die vielschichtigen und bewegten Beziehungen dieser beiden Völker würde zahlreiche Bände füllen (und füllt sie auch, in der ›Encyclopaedia Poldevica‹, auf die wir den Leser verweisen), doch wir werden uns hier auf einige magere, wenn auch nicht zu umgehende Angaben beschränken.

Nach der volkstümlichen Etymologie, die man nicht ganz vernachlässigen darf (denn wer weiß, wie groß der Anteil an Wahrheit ist, der in ihren Aussprüchen verborgen ist: und zeigt uns nicht etwa jene, die bei uns, also in Frankreich, »haricot« (Bohne) aus »fève« (Saubohne) hervorgehen läßt, nach der Lautfolge: lateinisch *faber*, woraus *favaricus-favaricotus-haricotus-haricot* wird, die tiefreichende kulinarische Einheit zwischen der navarresischen »habada« (Bohnengericht) und dem Cassoulet aus Toulouse, Carcassonne oder Castelnaudary?), gehen sowohl »Poldevien« als auch »Poldadamien« durch geschlechtliche Differenzierung aus »Polhumanitas« hervor, das in Wirklichkeit nichts anderes ist als eine Variation von »PolPol«, die Vorsilbe *pol* bezeichnete im gemeinsamen archaischen Poldevisch (Vor-Indogermanisch, verwandt mit dem griechischen *polis:* die »Stadt«; das Wesen des Menschen ist es, in »Städten« zu leben) »den Menschen« oder genauer »was es an wirklich Menschlichem im Menschen gibt« (es ist die gleiche Vorsilbe, die sich in dem Gegensatz wiederfindet, den die poldevische Kritik zwischen der kommerziellen Kunst und der wahren Kunst, der »Pol-Kunst«, macht). Es soll also so gewesen sein, daß man in der ursprünglichen Polpolie unterscheiden mußte zwischen dem, was Pol-d'Eve (mithin Eva-Pol) war und dem, was Pol-d'Adam (mithin Adam-Pol) war, woraus dann die beiden Völker hervorgegangen sein sollen. (Der moderne Poldeve, der Mann (oder die Frau) von der Straße, hat übrigens dieses sehr bezeichnende Sprichwort beibehalten: »Ich kenne ihn weder poldevisch noch poldadamisch.« (d.h. weder von Pol-Eva noch von Pol-Adam her, also überhaupt nicht)). Die Poldeven von heute (genau wie die Poldadamen) haben immer noch die Neigung, sich mehr als Mensch zu betrachten als die anderen Menschen, da sie an einer gemeinsamen Wesenheit teilhaben, der mythischen *Polpolie,* (»dem Land der Männer und Frauen, die am meisten Männer und Frauen sind«, möchten wir übersetzen), von dem die Archäologen uns versichern, daß es dieses Land nie gegeben hat.

Dieses Gefühl einer alten und tiefreichenden Identität zwischen den beiden Völkern, von denen ein jedes die beiden (übrigens sehr nahe verwandten) Sprachen spricht, das einer Bewegung hin zur »Wiedervereinigung« Nahrung gibt, die fast ebenso mächtig ist wie jene unwiderstehliche, die, in unseren Gegenden, im Augenblick die Bewohner des Vereinigten Königreichs und der Vereinigten Staaten dazu ermuntert, sich von neuem unter der Autorität der Königin von England zusammenzufinden, wird noch verstärkt durch das Problem der Grenzen. Es ist in der Tat an jedem Punkt eines jeden der beiden Territorien äußerst schwierig herauszufinden, wo Poldevien beginnt und wo Poldadamien aufhört (und umgekehrt). Die beiden Hexarchien (die Poldadamen werden wie die Poldeven von sechs Prinzen regiert, die übrigens dieselben sind) haben kürzlich eine Zweiparteienkommission berufen, die endgültig die Grenzen festlegen und damit die Taxierung der Verluste an Zollgebühren und Kapitalabwanderungen erleichtern soll, die die beiden Fürstentümer, hätte es Gebühren und Kontrollen gegeben, hätten hinnehmen müssen. Diese Taxierung wurde schon seit langem von den Nationalökonomen und den Finanzministern beider Seiten gefordert, um Ordnung in ihre Papiere zu bringen. Die Kommission bestand aus gelehrten Topologen von unbestreitbaren Kompetenzen und von Weltruf (es gab, unter anderm, einen Thomisten, zwei Prigoginier, einen Fraktalisten, einen Benabouisten, zwei Girarduzier). Ihre Schlußfolgerung hat Aufsehen erregt: Die Grenze zwischen Poldevien und Poldadamien ist aller Wahrscheinlichkeit nach eine vollständige Peano-Kurve, was heißt (erläutern wir das für unsere Leser), daß sie fortlaufend ist (was den Menschenschmugglern keine Hoffnung läßt) und die beiden Territorien ganz füllt; mit andern Worten, um einen poldevischen Standpunkt einzunehmen, der in diesem Bericht der unsere ist: *die Grenze befindet sich an jedem Ort, auf jedem Daumenbreit Gelände, so klein es auch sein mag.* Poldevien ist oberflächlich von Poldadamien nicht zu unterscheiden.

Zweiter Teil

Wo sich eine gewisse Zwillingsähnlichkeit mit einem alten Buch anbahnt

Siebtes Kapitel
Zwillinge und Doubles

Die poldevischen Prinzen leben bescheiden. Die sechs Paläste der Hexarchie, im Herzen der Hauptstadt gelegen, in einem mittelalterlichen und volkstümlichen Viertel, unterscheiden sich nicht wesentlich von den Wohnhäusern der gewöhnlichen Bürger. Weder Poldevien noch Poldadamien, sein Bruder und Rivale, sind arm; ihr Reichtum sticht zwar nicht in die Augen, doch könnte man sie trotzdem als wohlhabend bezeichnen. Deshalb sind die Ausmaße der Gebäude, der Avenuen, der Parks beachtlich; beachtlicher, das muß gesagt werden, als bei uns. Nur zum Vergleich: Wenn man sich in unserer Stadt um die Kirche herum aufstellt, die ein Namensvetter der großen poldevischen Kathedrale ist, nämlich Sainte-Gudule, und wenn wir dann einen Panoramablick auf eine maßstabgerechte Reliefkarte werfen, wie sie in Carlottas und Ophelias Küche (Personen des Berichts, denen wir im zwölften Kapitel begegnen werden; Geduld!) hängt, dann sehen wir, daß es eine gewisse topographische Ähnlichkeit gibt zwischen diesem Viertel und dem, das die Prinzen beherbergt. (Die beiden auf Seite 6 und 7 wiedergegebenen Pläne bezeugen das.) Lediglich der Maßstab ist ein anderer.

Prinz Gormanskoi (Airt'n) besaß Palast Nr. 1, an einer der Ecken des Platzes, der den Park umgab; unmittelbar angrenzend und rechtwinklig zu ihm der Palast seines Feindes, Prinz Augre (in Nr. 4); Prinz Acrab'm, der Bruder, das Double, der Freund, der Verbündete Gormanskois, wohnte in Nr. 3, an der Ecke der Avenue de l'Abbé Migne; die andern Paläste spielen in diesem Roman keine Rolle.

Airt'n hatte für sich selber nur die zweite Etage seines Palastes behalten und die andern an ehrbare Handwerker vermietet; er wohnte seit seiner Rückkehr nach Poldevien bei seiner Mutter, denn jetzt bewohnte Hortense, unter dem wachsamen Auge Alexander Wladimirowitschs, seine Räumlichkeiten.

Nachdem Hortense Madame Echr'co, die Chef-Janitscharin der Prinzen, die ihr ihre Post überreichte, gegrüßt hatte, bog sie in die durch Gitter aus massivem Gold vom Park getrennte Privatavenue ein, die am Fuße des Palastes entlanglief. Alexander Wladimirowitsch hielt ihr den kleinen, mit Rubinen eingefaßten Schlüssel hin, den er um den Hals trug, und sie öffnete die schwere Eingangstür; dann ging sie die monumentale, mit einem roten Teppich ausgelegte Treppe hinauf, wobei sie im Vorbeigehen die reizenden Blondschöpfe der Kinder der ersten, dritten und vierten Etage tätschelte, die auf den Stufen im Hinterhalt lagen.

Hortense setzte sich aufs Bett und nahm den Kopf in beide Hände.

»Nun sag mal«, sagte sie zu Alexander Wladimirowitsch, »wie soll ich mich da zurechtfinden?«

Alexander Wladimirowitsch sagte nichts. Er saß vor ihr auf einem Kissen auf einem Stuhl und antwortete ihr auf dem Weg der Telepathie, wozu er leichte Schnurrhaarbewegungen machte, um die wichtigen Gedanken zu unterstreichen.

»Sie sind sich alle gleich; gerade habe ich gelernt, Airt'n von Augre zu unterscheiden, da gibt es schon einen dritten, dem ich, und das ist der Gipfel, nicht aus dem Weg gehen soll, da er ein Bruder, ein Freund, ein Verbündeter ist.«

Al.Wl. wies darauf hin, daß Prinz Acrab'm, den er gut kannte und der in der Tat ein sehr ehrbarer junger Mann war, auf jeden Fall nicht der Gipfel sei.

»Mach dich nicht über mich lustig«, sagte Hortense, »du weißt genau, was ich meine: ›Ein anderes Ich! Ein anderes Ich!‹ Er will doch hoffentlich nicht, daß ich mit ihm schlafe! Er würde besser daran tun, selber mit mir zu schlafen, ich habe das Warten satt.«

Alexander Wladimirowitsch machte ein pikiertes Gesicht; die Richtung von Hortenses Gedanken konnte unter keinen Umständen gutgeheißen werden; er nahm also einige wellenförmige Zerebralretouchen vor, um sie wieder auf den geraden Weg der im eigentlicheren Sinne spekulativen Überlegungen zu bringen.

»Am Ende«, fuhr Hortense fort, »fange ich noch an, überall Doppelgänger zu sehen; ja, vorhin zum Beispiel, der Kellner im ›Ponyhufeisen‹, also ich bin sicher, daß das auch wieder einer ist.« Al. Wl. bestätigte das nicht; aber er dementierte es auch nicht.

»Genau genommen«, sprach sie weiter, »müßte ich herausfinden, in welchem Film ich bin.«

»Film?« kam es von Alex.

»Na ja, Drehbuch, Geschichte, Dingsbums halt! Handelt es sich um ein Originaldrehbuch oder um einen Aufguß von Jekyll und Hyde, um den Zwilling Mark Twains oder um den geteilten Visconte? Ich muß gestehen, daß mir jede dieser Hypothesen äußerst mißfallen würde.«

Von neuem äußerte Alexander Wladimirowitsch seine Mißbilligung; doch bevor er antwortete, übersetzte er für den Leser die sibyllinischen Worte Hortenses:

»Hortense fragt sich (ich hoffe, ausschließlich als frei erfundene und unwahrscheinliche Spekulation), ob die wunderbare Identitäts-Multiplikation, die den Poldevischen Prinzen eigen zu sein scheint, echt ist oder gespielt; mit andern Worten, ob es nicht einen einzigen Prinzen gibt, der, allem Anschein nach Bauchredner, alle Rollen ganz allein spielen würde. Und unter den jeweiligen Namen von Jekyll und Hyde, Mark Twain und Calvinos Visconte bezeichnet sie drei mögliche Modalitäten einer solchen Duplizität:

Die erste ist die des Zwillings von Mark Twain; man weiß, daß Mark Twain einen Zwillingsbruder hatte; dieser Zwillingsbruder hieß Luke und war so sehr Zwilling und ihm so ähnlich, daß sogar ihre Mutter nicht in der Lage war, sie auseinanderzuhalten; und eines Tages, als sie badeten, ertrank einer von beiden; und niemand hat je herausgefunden, ob es Mark oder ob es Luke war. [»Genau das ist es«, warf Hortense dazwischen, »bloß müßte man hier vielleicht Vierlinge einsetzen, von denen noch einer John und der andere Matthew heißen würde! Und das Markenzeichen? Du sagst kein Wort vom Markenzeichen«, aber Alexander Wladimirowitsch lehnte es ab, sich in die Polemik hineinziehen zu lassen: »Komplizieren wir nicht alles; die Dinge sind so schon verworren genug.«] In diesem präzisen Falle ist das Double, der Zwillingsbruder, nur eine Illusion; es gibt immer nur, und in jedem Augenblick, einen einzigen.

Die zweite Möglichkeit ist die in der Novelle von Stevenson beschriebene: Es gibt den guten Doktor Jekyll und seine böse Inkarnation, Mister Hyde; sie sind wie die Nacht und der Tag, und sie teilen sich tatsächlich auch die Zeit: für den guten Jekyll das Licht, für den bösen Hyde die Nacht und den Nebel.

Der Visconte schließlich wurde in einer Schlacht durch einen Schwertstreich zweigeteilt; die gute Hälfte ist ihres Weges gegangen, die böse Hälfte ging den ihren; hier teilen die Doubles nicht die Zeit miteinander, sondern den Raum.«

»Keine dieser Hypothesen, glaube mir, und du weißt es, ist zulässig. Die Prinzen existieren tatsächlich, Inspektor Blognard, der beste Detektiv der Welt, hat sie auseinanderzuhalten vermocht, und *Blognard irrt sich niemals!* Die sechs Prinzen sind ununterscheidbar, was ihre physischen Eigenschaften angeht, und wenn man basierend auf dem Leibnizschen Identitätsprinzip und seiner *Wesensgleichheit der Ununterscheidbaren* genannten Hälfte (die du hoffentlich nicht mit ihrer Zwillingshälfte, dem Prinzip der Ununterscheidbarkeit der Wesensgleichen, verwechselst) nur diese in Betracht ziehen würde, wären sie also wesensgleich: doch zumindest ihre ethischen Eigenschaften trennen sie voneinander. Du hast um den Preis einer unerquicklichen Erfahrung gelernt, den Guten

Prinzen, den du liebst, Airt'n, vom Prinzen Dämon, den du verabscheust, der dich begehrt und nur ein Ziel hat, nämlich, dich zu vergewaltigen, in deinem aufreizenden Körper (ich spreche für die Menschen) seine permanente Geilheit zu befriedigen, dem verachtenswerten Augre, zu unterscheiden. Diese Unterscheidung ist wahr und nicht illusorisch, dessen kannst du sicher sein. Ich, Alexander Wladimirowitsch, garantiere es dir. Selbstverständlich bist du damit noch nicht in der Lage, die zweite Unterscheidung vorzunehmen, die für dich notwendig ist, die zwischen dem Guten und dem Guten, zwischen Airt'n und Acrab'm; aber es wird dir gelingen, davon bin ich überzeugt. Erlaube mir bitte, dir eine kleine poldevische Fabel zu erzählen (die es bei uns in zahlreichen Fassungen gibt, sowohl poldevischen als auch poldadamistischen); sie darf nicht wortwörtlich genommen werden, sie sagt *nichts* über den präzisen Fall, der dich beschäftigt, es ist nur eine Fabel, doch sie zeigt, wie das Fabeln tun, daß es bisweilen unvermutete Wege gibt, um hinter die Dinge zu gelangen:

Fabel von der in Zwillingsbrüder verliebten Prinzessin.

Es war einmal eine Prinzessin, die in einen Ritter verliebt war, aber sie wußte nicht, in welchen; wie ist das möglich? Das ist ganz einfach: dieser Ritter hatte einen Zwillingsbruder, sie waren unzertrennlich und ununterscheidbar; die Prinzessin wußte, daß sie sie nicht alle beide liebte; sie liebte nur einen von ihnen, aber sie wußte nicht, welchen. Nachdem sie lange gezögert hatte und bei allen Unterscheidungsversuchen gescheitert war, beschloß sie, sich, wenn ich einmal so sagen darf, Gewißheit zu verschaffen. Und dazu beschloß sie, mit jedem von ihnen zu schlafen. Was sie auch tat; und sogleich konnte sie sie unterscheiden: sie waren nämlich Bruder und Schwester.«

»Und welche(n) liebte sie?« fragte Hortense.

»Das wird in der Geschichte nicht erzählt; das einzige, was die Geschichte erzählt, ist, daß sie sie unterscheiden konnte.«

»In der Tat«, sagte Hortense, »damit bin ich jetzt ein gutes Stück weiter!«

Und sie begann zu singen:

Drei Jahre lebte ich mit ihr
Da sagte plötzlich sie zu mir
Du gleichst dem Papa und Mama
O Schreck sie war mein Zwilling gar
Und deshalb trennten wir uns mit tralala ...

»Alex«, sagte sie plötzlich in die Stille hinein, »glaubst du, daß er mich noch liebt?«

»Ja«, antwortete die Katze; und sie sprang vom Stuhl, um sich in die Küche zu begeben, womit sie kundtat, daß die Unterhaltung beendet war und daß sie auf ihren Mittagslachs wartete.

Achtes Kapitel
Ein sehr enttäuschender Besuch

Ein wenig aufgemuntert durch ihren Gedankenaustausch mit Alexander Wladimirowitsch und dem Feuerwerk seiner Katzendialektik, beschloß Hortense, sich auf den Besuch des Prinzen vorzubereiten, der für die Teestunde angekündigt war. Sie zog eine fast durchsichtige Bluse an, einen sehr kurzen Rock, ließ ihre Füße nackt und übte sich in einigen Stellungen auf ihrem Stuhl, wobei sie bis zur Grenze der Sichtbarkeit den äußeren und roten Rand ihres winzigen Höschens erahnen ließ, über dessen besondere Kennzeichen wir zuvor schon berichtet haben; sie wußte, daß es eines der Lieblingshöschen des Prinzen war, er hatte es ihr damals, zur Zeit seiner ersten Begeisterung, gekauft; und er hatte sicherlich weder die vorderen noch die hinteren Verheißungen vergessen.

Die Zeit verging; von Sainte-Gudule schlug es die Stunden; was sage ich die Stunden, die Viertelstunden, die Halbestunden, die Dreiviertelstunden; Hortense trank eine Grenadine; bekam Zweifel über ihre Aufmachung; zog sich um, zog sich noch einmal um, und wählte schließlich noch einmal dieselben Kleider, die sie zuvor schon zu tragen beschlossen hatte.

Doch die Stunde kam; die Stunde ist gekommen.

Der inzwischen verpflegte Alexander Wladimirowitsch hatte kurz vor sich hingeschnurrt, hatte ein kleines Stündchen geschlafen, nach dem Motto: ein gutes Gewissen ist das beste Ruhekissen, dann war er diskret im Park von Sainte-Gudule zu irgendeinem persönlichen Abenteuer verschwunden.

Zehn vor fünf, fünf vor, vier vor, drei vor.

Zwei vor fünf.

Eine Minute vor fünf.

Neunundfünfzig Sekunden vor fünf, achtundfünfzig … dreiundfünfzig.

… fünfunddreißig … achtzehn … vierzehn, elf, neun, sechs, drei, zwei, eine.

Es klingelte an der Sprechanlage.

Hortense: Wer ist da?

Der Prinz: Prinz Gormanskoi, Madame.

Hortense: Zweite rechts.

Nachdem Hortense »zweite rechts« gesagt und auf den Knopf zum Öffnen der Tür gedrückt hatte, ahnte sie schon im voraus, daß sich nichts so abspielen würde, wie sie es geplant hatte. Wie durch Zwang fühlte sie sich in eine Zeitsequenz hineingerissen, bei der sie keinen Eigenwillen mehr hatte, wo ihr die Gebärden und die Worte von außen, in einer von Zeit und Raum sehr weiten Ferne diktiert zu werden schienen. Sie wohnte einer Szene bei, die sie, ohne es zu wollen und ohne sie zu verstehen, selber spielte.

Der Prinz und sie waren im größten Raum der Wohnung. Sie saßen einander gegenüber, Hortense mit dem Rücken zu den Fenstern, in deren Richtung der Prinz blickte. Er sprach mit ihr, aber so, als ob er sie nicht sähe, als ob er, ein wenig seitlich von ihr, eine Andere, Unsichtbare, sähe. Und sie antwortete ebenso, mit Worten, die nicht von ihr waren, die sie nicht hatte sagen wollen, die sie aber trotzdem hervorstieß, als zwänge man sie dazu. Manchmal, selten, in einer ungeheuren Willensanstrengung, gelang es ihr, zwischen die fremden Wörter, die aus ihrem Munde kamen, persönliche Wörter einfließen zu lassen, doch sie spürte ganz deutlich, daß er sie nicht wirklich hörte, daß sie nichts nützten. Dabei vernahm sie zu ihrem Leidwesen die des Prinzen, diese Wörter, die sie nicht hören wollte und die ihr Kummer bereiteten.

G.: Nymphe, schließ in deine Gebete
All meine Sünden ein.
H.: Mein guter Herr

Wie geht es Euer Gnaden nach diesen sovielen Tagen?
G.: Ich danke Euch demütigst, gut, gut, gut.
H.: Herr, ich habe Andenken an Euch
Die Euch zurückzugeben ich kaum erwarten konnte.
G.: Nicht doch, nicht mir
Ich gab Euch nie etwas.
H.: Mein geehrter Herr, Ihr wißt genau, daß Ihr es tatet.
Und Ihr habt sogar mit Eurem Atem und mit euren Händen und anderm noch
Den Reichtum meines Lebens besorgt. Bevor ihr Duft
Verloren ist, nehmt sie wieder von mir, von meinem Mund...
Die kostbaren Gaben versiegen, wenn der Geber
Böse wird. Bitte, Herr.
G.: Ha! Ha! Bist du sittsam?
H.: Wie bitte, Gorm ..., Herr?
G.: Bist du schön?
H.: Was willst du, was wollt Ihr sagen?
G.: Daß, wenn du sittsam und schön wärst, deine Sittsamkeit keine Rede über deine Schönheit zuließe.
H.: Die Schönheit, Herr, kann sie in besserer Gesellschaft sein als mit der Sittsamkeit?
G.: In Wahrheit verwandelt die Macht der Schönheit das unverdorbene, unschuldige Mädchen eher in eine Hure, als daß die Unschuld die Schönheit abklärt und sittsam macht. Einst habe ich dich geliebt.
H.: Tatsächlich, Herr, hattet Ihr mich das eines Tages glauben lassen.
G.: Glauben hätte man das nicht sollen; verkriech dich in ein Kloster, Weib; und schnell; adieu!
Geht ab.
HORTENSE: O mein Gott! Weh mir!

Neuntes Kapitel
Die SSGBP

Nachdem Hortense einen guten Teil der Nacht hindurch geweint hatte und am frühen Morgen, durch ein Pfote-an-Pfote mit Alexander Wladimirowitsch getröstet, eingeschlafen war; nachdem sie ihren Tee mit Scones und Baps (echten, nach der alten Art, sehr hart, wie man in Edinburgh keine mehr findet, von Cyrandzoi in der Bäkkerei Groachnanskoi gekauft) und Muffins, alle mit dikker Sahne aus Cornwall getränkt, zu sich genommen hatte, beschloß sie, in die Bibliothek zu gehen, um dort nachzudenken. Sie konnte nur in Bibliotheken richtig gut nachdenken. Sie hatte den Prinzen in einer Bibliothek kennengelernt. Und sie wollte auf jeden Fall die neue Bibliothek Poldeviens ausprobieren, für die ihr der Prinz zur Erinnerung an alte Tage (jene, die sie mit ihren Violinen und ihrem monotonen Schmachten zum Weinen brachten) eine Dauereintrittskarte besorgt hatte. Sie nutzte sie, um eine bestimmte Texthypothese zu überprüfen, die sie während ihrer Schlaflosigkeit aufgestellt hatte, und Laurie sowie Carlotta und Ophelia einen Brief zu schreiben, mit einem Postscriptum zum einen von Alexander Wladimirowitsch, zum andern von Cyrandzoi, ganz besonders für Carlotta (mehr als drei Kapitel, bevor Sie Bekanntschaft mit Laurie, Carlotta und Ophelia schließen (oder wieder schließen, je nach dem Stand Ihrer Lektüre), fest versprochen).

Die neue poldevische Bibliothek hieß SSGBP, das heißt Sehr Sehr Große Bibliothek Poldeviens (wenn man Poldeve war) oder Sehr Sehr Große Bibliothek Poldadamiens (wenn man Poldadame war). Im Augenblick der Planung hatte man lange über ihren Namen diskutiert: manche wollten sie nur Sehr Sehr Große Bibliothek Poldeviens nennen (das waren die poldevischen Integristen), andere Sehr Sehr Große Bibliothek Poldadamiens, unter Ausschluß jeder anderen Bezeichnung (die poldadamistischen Integristen); andere wiederum (Poldeven) hatten in einem Geist der Versöhnung den Namen SSGBPP (Sehr Sehr Große Bibliothek Poldeviens und Poldadamiens) vorgeschlagen, doch die Polemik war wieder aufs heftigste entbrannt, da einige (Poldadamen vor allem) darauf hingewiesen hatten, daß es überhaupt keinen Grund dafür gäbe, sie eher Sehr Sehr Große Bibliothek Poldeviens und Poldadamiens zu nennen als Sehr Sehr Große Bibliothek Poldadamiens und Poldeviens; worauf sich, als sie das sahen, ein Teil der Partei der Versöhner, die sogleich die Hyper-Versöhner getauft wurden, der folgenden Lösung anschlossen: der Name der Bibliothek sollte SSGB (PP und PP) (Sehr Sehr Große Bibliothek Poldeviens und Poldadamiens und Sehr Sehr Große Bibliothek Poldadamiens und Poldeviens) sein. Doch wie man sieht, war deshalb der Streit darüber noch lange nicht beigelegt. Schließlich hatten sich die Regierungen der beiden Staaten auf die zu Anfang dieses Abschnitts erwähnte Lösung geeinigt. Die beiden Bezeichnungen wurden an den Giebel eines jeden der sechs Türme geschrieben, die die Bibliothek bildeten, und ihre jeweilige Reihenfolge wechselte täglich nach einem Losverfahren, das den unschuldigen Händen der, wie es sich gehört, lila gekleideten tugendsamen Mädchen von Sainte-Gudule anvertraut wurde.

Vor dem monumentalen Eingang, einem Triumphbogen, auf dem in Goldbuchstaben »ISBN« eingraviert war, blies der Direktor der SSGBP, Baron LeDroit-Pénurie, gerade auf das Thermometer, um die Temperatur, die beim Herannahen des Weihnachtsfestes zu sinken beschlossen hatte, wieder ansteigen zu lassen. Baron LeDroit-Pénurie war der Direktor der alten Bibliothek gewesen, die aus unbekannten Gründen, nachdem sie jahrhundertelang die Ehre und der Ruhm der Fürstentümer gewesen war, plötzlich eine ernsthafte Funktionsstörung erlitten hatte.

Vergeblich hatte man sich lange Zeit Fragen über die Gründe für diese Katastrophe gestellt. Die eigenwilligsten Hypothesen waren vorgebracht worden: Platzmangel in den Magazinen, Personalmangel, unzureichende Entlohnung des Personals, zu enge Räume und in schlechtem Zustand ... Schließlich hatte Baron LeDroit höchstpersönlich die Ursache entdeckt: der Schuldige war ein kürzlich von der Bibliothek erworbenes ausländisches Werk von einem gewissen J.R., ein Roman mit dem Titel ›D. S... H...‹, in dem *man sich über die Bibliotheken lustig machte!* In dieser galligen und überhaupt nicht lustigen Satire war dem Anschein nach mit Sicherheit wahrscheinlich (wenn man den Sinn der Verkleidungen durchschaute, mit denen der Autor seine Missetat hatte bemänteln wollen) von einer anderen Bibliothek die Rede, der B... N... von P...; doch in Wirklichkeit waren *alle* Bibliotheken gemeint, die als Ungeheuer vorgestellt wurden, und ganz besonders die Große Poldevische Bibliothek, deren Direktor er, Baron LeDroit-Pénurie, war. Sie wurde lächerlich gemacht, als sadistisch und unfähig beschimpft; kein Wunder also, daß sie sich, getroffen von der Ungerechtigkeit, die ihr angetan wurde, und unfähig, angesichts von soviel Böswilligkeit zu reagieren, der Depression hingab. Die Behörden beschlossen auf Bitte des Barons, das schuldige Buch aus dem Verkauf zu ziehen und, vor allem, es aus der Bibliothek zu verjagen; aber leider mußten sie sich den Tatsachen beugen: die Signatur, unter der es erfaßt worden war, war falsch; das kriminelle Exemplar blieb unauffindbar!

Die Regierenden Ko-Prinzen trafen daraufhin die einzige mögliche Entscheidung: es mußte eine neue Bibliothek gebaut werden.

Man nutzte die Gelegenheit, um ein postmodernes Gebäude zu errichten, das, mit allen Errungenschaften der zeitgenössischen Technik und Wissenschaft versehen, die ganze Welt Poldevien und Poldadamien neiden sollte. Die notwendigen Kredite wurden auf Befehl der Prinzen vom Parlament verabschiedet und freigegeben; der Bau begann.

Blieb nur noch das Problem, was aus der *alten Bibliothek* werden sollte: Was tun mit den unzähligen Bänden, den Schätzen des Wissens, die sie enthielten? Naive Gemüter hatten sich eingebildet, daß die SSGBP, da sie eine neue Bibliothek war, bei Null anfangen und sich durch den Erwerb aller kommenden (oder doch so vieler wie möglich) Veröffentlichungen sowie durch Duplikation, Reproduktion und Speicherung (dank der Wunder der Technik), im Hinblick auf diese andere Zukunft, die die Vergangenheit ist, der in der alten enthaltenen Werke einen Fundus bilden könne. Dieser bescheidene Vorschlag stieß auf erbitterten, wirksamen und überwältigenden Widerstand: Alle poldevischen und poldadamischen Forscher unterschrieben eine Petition gegen die anti-epistemologische Unterbrechung im Wissen, die sich aus einer solchen Entscheidung ergeben würde; zudem, sagten sie, müsse man sich jahrelang woanders hinbemühen, um Zugang zu den alten Beständen zu erlangen, wo es doch soviel angenehmer wäre, alles griffbereit in der neuen Bibliothek zu haben. Aber wieder war es Baron LeDroit-Pénurie, der das unwiderlegbare Argument fand: Wenn man die augenblickliche Bibliothek in ihrem jetzigen Zustand und ihrer jetzigen Funktion beließe, würde sich das kriminelle Werk, das sie enthielt und das für ihre Lähmung verantwortlich sei, immer noch darin befinden, da man es unmöglich zu fassen bekomme. Weit davon entfernt, eine alte und teure Bibliothek mit ihrem anrührenden alten Lesesaal zu sein, der sich soviele nostalgische Geister verbunden fühlten, hätte man eine praktisch unbenutzbare, depressive Greisin am Hals. Im Gegenteil, die TRANSFERIERUNG würde, da sie die unverhoffte Gelegenheit zu einer erschöpfenden Bestandsaufnahme wäre, die Möglichkeit bieten, das schädliche Frettchen, den perfiden Fuchs, den gefräßigen Dachs aufzustöbern, der sich in den Hühnerhof der

Bücher geschlichen hatte, und sich seiner endlich zu entledigen.

Die totale TRANSFERIERUNG war also beschlossen und ausgeführt worden; da einige griesgrämige Gemüter darauf hingewiesen hatten, daß der Einzug einer solchen Menge von Büchern in die neuen Türme die Gefahr barg, sie trotz ihres imposanten Umfangs schon zu einem großen Teil zu füllen, noch bevor sie überhaupt funktionieren konnten, machte man sie darauf aufmerksam, daß nicht alle diese alten Dokumente, von denen die meisten eindeutig nutzlos waren, in einem so neuen, so sauberen, so strahlenden und so kostspieligen Raum untergebracht würden. Die Physiker schlugen vor, alle unnützen Bücher zu zerstören; als man sie fragte, nach welchen Kriterien sie sie aussuchen würden, stellte sich heraus, daß sie fast alle Bücher und Artikel als völlig wertlos ansahen, die nicht in einer weniger als drei Jahre alten Rezension in den ›Physical Reviews‹ behandelt worden waren. Nachdem diese moderne und fortschrittliche Lösung ausgeschaltet worden war, da sie nicht die Zustimmung der anderen großen Weltbibliotheken zu finden schien, kam man überein, überhaupt nichts zu zerstören, sondern die Werke, die zu nichts zu gebrauchen waren, in Silos auszulagern, die in einer Bergregion gelegen waren, von wo aus man sie, falls sich wider Erwarten das Bedürfnis nach ihnen bemerkbar machen sollte, innerhalb von weniger als achtundvierzig Stunden kommen lassen könnte.

Aber, fragten dieselben kleinmütigen und mürrischen Geister, wie sollen denn diese »Werke, die zu nichts zu gebrauchen sind«, ausgewählt werden? – »Das ist ganz einfach«, bekamen sie zur Antwort: »es werden jene Werke sein, die in der alten Bibliothek nie oder nur selten von einem Leser ausgeliehen worden sind.«

Und das funktionierte folgendermaßen. Alle, die auf Grund einer in unserer Zeit kaum noch vorstellbaren Perversion des Geistes Untersuchungen über bestimmte Bücher angestellt hatten, von denen man, gerade weil sie nicht gelesen worden waren, nicht wußte, was sie enthalten mochten, begriffen nach einigen Monaten dieser Regelung die ganze Nichtigkeit ihrer überholten Auffassungen. Die meisten gaben auf; einige wurden Finanzanalytiker.

Zehntes Kapitel
Die SSGBP (Fortsetzung) und eine seltsame Erscheinung

Der Inneneingang der Bibliothek, hinter der äußeren Befestigungsmauer, wo sich Hortense mit ihrer Benutzerkarte und ihrem Diplomatenpaß vorstellte, erfüllte eine Doppelfunktion:

1. Er trennte Benutzer und Nicht-Benutzer, wie in den meisten Bibliotheken (mit dem Unterschied, daß es besser war, zwei Karten zu haben, eine poldevische und eine poldadamistische, denn an manchen Tagen war die Bibliothek poldevisch, und die Benutzer, die nur die Karte der anderen Bibliothek, der poldadamistischen und wize wärsa (*Anmerkung:* poldevischer Ausdruck für *umgekehrt*), hatten, wurden abgewiesen).

2. Als Grenzposten zwischen den beiden Ländern; da jeder Punkt des Territoriums ein Grenzpunkt war und ein Übergang von Poldevien nach Poldadamien, wie auch, *und in derselben Richtung,* was nicht allen Nationen gegeben ist, umgekehrt von Poldevien nach Poldadamien, wurde der Beschluß gefaßt, zur Kontrolle der Pässe und der Zölle genau an dieser Stelle einen symbolischen Übergang (und was ist wohl symbolischer als ein Bibliothekseingang?) zu schaffen. Soldaten beider Länder standen dort Tag und Nacht Wache. Sie kontrollierten die Personalausweise und die Benutzerkarten; weshalb Hortense ihren Paß mitgebracht hatte.

Man hatte als Trompe-l'œil eine echte Grenzpostenszenerie mit Gebirgslandschaft aufgemalt, etwas in der Art ›Tatarenwüste‹ oder ›Syrtenküste‹, und die stark bewaffneten Wachen, dick eingehüllt in ihre Uniformen, auf dem Kopf eine Pelzmütze, sahen sich die Ankömmlinge von den Befestigungswällen aus mit ihren Ferngläsern genau an.

An diesem Morgen.
Es treten auf Claudio B. und Francisco C., Wachen.
CLAUDIO B.: Wer ist da?
FRANCISCO C.: Antworte du. Auf- und stillgestanden!
CLAUDIO B.: Lang lebe der Regierende Prinz.
FRANCISCO C.: Claudio?
CLAUDIO B.: Höchstselbst.
F.: Du kommst sehr vorsichtig um diese Stunde.
C.: Mitternacht hat soeben geschlagen *(Anmerkung des Kommentators: symbolische Stunde)*, zu Bett, Francisco.
F.: Danke für die Ablösung, mir ist kalt, und ich habe die Nase voll.
C.: Verlief deine Wache ruhig?
F.: Keine Menschenseele, kein Schwein.
C.: Dann gute Nacht. *(Zu Hortense, die ihre Karte und ihren Paß vorweist)* Schönen guten Tag, Mademoiselle.
Francisco geht ab.
Treten auf Marcellus B. und Prinz Acrab'm.
MARCELLUS B.: Hola, Claudio B.
CLAUDIO B.: Sprich. Was? Ist Prinz Acrab'm da?
MARCELLUS B.: Er ist.
CLAUDIO B.: Willkommen, Marcellus B., willkommen, Prinz Acrab'm.
M.: Nun, ist dieses Ding auch heute nacht wieder aufgetaucht?
CL.: Ich habe nichts gesehen.
M.: Der Prinz sagt, daß es unsere Phantasie ist,
Deshalb habe ich ihn gebeten mitzukommen
Um mit uns zu wachen und sich selbst
Mit eigenen Augen zu überzeugen.
DER PRINZ: Na, na, nichts wird kommen.
Enter Ghost.
DER PRINZ: Er ist das genaue Abbild des verstorbenen Regierenden Prinzen
Vater meines Bruders und Freundes Gormanskoi,
Genannt Airt'n, Mutmaßlicher Erster Prinz,
Bräutigam und Geliebter Hortenses.

(Zum Gespenst) Sprich, sprich, ich flehe dich an.
Exit Ghost (das Gespenst geht ab).

Noch aufgewühlt von dieser gotischen und wunderlichen Erscheinung, begab sich Hortense in den ersten Turm, den roten Turm, um dort mit ihren Nachforschungen zu beginnen. Jeder Turm hatte seine eigene Farbe (der zweite Turm war violett, der dritte orange ...); die Türme, jeder mit siebenunddreißig Stockwerken (zu jener Zeit zumindest, denn man fügte je nach Bedarf Stockwerke hinzu), waren aus gefärbtem, aber durchsichtigem Glas, und man gelangte über Treppen oder mittels an den Wänden entlanggleitenden Aufzügen hinauf. Jeder Bibliotheksbenutzer saß mit seinen Unterlagen, seinen Aufnahme- und Leseinstrumenten, seinen Textverarbeitungsmaschinen, seinen Telefonen, seinen Videophonen, seinen Druckern, seinen Bleistiften, seinen Disketten, manchmal sogar seinen Büchern, in einem kleinen, persönlichen Kubikel; und die Besucher der Bibliothek, vor allem die zahllosen und austauschbaren Touristen, betrachteten sie im Vorübergehen, preßten sich an die Scheiben, schnitten ihnen Grimassen, fotografierten sie, versuchten, ihre Aufmerksamkeit auf sich zu lenken, sie von ihren Arbeiten als Bibliotheksbenutzer abzulenken; doch vergeblich, denn die Bibliotheksbenutzer sahen sie nicht.

In einem dieser kleinen Käfige saß ein großer, kahlköpfiger Mann, äußerst intelligent, kultiviert und distinguiert, mit einem von den Unbilden des Lebens mit tiefen Falten durchzogenen Gesicht; er trug einen großen, durchlöcherten Pullover, einen grünlichen Burberry-Regenmantel, eine abgeschabte blaue Kordhose und hatte Leinenschuhe mit geflochtener Sohle an den Füßen; der linke war blau, der rechte schwarz; er hatte ein Exemplar der ›Times‹ vom Tage auf den Schreibtisch gelegt, zu seinen Füßen konnte man eine rote Einkaufstasche sehen, auf der »Big Shopper« stand und aus der eine Stange Lauch hervorsah. Er lächelte. Er lächelte und las dabei

›Vom Winde verweht‹. Er las nicht wirklich, er hatte nur das aufgeschlagene Buch vor sich liegen und hörte einem Papagei zu, der es ihm Seite um Seite, Kapitel um Kapitel vortrug. Dies war eine neue, seit kurzem den Benutzern der SSGBP angebotene Dienstleistung: Ein Buch wurde von Schauspielern auf Band gesprochen, dann wurde das Tonband vor eigens hierzu geschulten Papageien abgespielt, die es ohne Schwierigkeiten auswendig lernten; ein Bibliotheksbenutzer brauchte nur noch den entsprechenden Bestellzettel loszuschicken, und sofort kam der Papagei pfeilgeschwind an, um das auswendig Gelernte vorzutragen. Auf dem Schreibtisch dieses Bibliotheksbenutzers ließen sich neben der ›Times‹, die auf der Seite des über die Reisen der königlichen Familie informierenden »Court circular« aufgeschlagen war, Bruchstücke eines unvollendeten Briefes lesen: »... es handelt sich um einen *Gnomonolog*, ein literarisches Genre, das ich bei dieser Gelegenheit zu lancieren gedenke; er ist von großer philosophischer, poetischer und esoterischer Tiefe; ich habe gerade damit begonnen; es ist so etwas wie: ›Das Sein oder das Nicht-Sein sein und dabei gleichzeitig das Seiende oder das Nicht-Seiende sein, dies ist die bohrende Frage und so weiter.‹«

Im roten Turm, in den sich Hortense begab, wurden die Bücher nach den rationellen Prinzipien der Hyper-Bibliotheken eingeteilt, deren Klassifizierungssystem einst die geniale Erfindung eines Autors der poldevischen Renaissance, einem Schüler Leonardos von Pisa, Paolo de Brafforte, gewesen ist; es handelt sich um das, was man technisch die »Geordneten Bibliotheken« nennt; wir können hier nur einen kurzen Überblick dieses großartigen Entwurfs geben, der zur allgemeinen Verwunderung noch nicht von der ganzen Welt übernommen worden ist (wenn die Welt überhaupt ganz genannt werden kann, uns kommt sie eher bruchstückhaft vor):

In einer Abteilung waren die Werke *nach Zahlen* angeordnet: zuerst die, die in ihrem Titel die Zahl 1 enthielten; dann die, die die Zahl 2 enthielten; dann die Zahl 3 (›Die drei Musketiere‹ zum Beispiel), 4 (›Das Zeichen der Vier‹, von Conan Doyle), 5 (›Die fünf Sous von Lavarède‹), 20 (›Zwanzig Jahre danach‹) und so weiter bis zur 10. Potenz hoch 14 (Raymond Queneaus ›Hunderttausend Milliarden Gedichte‹).

In einer anderen Abteilung hatte man die Bücher nach den Farben zusammengestellt (›Rot und Schwarz‹, ›Der gelbe Hund‹, ›Der grüne Gabardinemantel‹, ›Der orangefarbene Virus‹).

In anderen wiederum jene, die (immer noch im Titel) gleichschenklige Wörter enthielten wie »Hierarchie«, »Amalgam«, ... »Mesdames«, »sowieso« (diese Wörter sind von Marcellus B. erfunden worden).

Zahllos sind die erfindbaren Spielarten, und die Bibliothekare der SSGBP entdeckten unaufhörlich neue, die sie sofort zum größten Nutzen und Gewinn der Bibliotheksbenutzer ausprobierten.

Ein anderes Einordnungsprinzip in den Katalogen war das der »Portemanteaux«, erfunden von einem Bibliothekar des British Museum, dem ehrwürdigen Dodgson (und manchmal, man weiß nicht warum, mit »Koffer« übersetzt).

So gab es den »Geographie-Koffer«, in dem man »Rußlandau«, »Perumänien«, »Nebraskatchewan« und andere wenig bekannte, doch von jetzt an unerläßliche kulturelle Entitäten entdecken konnte.

Die »Autoren-Koffer« erlaubten kühne semantische Nebeneinanderstellungen und zahlreiche kritische Entdeckungen: Was gibt es Natürlicheres als einen Katalog, der den Werken Henry James Joyces, Tolstojewskijs, Shakespirandellos gewidmet ist!

Übrigens vergrub sich Hortense in diesen letzteren, und es dauerte nicht lange, bis sie die Bestätigung dessen erhielt, was sie, wie wir, schon geahnt hatte; sie war darüber allerdings nicht erleichtert, ganz im Gegenteil!

(Der nun folgende Abschnitt ist vom Autor gekürzt und

verstümmelt, auf Bitte Hortenses jedoch (teilweise) wiederhergestellt worden.)

Sie hielt sich eine Weile an diesem Ort auf; er war ihr nicht so vertraut wie die Bibliothek der Stadt, an die sie gewöhnt war und mit der sie früher, als man ihr die Zeit zu denken und zu lesen ließ, eine fast liebevolle Beziehung aufgebaut hatte; aber es war eine Bibliothek. Und Hortense liebte Bibliotheken. Gewiß, das Leben verlief dort ruhiger, friedlicher, ohne die Freuden der Leidenschaft, aber auch ohne ihre Gewitter. Man konnte sogar daran denken und dennoch lernen. Sie sah von dem Buch auf, in dem sie gerade gelesen hatte. Und sie sagte sich: »Wie wär's, wenn ich etwas anderes lesen würde, etwas, das mich interessiert, und nicht den Roman meiner Abenteuer?« Sie warf einen flüchtigen Blick um sich. »Man« schien sie nicht zu sehen. Ein Satz erschien auf ihrem Bildschirm: »Möchten Sie ein anderes Buch lesen?« Sie...

An einem der Nachbarplätze im Saal der Geordneten Bibliotheken machte ihr Pater Risolnus Zeichen; er war in einem Zustand großer, triumphierender Freude, denn er hatte in dem Titanenkampf, den er mit seinem theoretischen Gegner seit altersher, Louis Macaniche, über die tiefgreifende Beschaffenheit des Rhythmus ausfocht, gerade ein entscheidendes Argument entdeckt. Dieser hatte ihn in einem kürzlich erschienenen Artikel beschuldigt, *»das Subjekt und die Geschichte auszulagern«*. Nun hatte der Pater gerade nachgewiesen, daß der Rhythmus sich unerbittlich und unwiderlegbar von der Existenz des Protons selbst ableitet, das der solide Elementarbaustein ist, aus dem unsere Sinnenwelt entsteht. »Wenn wir gegen eine Mauer rennen«, sagte er ganz vertraulich zu Hortense, »dann geschieht das wegen der Protone.« Doch die schätzbare Lebensdauer des Protons übersteigt das Alter des Universums, das heißt, daß das Proton, und mit ihm der Rhythmus, für alle praktischen Fälle ewig ist. »Na«, sagte Pater Risolnus, »da hast du's! Das Subjekt und die Geschichte! Sehen jetzt ganz schön alt aus! Pff!«, und er ließ auf dem Bildschirm für Hortense in Orator-10-Zoll-Schrift mit Schattenrelief *(auf bestialische Weise vom Verleger zensiert)* die Schlußfolgerung seines Artikels für die ›Zeitschrift für poldevische poldevische Metaphysik und Moral‹ (nicht zu verwechseln mit der ›Zeitschrift für poldevische poldadamistische Metaphysik und Moral‹, die ganz dem macanichianischen Ideen ergeben ist) erscheinen.

»Es gibt nur eine universelle Konstante, und das ist ein Rhythmus!

Da Materie, Raum und Zeit untrennbar und kohärent sind, mit andern Worten: Für infinitesimale Zeiträume völlig real, ist der Rhythmus die Existenz-Essenz des Ganzen, das im Nichts aufgeht. Die rhythmische Pulsation der Leere ist somit die fundamentale gnoseologische Kategorie, das heisst **Gott.** Daraus ergibt sich die richtige Theologie.«

Etwas später las er den Artikel im Café »Zum Ponyhufeisen« Hortense, Al. Wl., Cyrandzoi, der kleinen errötenden Ariane und dem Kellner vor, einem Schönen jungen Mann; vor einer neuen Pinte sehr kühlem Bier beendete er singend zu Ehren von Louis Macaniche die Hymne auf den Rhythmus, die einer seiner Freunde für ihn komponiert hatte:

Hymnus Rhythmi.

(do si la sol sol la la la la sol fa mi re si la sol la sol fa mi sol do do do do do sol do sol do re mi do re re re re re re re do re mi re do mi do: eine alte poldevische Volksweise)

1 ’sgibt ganichwait in der Stadt Lichteee
la la la la la la la la la la la la
’sgibt ganichwait in der Stadt Lichteee
la la la la la la la la la la la la la
2 ‘s sei denn, ’s ist bei Adlerwichteee

la la la la la la la la la la la la
’s sei denn, ’s ist ....
....

3 Oder sogar bei Bad Bertrichteee
la la la la la la la la la la la la ....

4 Die Po-Ätologen schriebn ihre Berichteee
la la la la la la la la la la la la

5 Pater Risolnus las diwail bai Kerzenlichtee
la la la la la la la la la la la la

6 Über den Rhythmaus ein eindraucksvolläs Leergedichteee
la la la la la la la la la la la la

7 Doch alle Po-Ätologen machtens flugs zunichteee
la la la la la la la la la la la la

8 Kan Macaniche hatte darauf ein Gäsichteee
la la la la la la la la la la la la

9 »Ihr lagert aus das Subjekt und die Gäschichtee«
la la la la la la la la la la la la

10 Von da an trank a an der Anrichteee
la la la la la la la la la la la la

11 Nur noch Guinness Beer, ein Bier, das äußerst dichteee
la la la la la la la la la la la la

12 Wir singen alle, auf em Weg zur Pißfichteee
la la la la la la la la la la la la

13 »Wir lagern aus das Subjekt und die Gäschichteee!«
la la la la la la la la la la la la

14 »Wir lagern aus das Subjekt und die Gäschichteee!«
la la la la la la la la la la la la!!!

Elftes Kapitel
Der Brief an Laurie, Carlotta und Ophelia

Ganz besonders beunruhigt wäre Hortense gewesen, wenn sie, noch am Abend dieses Tages, der Begegnung zwischen Prinz Gormanskoi und dem Gespenst und den darauf folgenden furchtbaren Enthüllungen hätte beiwohnen können; um so beunruhigter, als sie mit dem, was sie am selben Morgen in der Bibliothek gelesen (oder genauer, wiedergelesen) hatte, den Inhalt derselben ungefähr hätte beschreiben können; was gewiß einer der besorgniserregendsten Aspekte der Situation war, wie sie auf der Stelle Laurie schrieb:

Queneau'stown, Poldevien,
Palast des Prinzen Gormanskoi,
Sonntag, den ... im Dezember des Jahres ...

Liebe Laurie, Liebe Carlotta, Liebe Ophelia, um Euch klarzumachen, wie es mir ergeht, ist es wohl am besten, wenn ich Euch den Bericht über meine Abenteuer kopiere, wie er in dem Buch zu lesen ist, das gerade geschrieben wird und das ihnen gewidmet ist, nämlich ›Das Exil der schönen Hortense‹; ich habe einige besonders wichtige Abschnitte unterstrichen und numeriert, für den Fall, daß Ihr keine Zeit habt, alles zu lesen:

aus dem ersten Teil
aus dem ersten Kapitel

1 In diesem Augenblick war ein Läuten zu hören. Den Bruchteil einer Sekunde zuvor war Alexander Wladimirowitsch von der Badewanne heruntergesprungen, und mit der Pfote die Perlmuttschnecke packend, hielt er sie Hortense hin; es war das Telefon und der Prinz.

2 Als sie die Stimme des Prinzen am anderen Ende der Nicht-Schnur (es war ein schnurloses Telefon) hörte, richteten sich die Brüste Horten-

ses plötzlich auf, als seien sie unversehens von einer Frühlingsbrise zwischen zwei Hemden entschleiert worden.
3 Allerdings ließ sich im Verlauf des Gesprächs eine gewisse Ernüchterung bei den Brüsten Hortenses feststellen, die bald schon, sichtlich enttäuscht, wieder zu ihrer a-erotischen, möchten wir sagen, Ausgangsstellung zurückfanden.

aus dem zweiten Kapitel
4 Das Blau ist im poldevischen Symbolismus der Farben die Farbe der Heimtücke; also ist der Himmel, *in normalen Zeiten* natürlich, mit Wolken bedeckt.

aus dem dritten Kapitel
5 Hortense ging in den Flur und machte ihren eingebauten Kleiderschrank auf. Sie wählte ein sehr strenges Höschen, das sehr knapp ihre dichte Behaarung bedeckte und über den Pobacken sehr tief ausgeschnitten war, ein paar schwarze Strümpfe mit Strumpfbandhaltern, die das Wappen des Prinzen trugen (man kann ja nie wissen), einen Rock von ziemlich zartem Rot, der auf der Seite geknöpft war, einen grauen Pullover aus poldevischem Kaschmir; sie zog keinen Büstenhalter an.

ebenfalls aus dem dritten Kapitel
6 Hortense wählte zu Ehren von Cyrandzoi geschnittenen Shetland-Lachs und bezahlte mit einer goldenen poldevischen Guinée; der Lachsverkäufer nahm das Geldstück, wog es, um sich seines Gewichts zu versichern, betrachtete es dann aufmerksam, um sich seine Echtheit zu bestätigen: es war ein hexagonales Geldstück mit dem Porträt von Marilyn Monroe, unter dem das Datum ... und der Wert stand, 1 poldevische Guinée; was der Verkäufer jedoch suchte, war nicht das; jede Ecke des Geldstücks war numeriert, aber die erste, die Nummer 1, war leicht verkratzt, und zwar so, daß man anstelle der »1« »i« las.

aus dem vierten und fünften Kapitel
7 »Dasselbe«, sagte darauf Pater Risolnus in einem umwerfenden Geniestreich, »dasselbe, ist dasselbe also dasselbe oder ein anderes? Das frage ich Sie.«
8 Sie begaben sich festen Schrittes zum Queneleieff-Platz, auf dem der Regierungspalast, Schloß Eerlosni, steht.
9 *Die Türen des Großen Saals des Palastes gehen auf beiden Seiten auf.*
Trompeten. Es kommen nacheinander herein:
– von rechts Alicius, Regierender Prinz von Poldevien, Gertrude, seine Prinzessin, Poldevius, sein Erster Minister; Edelleute, Polente und Statisten;

– von links Prinz Airt'n, Mutmaßlicher Erster Prinz, Hortense, seine Braut, Alexander Waldimirowitsch, Erster Katzen-Prinz, Cyrandzoi, Erster Pony-Prinz.

ALICIUS: Obgleich an Airt'ns, unsres lieben Bruders, Tod
Die Erinnerung so frisch, und es uns ansteht,
Unsere Herzen in Kummer und Trübsal zu tragen, und unsere gesamten Fürstentümer

aus dem sechsten Kapitel

10 Der Neuankömmling, ein Prinz mit Sicherheit, ein grün gekleideter Prinz, sah Gormanskoi zum Verwechseln ähnlich; er glich ihm so sehr, daß ihr davon schwindlig wurde; war er der Gute? War er der Böse? Ihr Instinkt sagte ihr nichts, ihre Liebe schickte ihr keine eindeutige Botschaft: sie sah ihn an, verloren, sprachlos.

»Ich stelle Ihnen hier, meine Liebe, Prinz Acrab'm vor; er ist mein Bruder, mein Verbündeter, ich liebe ihn wie ein anderes Ich.«

aus dem zweiten Teil

aus dem siebten Kapitel

11 Du hast um den Preis einer unerquicklichen Erfahrung gelernt, den Guten Prinzen, den du liebst, Airt'n, vom Prinzen Dämon, den du verabscheust, der dich begehrt und der nur ein Ziel hat, nämlich, dich zu vergewaltigen, in deinem aufreizenden Körper (ich spreche für die Menschen) seine permanente Geilheit zu befriedigen, dem verachtenswerten Augre, zu unterscheiden. Diese Unterscheidung ist wahr und nicht illusorisch, dessen kannst du sicher sein. Ich, Alexander Wladimirowitsch, garantiere es dir. Selbstverständlich bist du damit noch nicht in der Lage, die zweite Unterscheidung vorzunehmen, die für dich notwendig ist, die zwischen dem Guten und dem Guten, zwischen Airt'n und Acrab'm; aber es wird dir gelingen, davon bin ich überzeugt.

aus dem achten Kapitel

12 G.: Glauben hätte man das nicht sollen; verkriech dich in ein Kloster, Weib; und schnell; adieu!
Er geht ab.

aus dem zehnten Kapitel

13 *Enter Ghost.*

DER PRINZ: Er ist das genaue Abbild des verstorbenen Regierenden Prinzen
Vater meines Bruders und Freundes Gormanskoi,
Genannt Airt'n, Mutmaßlicher Erster Prinz,

Bräutigam und Geliebter Hortenses.
(Zum Gespenst) Sprich, sprich, ich flehe dich an.
Exit Ghost.

14 Was gibt es Natürlicheres als einen Katalog, der den Werken Henry James Joyces, Tolstojewskijs, Shakespirandellos gewidmet ist!

Übrigens vergrub sich Hortense in diesen letzteren, und es dauerte nicht lange, bis sie die Bestätigung dessen erhielt, was sie, wie wir, schon geahnt hatte; sie war darüber allerdings nicht erleichtert, ganz im Gegenteil!

aus dem elften Kapitel

15 Ganz besonders beunruhigt wäre Hortense gewesen, wenn sie, noch am Abend dieses Tages, der Begegnung zwischen Prinz Gormanskoi und dem Gespenst und den darauf folgenden furchtbaren Enthüllungen hätte beiwohnen können.

Das ist, glaube ich, das Wesentliche, diese Auszüge werden Euch, meine Teuersten, eine klare Vorstellung von der äußerst ernsten Lage geben, in der ich mich befinde; ernster noch, als Ihr Euch bei der Lektüre der vorausgegangenen Kapitel vorstellen könnt: Als ich heute morgen wachgeworden bin, habe ich mich dabei ertappt, wie ich ein Lied gesungen habe, das ich nicht kannte und dessen Worte ich nicht einmal verstehe; es fängt folgendermaßen an:

And will a not come again? (da capo)
No, no he is dead;
Go to thy death-bed
....

Werde ich verrückt?

Glaubt mir, *es ist etwas faul in den poldevischen Fürstentümern.*

Kommt mir zu Hilfe, ich flehe Euch an.

Eure

Hortense.

P.S. (nicht dem Autor zeigen; ich habe den Brief mit unsichtbarer Tinte geschrieben, und er wird erst auf den Druckfahnen erscheinen; er wird es nicht einmal merken).

Anmerkung der Herstellung: Dieses Postscriptum ist

tatsächlich erst nach Abgabe des Manuskripts erschienen, und es ist wahrscheinlich, daß es nicht von seinen Empfängerinnen gelesen worden ist.

Ich brauche Euch nicht nur, um die Geheimnisse aufzuklären, die mich bedrohen, sondern ganz einfach, weil Ihr mir fehlt; ich habe niemanden, mit dem ich reden kann; nur eine Katze, die nicht einmal mir gehört, da sie ein Prinz ist. Ich fühle mich allein; ich fühle mich allein und fühle mich gleichzeitig als Punching-Ball, das heißt, daß ich mich nicht allein genug fühle: auf dem Stundenplan des Punching-Balls fehlt es an Räumen zur Meditation; ich stecke mitten in Komplotten, denen ich nicht gewachsen bin und gegen die ich nichts tun kann; Ihr könntet dem Autor vielleicht zwei Wörtchen sagen; er scheint gar nicht zu merken, daß mich das erotische Intrigenspiel in die Einsamkeit stürzt und daß die Liebesdynamik mich langweilt.

Zwölftes Kapitel
Unterdessen in der Stadt, nicht weit von Sainte-Gudule entfernt

Unterdessen rückte bei uns, in der Stadt, Weihnachten ebenfalls näher, trotz des Zeitunterschiedes. Laurie und Carlotta saßen in der Küche ihrer Wohnung, im Gebäude »X« der Rue des Citoyens Nummer 53, dessen Eingang auf die Grünanlage Grands-Edredons geht, die direkt neben Sainte-Gudule liegt. Sie stellten ihre Weihnachtseinkaufsliste auf Recycling-Papier zusammen, das sie in einem Laden gekauft hatten, wo man sich in eine Unterschriftenliste für den Schutz der Dachse einträgt und wo Freiwillige sich zum Bereitschaftsdienst zur Verfügung stellen, um die um politisches Asyl bittenden Wale willkommen zu heißen. Auf dem Oberteil des Wandschranks über dem Kühlschrank paßte Ophelia auf, daß sie auf der Liste mit den allernotwendigsten Dingen von erstklassiger Qualität, am Rande mit drei *** versehen, nicht vergessen wurde. Man erreicht den oberen Teil des Wandschranks über dem Kühlschrank, indem man auf Lauries Sessel springt, von dort auf den Kühlschrank, von dort auf die Oberkante der Küchentür und von der Küchentür auf die Oberseite des Wandschranks; dort hat man eine strategische Stellung, die folgendes erlaubt:

– die durch die geöffnete Küchentür Kommenden zu beobachten;

– zu kontrollieren, daß Laurie und Carlotta nicht das Allernotwendigste auf dem Einkaufszettel (ob Weihnachten oder nicht Weihnachten) vergessen, das heißt die Katzen-Dosen;

– neue Katzen-Stellungen auszuprobieren, und zwar vom ästhetischen und moralischen Standpunkt aus, sowie die alten zu berichtigen und zu korrigieren.

Doch wer ist Ophelia? Wer sind Laurie und Carlotta?

Laurie und Carlotta waren rothaarig (sie sind es immer noch, doch die Erzählung hat ihre Erfordernisse, die, was die verbale Form angeht, den Gebrauch der geeigneten narrativen Zeit verlangen; wir wissen, daß Laurie und Carlotta, da sie früher, zu Beginn der Erzählung, rothaarig gewesen sind, alle Aussichten haben, es auch im Augenblick der Ereignisse gewesen zu sein, die diese Erzählung erzählerisch wiedergibt, und folglich und wahrscheinlich sind sie es auch noch zu dem späteren Zeitpunkt, in dem wir sprechen, das heißt schreiben, oder auch zu dem noch späteren Zeitpunkt, in dem wir lesen, soweit das »wir«, von dem hier die Rede ist, neben das ihm vorausgegangene wir gestellt werden kann, ohne daß es zu Verwechslungen kommt, und daher sollte man wohl besser sagen oder eigentlich schreiben, »in dem Sie lesen«).

Wo ist da das Problem, wie die Ärzte sagen?

In der Unveränderlichkeit von Lauries und Carlottas Rothaarigkeit und in der Rechtfertigung des Gebrauchs der Form »waren rothaarig« im Roman auf Kosten der natürlicheren und entsprechenderen Form »sind rothaarig« (die mir übrigens, wenn ich mir's recht überlege, nicht sehr viel zufriedenstellender zu sein scheint, denn ich sehe überhaupt keinen Grund anzunehmen, daß Laurie und Carlotta [oder Carlotta und Laurie], die zwischen dem Augenblick des Abfassens des Weihnachtseinkaufszettels und dem Augenblick der Niederschrift des Romans so wenig aufgehört haben, rothaarig zu sein, wie sie zwischen dem Augenblick der Niederschrift und dem [oder den Augenblicken] der Lektüre in Zukunft aufhören werden, rothaarig zu sein, ob es sich nun um die Zukunft des einen oder anderen Augenblicks der Aussagen oder schriftlichen Niederlegungen dessen handelt, wovon hier die Rede ist, und folglich müßte man vielleicht sagen, schreiben oder denken, »werden rothaarig sein und gewesen sein«).

Zusammenfassend läßt sich sagen, daß Laurie und Carlotta rothaarig gewesen sind, waren, sind, sein werden und gewesen sein werden, und man kann nicht eindrücklich genug auf das hinweisen, was diese Charakteristik an Risiken für den Erzähler birgt; ein Romancier, der Rothaarige als Romanheldinnen hat, lebt gefährlich, das ist sicher.

Ophelia war nicht rothaarig, sondern grau, zartgrau. Mit blauen, zartblauen Augen.

Sie war zur Stunde beunruhigt; denn Laurie und Carlotta hatten sich in eine Diskussion über komplexe Zahlen gestürzt, und sie fürchtete, sie könnten darüber den Einkaufszettel vergessen, was zur Folge hätte, daß der Vorrat an Katzen-Dosen, da die Einkäufe nicht rechtzeitig genug getätigt werden könnten, nicht ergänzt werden und folglich ihr Teller leer bleiben würde, was sie in einen kaum glaublichen Zustand der Panik versetzte. Sie miaute diskret.

Der Zustand der Panik, in den die Leere ihres Tellers Ophelia, selbst wenn sie satt war, versetzte, sie, die in der Regel doch so besonnen und gleichmütig war, wird durch ihre Geschichte gerechtfertigt, die vor Ihren Augen auszubreiten jetzt der richtige Augenblick ist, so daß ich die Darstellung nicht mehr länger hinauszuzögern wage:

Ophelia, die Lieblingstochter einer poldevischen Prinzessin, war ihrer untröstlichen Familie bei einem Picknick auf dem Melankton-See von poldadamistischen Piraten entführt worden, die für die Sklavenmärkte von sechs Kontinenten Katzen-Babys besorgten; von ihren Entführern in einem anrüchigen Laden am »Quai des Gewimmers« zum Verkauf angeboten, hatte sie die ersten drei Monate, die den ersten drei Monaten ihrer Existenz folgten, eingesperrt in einem Käfig verbracht, aus dem Laurie und Carlotta sie dadurch befreiten, daß sie in die Versteigerung eingriffen und sich gegen einen sehr verdächtigen Poldeven durchsetzten, in dem wir einen Abgesandten von Prinz Augre, dem Prinzen Dämon, erkennen. Ophelia hatte davon folgendes zurückbehalten:

– eine ewige Dankbarkeit für die beiden Rothaarigen ihres Herzens;

– eine panische Angst, nicht gefüttert zu werden.

Carlotta erklärte Laurie, ihrer Mutter, ihre kürzliche Entdeckung der komplexen Zahlen (wem soll man eine solche Entdeckung anvertrauen, wenn nicht seiner Mutter?): »aus −1 eine Wurzel zu ziehen, ist das nicht hübsch?« sagte sie. »Warum«, sagte sie, »sollte −1 nicht wie 1 oder 2 oder jede andere Zahl eine Wurzel haben? Das frage ich dich.« Laurie war aufs radikalste oder, wenn Sie das vorziehen, bis auf die Wurzel, an den komplexen Zahlen desinteressiert, und antwortete Carlotta nur so, wie Sokrates in den Dialogen Platons geantwortet wird, nämlich mit »in der Tat« oder mit »eins ist jedenfalls sicher« und anderen Onomatopöien; sie fügte auf dem Zettel für Télérama noch Oregano hinzu. »Und dann die komplexe Ebene«, sagte Carlotta, »ich liebe die komplexe Ebene; komplexe Zahlen entstehen durch die Erweiterung der reellen Zahlen um die imaginären Zahlen; im Grunde ist der imaginäre Teil das Unterbewußtsein der komplexen Zahl; vielleicht ist das Unterbewußtsein sogar wie die komplexe Ebene aufgebaut; du hast mir deinen grauen Pullover fürs Schwimmbad geliehen.« »Drei Schälchen kleine Kirsch-Tomaten«, schrieb Laurie noch auf den Einkaufszettel. Sie riß die Blätter aus dem Notizblock und hielt sie Jim Wedderburn hin. »Was, ich habe dir meinen grauen Pullover fürs Schwimmbad geliehen? Ich hab's langsam satt, daß du immer meine Sachen nimmst, ohne mich zu fragen.« Carlotta lächelte. An der Tür klingelte es. Es war die Post; ein Brief von Hortense war darunter.

»So eine blöde Kuh! Also so eine blöde Kuh«, sagten Laurie und Carlotta, als sie Hortenses Brief lasen. »Was zum Teufel hatte sie dort überhaupt zu suchen?«

Bei Nummer 8 der von Hortense unterstrichenen Auszüge in dem Roman ›Das Exil der Schönen Hortense‹, in dem ihr Abenteuer erzählt wird, machte Laurie eine nachdenkliche Pause; sie ging über zu Auszug 9; dort gab es dann keinen Zweifel mehr:

»Hol mir mal den Band mit dem Buchstaben H der ›Encyclopaedia Britannica‹«, sagte sie zu Carlotta. »Es ist genau, wie ich vermutet habe«, sagte sie etwas später, »sie ist in ›Hamlet‹ geraten! So eine blöde Kuh! Also so eine blöde Kuh!«

»Was gedenken Sie zu tun?« sagte Jim Wedderburn.

»Sie kann zusehen, wie sie alleine zurechtkommt«, sagten Laura und Carlotta. »Sie hätte ja nicht nach Poldevien zu gehen brauchen! Wie kann man bloß nach Poldevien gehen? Wir sind sicher, daß sie in Poldevien die Rothaarigen verfolgen; sie braucht nur das erste Flugzeug hierher zu nehmen und ihren Prinzen sitzenzulassen, der sich für Hamlet hält und seinen Papa rächen will, den der Regierende Prinz vergiftet hat und der (der Regierende Prinz) seine Mama geheiratet hat; was geht sie denn das an?«

»Lest bis zum Ende«, riet Jim Wedderburn.

Jim Wedderburn war der Kompagnon Lauries; sie hatten zusammen ein sehr florierendes Import-Export-Unternehmen von Plastiktüten für Buchhandlungen gegründet; kürzlich hatten sie das Angebot erweitert und ihrem Sortiment, unter anderen Neuerungen, Plastiktüten mit Namen der Autoren und Auszügen aus ihren Werken hinzugefügt; an jenem Morgen, kurz vor Weihnachten, war man in Erwartung der sechs Festessen, in die man die Feiertage auf Grund der zahlreichen Besuche hatte unterteilen müssen.

Es sollte geben:

– ein Baby-Festessen, organisiert für die Begegnung zwischen Gaspard, dreizweidrittel Monate alt, und Laurie, die einen Monat jünger war (nicht die Laurie, die in der Küche ist und den Einkaufszettel schreibt, sondern die, deren stellvertretende Patin Carlotta ist, mit einem Wort, die Tochter von S. und von J.-Y.). Gaspard wiederum ist der Bruder Fannys, neun Jahre alt, deren Katze,

Miron, es endlich nach zweijährigem Bemühen und Auf-der-Lauer-Liegen gelungen ist, die Kanarienvögel zu fressen, und die gerade (Fanny, nicht die Katze) an der Vor-Jury zum Großen Preis für Erwachsenen-Literatur von Cachenaseau teilgenommen hat, jener Jury, zu der auch Jim Wedderburn gehört, der, da er nichts von Erwachsenen-Literatur versteht und nur Kinderbücher liest, eine Vor-Jury unter dem Vorsitz Ophelias gebildet hat, die ihn bei seiner Auswahl und bei der Stimmabgabe berät: Laurie und Carlotta sind rechtmäßige Mitglieder, macht vier Mitglieder in der Vor-Jury; im Falle einer gleichmäßigen Verteilung (2 + 2 = 4, daran möchte ich Sie noch einmal erinnern) kommt es zu einer halben fliegenden Stimme, die als Joker dient und ausgelost wird); Fanny hat sich den Lohn für ihre bedeutende Mitwirkung an den Beschlüssen der Vor-Jury in Käse auszahlen lassen,

– ein Festessen für Marion vor ihrer Abreise nach Saint-Gervais,

– ein Schöne-junge-Männer-Festessen usw.,

– das Ganze soll stattfinden vor der Abreise Carlottas zu ihrem eigenen Pferde-Festessen am 31. Dezember, bei Marina, Bruyères-les-Armoriques, für das Laurie noch das Kostüm fertig nähen mußte, das Carlotta tragen sollte, um die bruyerischen Herzen mit ihrer Rothaarigkeit zu entflammen (sie hatte bereits fünf Meter Saum auf ihrer Nähmaschine gekettelt, fünf Meter auf zwei Meter gekürzte Kräuselfalten vorbereitet (und es blieben noch zwei Meter, die auf sechzig Zentimeter zu kürzen waren, sowie zwei Meter Tüll für das Unterkleid), das Ganze war glatt einmal um die Küche gegangen, der Rock war aus schwarzem Taft mit kleinen grünen Punkten (Anmerkung Carlottas: Ich weiß nicht, ob es Absicht ist, jedenfalls handelt es sich in Wirklichkeit um grünen Taft mit schwarzen Punkten. Da der Autor immer nur die Wahrheit sagt, stelle ich mir die Frage.), und darüber kam ein eingearbeitetes schwarzes Brustteil à la Marilyn, das die Schultern unbedeckt ließ (es hörte, sagte Laurie, »direkt oberhalb der kleinen Brüste Carlottas« auf, die siebzehn Jahre alt war); und da es zur Jahreswende war, die im Winter stattfand, hatte man über den Schultern eine Stola aus elastischem Frotteesamt vorgesehen.

Jim Wedderburn sollte sie auf den Markt der Bébés Orange begleiten, wo sie jenen Teil der Einkäufe tätigen wollte, der nicht via Minitel zu bekommen war; anschließend wollte er mit Laurie und Ophelia zur Vernissage von Laure Duriens Briefumschlägeausstellung (eine neue Form der Bildkunst) in der Buchhandlung Griffures, Rue Vieille-des-Archives, gehen, vor Lauries Unterricht in französischem Boxen. Sie hatte bereits den »grünen Boxhandschuh«, hoffte aber, bald den »roten Boxhandschuh« zu machen.

»Lesen Sie doch«, sagte Jim Wedderburn.

»I see«, sagte Laurie und las zu Ende. »Wenn sich Gormanskoi für Hamlet hält oder man ihn dafür hält, wie auch immer, dann folgt daraus, daß er und man (wobei »man« Poldevien im allgemeinen ist) seine Braut, Hortense, für die Braut Hamlets in dem Stück von Schakaispear hält, und das geht natürlich nicht, das geht überhaupt nicht.«

»Wie Sie sagen«, sagte Jim Wedderburn.

»Hä?« fragte Carlotta, die für Schakaispear nur eine mäßige Bewunderung hatte, da sie ihm Molière, das Theorem Morleys und die Desochirubinokleinsäuren sowie andere kleine gefräßige Enzyme vorzog.

»In dem Stück wird Hamlets Braut verrückt und ertrinkt; wir möchten jedenfalls nicht, daß Hortense, so blöd sie auch ist, sich eine Lungenentzündung holt.«

»Man«, sagte Jim Wedderburn, »man hat mich beauftragt, mich bei Ihnen zu verwenden, damit Sie etwas unternehmen, um Hortense zu helfen; andernfalls ist der Roman im Eimer.«

»Könnte ›man‹«, sagte Laurie, »könnte ›man‹ nicht selber kommen und darum bitten?«

»Sie wissen genau«, sagte Jim Wedderburn, »daß ›man‹ sich nicht in den Roman einschalten darf, der Verleger hat es ihm verboten; außerdem hat ›man‹ häusliche Probleme.«

»Was kann so ein Knabe für häusliche Probleme haben?« ließ Carlotta verlauten.

»Nun, wissen Sie: sein Waschbecken hat eine undichte Stelle; er kann in Anbetracht der Anordnung der Rohre nicht mehr als einen Topf darunterstellen, und da der nur klein ist, gibt ihm das nur eine sechsstündige Autonomie, wenn er ausgehen will.«

»Könnte er zum Beispiel nicht das Wasser abstellen, wenn er aus dem Haus geht?« sagte Carlotta. »Oder einen Klempner kommen lassen?«

»Das stimmt«, sagte Jim Wedderburn, »aber er hat bestimmt nicht daran gedacht.«

»Na«, sagte Jim Wedderburn, »wollen Sie nicht nach Poldevien fahren, um Hortense aus der Klemme zu helfen?«

Dritter Teil

Die Waffen klirren, wenn das Melodrama Einfluß gewinnt

Dreizehntes Kapitel
Das dreizehnte Kapitel

»Hast du sie noch alle, du halbe Portion? Du glaubst doch nicht im Ernst, daß wir uns sechs Monate lang lebendig in Poldevien begraben lassen, um Hortense, diese dumme Ziege, aus dem Schlamassel zu ziehen, in den sie sich wieder einmal gesetzt hat? Erstens haben wir keine Zeit; zweitens mögen wir Poldevien nicht. Ich würde im Höchstfall für ein Wochenende hinfahren, wenn man mir die Spesen zahlt. Aber rechne nicht mit Carlotta. Sie bereitet sich diesen Sommer auf dem Campus von San Diego auf ihr Boogie-Board-Diplom vor«, sagte Laurie.

»Aber ›man‹ hat mir gesagt, im äußersten Fall ...« sagte JW und neigte sich dem Ohr der beiden Rothaarigen zu.

Einmütig gingen die Blicke der drei um den Küchentisch sitzenden Personen nach oben, zur Oberseite des Wandschranks über dem Kühlschrank.

Ophelia war überrascht. Sie hatte, beruhigt durch die Eintragung der Katzen-Dosen auf dem Einkaufszettel, nicht weiter auf die Unterhaltung geachtet, und wußte nicht so richtig, was für ein Gesicht sie machen sollte. Von der breiten Palette ihrer Gesichtsausdrücke bevorzugte sie zwei: der eine war die Unschuld, der andere die Empörung. Sie machte ihr Unschuldsgesicht, wenn sie

1. an die Grünpflanzen gegangen war oder
2. den Lachs auf dem Tisch stibitzt oder
3. den Wandschrank ausgeräumt hatte, um dort ein Paket zu finden, das Baldrian enthalten könnte, oder
4. auf Lauries Schreibtisch das Unterste zuoberst gekehrt hatte (auf Carlottas Schreibtisch war es nicht möglich, ein Kuddelmuddel anzurichten, da dort ständig Tohuwabohu herrschte), oder
5. einen Filzschreiber Lauries in ihrem Kriegsschatz versteckt hatte,

voraussah, daß einer der vorliegenden Fälle von 1) 2) 3) 4) oder 5) entdeckt werden würde, und sie schon im voraus jede Verantwortung dafür ablehnte;

und sie machte ihr empörtes Gesicht, wenn sie

1. an die Grünpflanzen gegangen war oder

2. den Lachs auf dem Tisch stibitzt oder

3. den Wandschrank ausgeräumt hatte, um dort ein Paket zu finden, das Baldrian enthielt, oder

4. auf Lauries Schreibtisch das Unterste zuoberst gekehrt hatte (auf Carlottas Schreibtisch war es nicht möglich, ein Kuddelmuddel anzurichten, da dort ständig Tohuwabohu herrschte) oder

5. einen Filzschreiber Lauries in ihrem Kriegsschatz versteckt hatte,

spürte, daß einer der vorliegenden Fälle 1) 2) 3) 4) oder 5) entdeckt worden war und sie beschuldigt werden würde.

Da keiner dieser Fälle zutraf, wußte sie nicht so recht, welche Bedeutung die zu ihr konvergierenden Blicke hatten, und sie fühlte sich unwohl.

»Lies das«, sagte Carlotta zu ihr und hielt ihr Hortenses Brief hin.

Lassen wir diese Personen in dieser zugleich unentschlossenen und entschlossenen Ratlosigkeit (von der, das kann nicht genug hervorgehoben werden, der harmonische Ablauf der Erzählung abhängt; wir hoffen, daß Laurie und Carlotta über ihre Verantwortung nachdenken werden) in dieser dreizehnten Kapitelmitte zurück (der Titel des Kapitels, ›Das dreizehnte Kapitel‹ entspricht ziemlich genau seinem Inhalt; besser jedenfalls als ›Zwölftes Kapitel‹ oder ›Epilog‹), und kehren wir nach Poldevien zurück, wo wir Hortense am äußersten unteren Ende der letzten Seite des elften Kapitels sitzengelassen haben, während sie ihren Brief zu Ende schreibt.

Nur wenig Zeit, kaum eine Nacht, ist vergangen.

(Aus dem Tagebuch Hortenses: einige Fragmente aus dem Tagebuch, das Hortense schrieb, sind wiedergefunden worden; der Autor scheint nichts von der Existenz dieses Tagebuchs gewußt zu haben – *Anmerkung des Verlegers.*)

Ich habe in der Nacht einen merkwürdigen Traum gehabt: Ich lag in meinem Bett und plauderte mit Alexander Wladimirowitsch. Prinz Augre kam ins Schlafzimmer, aber er interessierte sich nicht für mich. Er war in Begleitung von sechs kräftigen Möbelpackern, die damit begannen, sich die Möbel auf Nacken und Schultern zu laden. Als das Bett an der Reihe war, stand ich, ohne ihn zu beachten, auf und zog meinen Morgenmantel an. In diesem Augenblick kam mein Prinz und sagte: »Hortense, leg dich hin.« Sie stritten sich unablässig, und Gormanskoi sagte die ganze Zeit über: »Hortense, leg dich hin!« Das beschreibt ziemlich genau meine Situation, scheint mir.

Ein neuer Morgen, Weihnachten rückt ein weiteres Stück näher. Hortense kommt mit Croissants zurück und mit einer Brioche für Alexander Wladimirowitsch (der nur das zarte Innere frißt, in etwas Milch aufgeweicht): sie hat ihr rotes walisisches Ölzeug angezogen, wegen des Regens, der in dichten Tropfen fällt. Sie hat das Geld in der Hand, eine goldene poldevische Guinée, sie fährt mit dem Finger über die Zahlen, die hexagonal drum herum angeordnet sind, die Sechs, die Fünf, die Vier, die Drei, die Zwei, die leicht angekratzte Eins, die einem i gleicht; sie geht durch die schwere Gittertür des Parks der Kathedrale Sainte-Gudule; die Sonne scheint; die Vögel zwitschern. Sie reibt die goldene poldevische Guinée in der Hand, fährt mit dem Finger über die Zahlen, die ihren hexagonalen Rand schmücken: die 1, die 2, die 3, die 5, die 6; und die durchgeschnittene 4, der der senkrechte Balken fehlt, so daß nur noch das Zeichen ›<‹ übrigbleibt. Sie nähert sich dem Eingang von Gormanskois

Palast, an der Ecke des Winkels, den die sechs Paläste der Hexarchie bilden; genau gegenüber der Kirche Sainte-Gudule; Alexander Wladimirowitsch hält ihr den Schlüssel hin, einen kleinen, flachen, von einem blauen Saphir gefaßten Schlüssel; gerade, als sie öffnen will, stürzen drei Männer in Blau herbei, das Gesicht hinter einer Kapuze versteckt, bemächtigen sich Hortenses und schleppen sie fort. Alexander Wladimirowitsch entkommt den Entführern.

(Zum gleichen Zeitpunkt, in einer kleinen Herberge in einer kleinen poldevischen Provinzstadt.) Für die beiden korpulenten, kräftigen Männer mittleren Alters in den Sesseln der Diele war das Breakfast, ein traditionelles komplettes poldevisches Breakfast, gerade zu Ende gegangen: eine gute Schüssel voller Butafara mit Makrelenjohannisbeermarmelade, sechs Eier mit Bacon, ein Stapel von sechs Pancakes, mit Boysenberrysirup getränkt, usw. Sie warten ruhig und wohlwollend, in ihren Sesseln in der Eingangshalle zur »Roten Herberge« (das ist der Name dieses kleinen Hotels) sitzend; der eine wartet auf seine Mutter, der andere auf seine Frau; die Damen sind noch einmal auf ihre Zimmer gegangen, um sich für den Tagesausflug, ein Picknick auf dem Melankton-See, an dessen Ufer sich das Hotel befindet, umzuziehen. Der eine der beiden Herren, jener, der seine Frau erwartet, holt ein Päckchen Lakritze der Marke Callard and Bowser's, die besten der Welt, aus der Tasche, und bereitet sich darauf vor, seine erste Lakritzstange des Tages zu genießen. Es handelt sich, wie man erraten hat, um den berühmten Inspektor Blognard, den berühmtesten unserer Polizisten, und seinen Adlatus, Inspektor Arapède. Sie sind auf Urlaub in Poldevien.

Sie warten; und während sie warten, diskutieren sie, wie es unter solchen Umständen selbstverständlich ist, über philosophische Fragen.

Arapède vertritt meistens eine skeptische Position; er

ist ein großer Bewunderer von Sextus Empiricus, von Chillingworth; er hat ein neues Buch mit in die Ferien genommen, ›Unwissenheit‹ von Peter Unger, von dem er sich viele Freuden versprach. In der Tat ist er bei seiner Lektüre gerade an dem Punkt angelangt, an dem Unger, nachdem er zur Zufriedenheit Arapèdes und seiner eigenen anhand neuer linguistischer Argumente nachgewiesen hat, daß wir von der äußeren Welt nichts mit wie auch immer gearteter Sicherheit wissen können, erklärt: »Wenn ich von der äußeren Welt nichts *kennen* kann, nicht einmal, daß es eine gibt, wie könnte ich dann *einen einzigen Grund* haben, *irgend etwas von der Welt,* von einer Welt, zu *glauben?* In Wahrheit wird mir am Ende dieser Untersuchung bewußt, daß *dies unmöglich ist,* wenn ich nichts Sicheres *weiß.* Und da ich unweigerlich zu der Folgerung gezwungen wurde, daß ich in der Tat nichts von der äußeren Welt wissen *kann,* erscheint es mir folglich richtig, daß ich zumindest, was dieses Thema betrifft, *keinen vernünftigen Glauben* haben kann.«

Wie immer gibt ihm Blognard gutmütig Antwort. Inspektor Arapède ist ein guter Detektiv, gewissenhaft, man kann ihm ruhig einige philosophische Idiosynkrasien zugestehen.

»Glauben Sie«, sagt Arapède, »an Lewis' Realität der Pluralität der möglichen Welten?«

»Handelt es sich um die Pluralität der Lewis gehörenden Welten?«

»Nein, nein, ich spreche von der Theorie David Lewis', der nicht nur an die Realität unserer Welt, sondern auch an eine (potentiell oder sogar tatsächlich unendliche) Pluralität möglicher Welten glaubt; Lewis ist, wie er sich selber bezeichnet, ein unverbesserlicher modaler Realist.«

»Willst du damit sagen, daß er an Welten glaubt, in denen es geflügelte Pferde gibt, sprechende Esel, und in denen Ph...... S...... zum Beispiel noch intelligenter ist und noch mehr Talent hat als Victor Mature zum Beispiel?«

»Ja.«

»Das könnte sein, das könnte sein«, sagte Blognard und kaute an einer neuen Lakritzstange. »Ich glaube, daß es möglich ist, daß es andere mögliche Welten gibt, aber ich würde nicht meine Hand dafür ins Feuer legen.«

Arapède stürzte sich darauf in eine harsche Widerlegung der Lewis'schen Theorien, wobei er von *haecceitas*, dem Prinzip der ununterscheidbaren, trans-weltlichen Identitäten usw. sprach, ein Diskurs, dem Blognard nur eine ziemlich oberflächliche Beachtung schenkte; doch als Arapède die Frage nach der Realität Poldeviens anschnitt, begann er wieder zuzuhören:

»Glauben Sie wirklich an die Existenz Poldeviens?«

»Ich muß daran glauben, da ich Inspektor Blognard bin und in diesem Land Urlaub mache.«

Arapède lächelte über die Schwäche dieses Arguments:

»Nun mal im Ernst; woher haben Sie diese Gewißheit? Weil Sie sich nicht in einem möglichen oder hypothetischen Poldevien, sondern in einem Roman befinden, in dem als notwendige Wahrheit, das heißt als in jeder möglichen Welt als wahr geltende Wahrheit, das Postulat aufgestellt wird, daß Poldevien existiert und daß wir es in diesem Augenblick besuchen? Aber kann ein Roman, der, wie Sie mir zugeben werden, etwas seinem Wesen nach Zufälliges ist (fragen Sie die Verleger, fragen Sie die Buchhändler), auch nur die mindeste notwendige Wahrheit enthalten? Sie kennen, wie ich annehme, das Argument des Bösen Geistes: Ihre Überzeugung von der Existenz der äußeren Welt, ist das nicht eine Illusion, hervorgerufen von diesem Geist, der sich einen Spaß daraus macht, Ihnen das weiszumachen?«

»Ja, aber«, warf Blognard ein, »der Böse Geist kann mir nicht fälschlicherweise weismachen, daß ich existiere, denn damit ich etwas glaube, muß ich schließlich existieren, damit ich es glaube.«

»O.K.«, sagte Arapède, »Sie glauben, also sind Sie, O.K. Aber davon rede ich gar nicht; meinen Sie nicht, daß man in der Situation, in der wir uns befinden, sehr wohl die Hypothese vertreten kann, daß es einen solchen Bösen Geist gibt und daß dieser Böse Geist ganz einfach der Autor ist? Sie wissen oder Sie glauben, aus innerster Überzeugung, daß Sie existieren, Sie haben ›Die schöne Hortense‹ und ›Die Entführung der Schönen Hortense‹ gelesen, zwei Romane, in denen von Ihnen die Rede ist; doch haben Sie auch nur die mindeste Kenntnis von sich selber außerhalb dessen, was hier geschrieben steht?«

»Ja, aber«, sagte Blognard, »kann Ihr Böser Geist mir weismachen, daß er mir die Realität der in dem Roman, in dem ich mich befinde, beschriebenen Welt weisgemacht hat?«

Arapède schien diesen Einwand nicht gehört zu haben, den wir übrigens selber nicht verstehen, und fuhr fort:

»Ich glaube, ich habe Ihnen das schon oft gesagt, daß es keinen vernünftigen Glauben gibt; aber es gibt auf alle Fälle, für Sie wie für mich, *unvernünftigen Glauben.* Ist es vernünftig zu glauben, daß es poldevische Prinzen gibt, die in allen ihren Eigenschaften ununterscheidbar sind, mit Ausnahme einer Zeichnung, einem Geburtszeichen, auf der linken Pobacke, abstrakt eine Schnecke darstellend (drei sind rechtsdrehend, und drei sind linksdrehend, eine Tatsache, auf die näher hinzuweisen der Autor unterlassen hat)? Ist es ferner vernünftig zu glauben, daß es sich so in jeder Generation verhält, wer auch immer die jeweiligen Väter und Mütter sind? Ist es nicht viel wahrscheinlicher, ganz einfach wahrscheinlich, zu denken, daß ganz Poldevien erst vor kurzem zur Existenz emporgetaucht ist, im Beginn-Augenblick dieses Buches, und wieder verschwinden wird (und wir mit ihm und seinen Lesern), wenn das Buch zu Ende sein wird? Ich gestehe Ihnen eventuell seine Existenz in den beiden Romanen zu, von denen ich weiter oben gesprochen habe, falls es sie überhaupt je gegeben hat und sie nicht ganz einfach eine List des Autors sind, mit der Sie zu Unrecht überzeugt werden sollen, daß Sie sie gelesen haben. Aber vielleicht hängt sogar das Verschwinden Poldeviens und mit ihm unser Verschwinden und das Ihrer Frau Gemahlin und das meiner armen Mama nur von einer Geste, einer Handbewegung ab, der nämlich, die vorliegende Seite aus dem ›Exil der Schönen Hortense‹ umzublättern.«

Blognard blätterte sogleich die Seite um, und sie verschwanden nicht.

»Das beweist«, sagte Arapède, »nur eine gewisse Beharrlichkeit, mit der der Autor sein Ziel verfolgt, weiter nichts, weiter nichts.«

»Aber das alles«, sagte Blognard, »macht doch noch lange nicht, daß ich ein Fahrrad bin.«

»Gewiß nicht«, sagte Arapède, »na und?«

Die Gattin Blognard und die Mutter Arapède kamen die Treppe herunter.

Vierzehntes Kapitel
Auf dem Melankton-See

»Auf jeden Fall«, sagte Blognard später, als er dem Fährmann lauschte, einem gewissen Schaljapinskoi, der mit schöner und außergewöhnlich tiefer Stimme *e e uch-niem, ee uch-niem ie tscho ra – a – zik ie-e tscho raz* sang, während er ihr Boot mit seiner langen Stange über die Wasser des Melankton-Sees stieß, »scheinen die Poldeven fest an die Existenz Poldeviens zu glauben.«

»Wo sind wir in diesem Augenblick, guter Mann?« sagte Arapède.

»In Poldadamien, Barin, auf dem Melankton-See.«

Blognard griff die Bemerkung nicht auf. Er dachte nach. Er hatte nämlich, als sie das Boot bestiegen, ein chiffriertes Telegramm erhalten, das ihn nachdenklich gestimmt hatte (es war von Alexander Wladimirowitsch auf der Hauptpost am Queneleieff-Platz aufgegeben worden).

»Meint dein Lewis«, sagte er, »der, der an alle diese Welten glaubt, daß mehrere verschiedene Welten nebeneinander existieren können?«

»Nein«, sagte Arapède, »er widerlegt das, was er den Overlap nennt; aber diese Theorie ist von mehreren vertreten worden; es ist das, was man die *Hypothese der mitmöglichen Welten* nennt. Es versteht sich von selbst, daß ich persönlich nicht daran glaube.«

Das Boot glitt über die ruhigen und hier äußerst blauen Gewässer des Sees hinweg; in einer gewissen Entfernung ragte eine Insel empor, gekrönt von einer finsteren Festung. Der Fährmann schnitt eine Grimasse und zeigte dabei mit seiner langen Stange auf die Insel:

»Schlecht, dieser Ort, schlecht; kakaschkaia!«

Seien wir ehrlich. Als Stan Laurel und Oliver Hardy, die an einem Geschäftskongreß teilnehmen sollten, von ihren verlassenen Ehefrauen auf der Leinwand eines Kinos erblickt werden, wie sie in Begleitung charmanter, liebenswürdiger und spärlich bekleideter »Ukulele-Babies« fröhlich durch die Straßen Honolulus laufen, ist es für sie, wieder ins traute Heim zurückgekehrt, völlig zwecklos, den Versuch zu unternehmen, ihre Missetat zu verbergen; während Laurel ebenso hartnäckig wie vergeblich leugnet, gesteht Hardy sofort und wird dafür auf der Stelle mit Verzeihung belohnt: *»Honesty«*, sagt er zu Laurel, *»Honesty ist the best policy!«* Die Wahrheit zu sagen ist bisweilen eine gute Politik.

Der Romancier steht vor einem ähnlichen Dilemma: Da er aufgebrochen ist, sich zu zerstreuen, statt nüchtern Geschäfte zu machen (was man in der Romantheorie »ein echtes Werk schaffen« nennt), muß er zwischen zwei Wegen wählen: dem Laurels und dem Hardys; wir wählen die Ehrlichkeit und erhoffen uns dafür, ohne so recht daran zu glauben, Belohnung.

Deshalb versuchen wir auch nicht, das zu verheimlichen, was nur allzu offenkundig ist: Ja, die poldevische Welt ist vielfältig; es gibt in der Hexarchie nicht nur sechs Fürstentümer, sechs Prinzen, sondern auch sechs Welten; diese koexistierenden, mit-möglichen Welten, von denen Inspektor Arapède einige Zeilen zuvor gesprochen hatte. Diese Welten unterscheiden sich dem Anschein nach sehr wenig voneinander, in ihrem Wesen jedoch, auf Grund ihres moralischen »Aufbaus«, über einige bedeutsame numismatische, piktorale, klimatische Details hinaus, ganz entschieden. Von der Welt 1, der Welt des Wahren, Schönen, Guten, der Welt von Hortenses Bräutigam, Prinz Airt'n, deren Farbe das Rot ist, deren Goldstücke von einer poldevischen Guinée eine leicht angekratzte Zahl tragen, damit es wie ein »i« aussieht, kann ein Nichts einen in die böse, dämonische Welt stürzen, in die Welt des Prinzen Augre, des auf Hortense lüsternen, in dessen Hände sie gefallen ist, als sie durch ein Tor gehend in eine andere Welt geriet. Ihre Farbe ist das Blau, der wohltuende Regen weicht hier einer höhnenden Sonne, die Goldstücke tragen die Zahl 4, die so entzwei geschnitten ist, daß ein < erscheint, das mathematische Zeichen der Minderwertigkeit! Natürlich gibt es noch vier andere Welten, über die wir im Augenblick nichts sagen wollen, um nicht vorzugreifen, denn der Roman sagt das, was gesagt werden muß, dann, wenn es gesagt werden muß, nicht zu früh und nicht zu spät.

Und der Roman sagt jetzt, wobei er bis zum Ende die Karte der Offenheit, der Transparenz spielt, daß Hortense als Gefangene auf einer Insel des Melankton-Sees festgehalten wurde, in den glatten, heimtückischen Gewässern jenes Teils des Sees, der auf eine fast ausschließliche Weise zur Welt des Prinzen Augre gehört. Arapède und Blognard waren gerade, ohne es zu wissen, ganz nahe an ihrer Landsmännin vorbeigekommen, deren Abduktion ihnen indes bekannt war. Denn, weshalb es verschweigen, das Telegramm Alexander Wladimirowitschs hatte ihnen keinen Zweifel gelassen; blitzschnell hatte Blognard aus dem telegraphischen Bericht der Situation auf die einzige, alle Gegebenheiten zufriedenstellende Lösung geschlossen: die der Mitmöglichkeit der Welten, und die Frage, die er dem Fährmann Schaljapinskoi, in seiner ganzen Grundeinfachheit gewissermaßen ein typischer Vertreter des poldevischen Volkes, gestellt hatte, war nicht dazu angetan, einen leichten dialektischen Sieg Inspektor Arapèdes (er wußte alles über Schaljapinskoi, noch bevor er sein Boot für das Picknick gemietet hatte) zu begünstigen, sondern um eine andere Hypothese zu überprüfen, die er sich selbst gegenüber geäußert hatte: Die meisten Poldeven, die keine Prinzen sind und die ehrlich sind, *glauben nicht* an die Existenz der sechs Mit-Welten, in denen sie leben; und *keiner weiß*, daß es tatsächlich sechs an der Zahl gibt. Man wird zugeben müssen, daß Blognard schnell folgerte!

Die sechs Welten, haben wir gesagt, sind einander sehr

nahe: räumlich-zeitlich nehmen sie ganz genau dieselben Punkte ein; ferner gibt es zwischen ihnen eine gewisse historische Verbundenheit, da sie heute nicht viel deutlicher voneinander abweichen als vor sechs Jahrhunderten, zum Zeitpunkt der Gründung der Hexarchie durch Prinz Arnaut Danielskoi. Eine gewisse Solidität dieses chronoklastischen Infidibulums ist daher zu postulieren, doch wir werden es den Kosmogonen überlassen, die entsprechenden Gleichungen niederzuschreiben.

Es ist daher ratsam, die radikale Hypothese als offensichtlich unangemessen auszuschließen, derzufolge tatsächlich am gleichen Ort und zum gleichen Zeitpunkt nicht etwa, wie wir es von Poldevien behauptet haben, sechs Welten nebeneinander existieren, sondern ebenso viele Welten, wie es Individuen gibt, und zwar für einander nicht erkennbare Welten mit allgegenwärtigen und unüberschreitbaren Grenzen; das jedenfalls ist die These des Multisolipsismus, die Laurie eines Tages einmal so formuliert hat: »Man ist niemals zu zweit im selben Film« (übrigens hatte sie kurz darauf noch hinzugefügt: »Ich kenne sogar einen, der glaubt, er sei der Hase aus dem Knabber-Werbespot!«). Aber umgekehrt ist es ebenfalls ratsam, darauf hinzuweisen, daß dies nichts anderes bedeutet, als daß es keine vollständige Autonomie einer jeden dieser Welten gibt. Was in der einen geschieht, wirkt sich unweigerlich auch in den anderen aus. Und es gibt auch keine Zweiteilung (ich meine damit Entsechstelung) der Gegenstände, Entitäten oder Geschöpfe, die diese Welten bilden. Es sind dieselben; ihre Kombinationen ändern sich, ohne daß dabei nennenswert Stoff verlorengeht oder neu geschaffen wird. Es ist keine andere Hortense, die von neuem in den Händen dessen ist, den sie früher unter dem verfluchten Namen K'manoroigs (heute Augre) gekannt hat, sondern genau die, die wir kennen, mit ihren allzu anziehenden Formen, ihrer unfreiweilligen Dusseligkeit, ihren knappen verführerischen Höschen, ihrer Leidenschaft für Gormanskoi und für die Philosophie! Sie ist in der blauen Welt des Verrats, sie ist nicht mehr in der roten des Glücks!

Fünfzehntes Kapitel
Die Gefangene von Zenda

In seiner wärmenden Froschkatzen-Kombination vor dem Wasser geschützt, in der nächtlichen Dunkelheit an der Mähne Cyrandzois festgeklammert, ließ sich Alexander Wladimirowitsch über alle Hindernisse, über alle Fallen (das Haushaltswarengeschäft des Dämons, wie Pater Risolnus gesagt haben würde) hinweg zur Festung Zenda tragen, wo Hortense festgehalten wurde. Das Pony hatte nacheinander die sechs Wasserringe überwunden, die sie vom Festland trennten. Zenda war nicht nur eine Insel im Melankton-See; auf dieser Insel gab es auch einen Teich, in diesem Teich einen Tümpel, in diesem Tümpel einen anderen, in diesem anderen Tümpel einen dritten, und dort schließlich, isoliert durch einen perfiden und tiefen Wassergraben, der hohe Steinturm, Zenda! Und um von einem Ring zum andern zu gelangen, nun, mehr sage ich nicht! Mit einem Wort, ich sage überhaupt nichts darüber, da ich es vorziehe, bei Alexander Wladimirowitsch zu bleiben, der, im vollen Vertrauen auf Cyrandzoi, versucht, nicht an alle diese naßmachenden Wasserflächen zu denken, und sich darauf konzentriert, Befreiungsszenarien zu entwerfen.

Auf der einen Seite der Zugbrücke, mit deren Hilfe man den Wassergraben überqueren konnte (den Graben der Festung des ungläubigen Prinzen), war eine siebenunddreißigstufige Steintreppe (wobei zwei Stufen die doppelte Höhe der andern hatten), die zu zwei kleinen, in den Fels gehauenen Räumen führte. Der am nächsten gelegene, jener, bei dem die Stufen endeten, hatte keine Fenster und war ununterbrochen von Kerzen beleuchtet. Der andere hatte ein kleines Fenster, das auf den Graben ging. Im ersten Raum lösten sich Tag und Nacht drei der sechs Vertrauensleute des Prinzen ab. Und die Anweisungen der Prinzen lauteten, daß sie im Falle eines Sturms auf den ersten Saal die Tür so lange verteidigen sollten, wie sie konnten; daß einer von ihnen jedoch, sobald sie sähen, daß die Tür im Begriffe stünde, aufgebrochen zu werden, in den zweiten Raum eilen, sich Hortenses bemächtigen und sie in die Röhre werfen sollte.

Was für eine Röhre? Es war die Röhre vor dem Fenster des Raumes, in dem sich Hortense befand, eine breite Röhre aus Sèvres-Porzellan, auf das ein falsches Fenster mit Butzenscheiben als Trompe-l'œil gemalt war; sie reichte tief ins Wasser des Wassergrabens hinab und mündete unter dem Boden in einen dritten Raum, in dem der Prinz sein Hauptquartier eingerichtet hatte. Sobald Hortense in die Röhre geworfen worden war, und bevor die Angreifer in den jetzt leeren Saal eingedrungen waren, sollte der Helfershelfer des Verbrechers einen Hebel betätigen, der, die Röhre zerbrechend, sie ins Wasser des Wassergrabens plumpsen ließe und somit das Fenster freimachen würde. Der Raum würde infolgedessen leer erscheinen und die Männer Gormanskois (natürlich wären sie es), die ihrem Herrn nur das unerklärliche Verschwinden jener berichten könnten, die sie zu befreien gehofft hatten, täuschen. Dies war die Anlage, die Alexander Wladimirowitsch in jener Nacht inspizierte. Er drang in den Raum ein, sah, was es zu sehen gab, und kehrte, von Cyrandzoi getragen, auf dem umgekehrten Weg zurück, um Prinz Acrab'm, der von seinem Verbündeten damit beauftragt war, das Kommando der Befreier Hortenses zu führen, das Ganze zu beschreiben.

Der Raum, in dem Hortense eingeschlossen war, war klein, aber komfortabel; er stellte, nur in einfacherer Ausführung, in etwa die Anordnung des Badezimmers im Palast nach, dazu gab es in einer Ecke ein Feldbett. Nachdem sie vergeblich geschrien, gewütet, umsonst zu verstehen versucht hatte, was da vorging, beschloß Hortense, wie sie es immer tat, wenn sie hart geprüft wurde, zum Trost ein Bad zu nehmen. Sie ließ Wasser in die Badewanne einlaufen, ließ ihren Rock auf die Füße hinabgleiten, zog ihren blauen Pullover über den Kopf, entledigte sich flink ihres blauen Seidenhöschens (Hortense interveniert: »Mehr wird der Leser nicht erfahren: es wurde schon genug über meine Unterwäsche gesprochen; von nun an zensiere ich«). Dann war sie nackt. Nachdem sie mit einem Fuß die Wassertemperatur geprüft und als angemessen betrachtet hatte, schob sie ihren zweiten Fuß in die Badewanne und ließ sich mit einem Seufzer der Erleichterung in das stärkende Wasser gleiten. Ihre Hand, die sich von dem etwas verblaßten Karamel ihrer Schenkel (seit dem letzten Bad, dem wir beigewohnt haben und dessen Beschreibung wir an der Körperstelle Hortenses wieder aufnehmen, an der wir stehengeblieben sind; alle Bäder Hortenses folgen einem unabänderlichen Szenario) löste, legte sich, wobei sie immer noch die Seife hielt, auf ihre Brust, auf das abstehende Duo der Halbkugeln. Hortenses Brüste, deren Oberfläche von den Mathematikern des Prinzen nach dem vom Prinzen höchstpersönlich am lebendigen Modell genommenen Maß genauestens berechnet worden ist (und wir können verraten, daß diese Oberfläche nicht algebraisch, sondern transzendental ist), sind nicht besonders groß, doch sehr weich, fest und rund zugleich; die Empfindlichkeit ihrer Warzen ist äußerst groß; so wie die berühmten Magdeburger Halbkugeln, durch Luftdruck aneinandergepreßt, nicht von vierzig Pferden getrennt werden können, so halten sich Hortenses Brüste stolz und hartnäckig auf ihrem Brustkasten. Hortense nahm sie in die Hände, wog sie mit der Hand, seifte sie ein, spielte mit ihren Extremitäten, die von ihrer Handfläche einen Augenblick lang getäuscht wurden, dann aber schnell begriffen, daß es nicht die Hand des Prinzen war. »Ach«, sagte sich Hortense und schloß dabei die Augen, »die Augen öffnen und feststellen, daß alles nur ein Alptraum ist, daß ich in meinem Bad im Palast bin, mit Alexander Wladimirowitsch auf dem Rand der Badewanne.« Sie machte die Augen auf, und Alexander Wladimirowitsch war da.

»Pst!« machte Alexander Wladimirowitsch und legte eine Pfote vor seine Schnurrhaare.

Er verschwand sogleich, doch Hortense spürte, daß man an ihrer Befreiung arbeitete, und das tröstete sie ein wenig.

Nicht für lange. Kaum war sie mit ihren seifigen Händen von den Brüsten zum Bauch gewandert, als die Badezimmertür aufging und Prinz Augre hereinkam.

Hortense sah sofort, daß es Prinz Augre war, und sie wußte, daß sie verloren war. Alexander Wladimirowitsch würde es zwar sicherlich gelingen, Gormanskoi zu erreichen, und dieser würde herbeieilen, sie zu befreien; er würde sie befreien, dessen war sie sicher; doch es wäre zu spät; ihr würde die *Absolute Schande,* der sie bei ihrem vorhergehenden Abenteuer in letzter Minute entgangen war (mit unüberbietbarer Spannung im Roman ›Die Entführung der Schönen Hortense‹ berichtet), auferlegt werden; sie beschloß, ihre Haut teuer zu verkaufen, zumindest den Teil der Haut, der betroffen war. Und, wer weiß, vielleicht konnte sie Zeit gewinnen? Ein Stoß mit dem Knie vielleicht? Ihre Hand krampfte sich über der Seife zusammen.

Prinz Augre maß Hortense mit dem Blick seiner ganzen nichtswürdigen Begierde; sein Blick bohrte sich ins Seifenwasser, um hier als geile Egelschnecke den unschuldigen Charme der Heldin zu entweihen; ganz unwillkürlich bedeckten ihre Hände dieses wie grasbewachsene dreiekkige Gelände, das kleinste Territorium der Welt, das die Dichter besungen haben und für das sich soviele Ritter geschlagen haben. Damit waren jedoch ihre Brüste wehrlos; sie versuchten, im Brustkasten Hortenses zu verschwinden; doch vergeblich, ihr Volumen war nicht komprimierbar, ihre Form formbeständig; der Blick des Verbrechers kroch auf sie zu.

Langsam, ironisch, sich Zeit lassend, seines Triumphs gewiß, löste der Prinz seinen blauen japanischen Kimono. Er glitt von seinen Schultern, seinen Hüften; fiel auf den Boden, zu seinen Füßen. Er war nackt. Er war schön wie Gormanskoi, doch es war die Schönheit des Teufels, und Hortense empfand nur Ekel, Wut, Abneigung. Sie wandte die Augen von dem jämmerlichen Schauspiel dieser Perpendikularität, die sich anschickte, ihr Gewalt anzutun. Kein Wort war gesprochen worden.

Dann bestieg der Prinz das Bad, und ein furchtbarer Kampf begann, mit Keeeuchen, Spriiitzen, Bruuummen, Stööóhnen, Ruuutschen, mit sukzessiven Niederlagen, strategischen Rückzügen; Hortense kämpfte, wie weiland die Ziege des Monsieur Seguin, unter anderen Umständen und mit einem anderen Einsatz, sie kämpfte eine Stunde lang, zwei Stunden fast; aber allmählich ließen ihre Kräfte nach; der Prinz war über ihr, hielt sie schließlich fest; sie war verloren.

Aber nein!

Als er seinen Sieg hätte auskosten können, wollte er nicht mehr; es genügte ihm nicht, sie zu besiegen, er wollte auch noch, daß sie ihn darum bitte, ihr Bezwinger zu sein:

»Eines Tages«, sagte er unverfroren zu ihr, »eines Tages werden Sie mich anflehen, Ihnen das zu geben, was ich mir heute, wenn ich wollte, nehmen könnte; aber ich habe nicht die Güte; bis bald.«

So offenbart und äußert sich die entsetzliche Monomanie des Stolzes. Welche Verheerungen richtet das an, was man einst die Hübris nannte? Wer hätte in einer ähnlichen Lage (ich lasse die Vorgeschichte und ihre moralischen Implikationen beiseite, um nur den Endzustand Hortenses in Betracht zu ziehen, die wehrlos dem, sagen wir, Zufall ausgeliefert war) verzichtet? Sie?

Und er ging hinaus, Hortense erschöpft, gedemütigt, keuchend, aber intakt zurücklassend.

Sechzehntes Kapitel
Die Falsche Hortense

Die Niederlage, die Demütigung Hortenses waren entsetzlich, gewiß, doch waren sie weder vollständig noch definitiv; sie hatte wenigstens Zeit gewonnen. Von Alexander Wladimirowitsch unterrichtet, würde der Prinz (denn wer hätte sonst wohl der Urheber des Erscheinens der Katze auf dem Rand der Badewanne sein mögen?) alle Hebel in Bewegung setzen, um sie den Klauen ihres Entführers zu entreißen. Sie glaubte nicht, sie wollte es einfach nicht glauben, daß er, sich für Hamlet haltend und ganz besessen von dem Gedanken an seine Rache, sie wie eine neue Ophelia vernachlässigen würde, und sie damit, ein trauriger Gedanke, dem »schmutzigen Tod« ihrer Ehre überließe, den der Prinz Dämon für sie vorsah, sobald er sein Ziel erreicht hätte. So schwankte unsere Heldin Hortense, die auf dem schmalen und harten Lager in ihrem Gefängnis keinen Schlaf finden konnte, zwischen Hoffnung und Verzweiflung, dann wieder zwischen Verzweiflung und Hoffnung.

Was jetzt folgt, mag einigen sicherlich übertrieben »mittelalterlich« und sogar »gotisch« vorkommen; doch die Synopsis des Romans verlangt es nun einmal, wir können nichts dagegen tun. Legen Sie sich, wenn es unbedingt sein muß, eine symbolische oder allegorische Deutung der Szene zurecht, die nun beschrieben wird, ich habe nichts dagegen; oder gehen Sie gleich zur Fortsetzung über, auch dagegen habe ich nichts; ich jedenfalls werde keinen Fingerbreit von meinem Weg abweichen; die Dinge geschehen, wie ich es sage.

Als Prinz Augre sein noch nicht gänzlich zum Opfer gewordenes Opfer verließ, gehorchte er, wir haben es bereits gesagt, zweifellos einer Regung des Stolzes, der Maßlosigkeit, die den Stempel einer gewissen Größe trägt und außerdem im Herzen des Lesers die Hoffnung auf eine glückliche Lösung hinterläßt. Weisen wir bei dieser Gelegenheit darauf hin, daß es uns unmöglich ist zu sagen, welchen Ausgang die Geschichte nehmen wird; es handelt sich hier nicht um eine dissimulative Haltung, die uns zwingen würde, den zuvor gefaßten Entschluß absoluter Offenheit à la Oliver Hardy wie eine heiße Kartoffel fallen zu lassen *(für die Kritiker: Ist die Kartoffel so heiß, daß man sich die Finger daran verbrennt, läßt man sie gern fallen, was jeder, so er will, selbst ausprobieren kann);* keineswegs, wir schweigen, weil noch nichts entschieden ist. Die narrative Zukunft, ebenso wie die Zukunft überhaupt, ist eine immer vollendete Zukunft; erst wenn die letzte Seite über dem Wort ENDE umgeschlagen und das Buch geschlossen ist, können wir sagen: *Es stand geschrieben!* Es ist es noch nicht.

Prinz Augre hatte also aus Stolz gehandelt; aber er hatte auch aus Eitelkeit gehandelt, was verflixt nochmal nicht dasselbe ist. Er konnte sich in Wirklichkeit nicht vorstellen, daß Hortense, dieses Weib, und folglich geil wie alle Weiber, wirklich seinem Charme widerstehen würde; und bestimmt war es das letzte Mal sicherlich die Überraschung gewesen, mehr noch als jedes andere Motiv, die sie dazu veranlaßt hatte, im allerletzten Augenblick die ungeheuere Begierde zu leugnen, die sie *in Wirklichkeit* verspürte *(es ist das Ungeheuer, das so denkt, Anmerkung des Romans),* und zwar im Tiefsten dessen, womit sie, IHM zufolge, alle denken. Es konnte gar nicht anders sein. Glich er nicht haargenau Gormanskoi, lediglich innerlich vollendeter, echter poldevisch (und nicht kosmopolitisch), männlicher? Nein: der Kampf, den Hortense geführt hatte, war nur eine List, ein höchst weibliches Mittel, seinen Appetit zu steigern; nun, er würde sie warten lassen, und sie würde am Ende ankommen und ihn anflehen, auf Knien und ganz nackt, sie glücklich zu machen.

Am Ende dieses Gedankengangs spürte der Prinz, wie

wild und erregend der Saft in ihm hochstieg. Daher beschloß er, dorthin zu gehen, was er sein »Bilderzimmer« nannte, eine in das Granit-Souterrain (Granit vermischt mit blauer Kreide – *Encyclopaedia Poldevica*) Zendas gegrabene Grotte. Er sammelte hier die Fotos, Cassetten und Videos aller seiner Eroberungen, an denen er sich gern weidete, um sich zu entspannen. An den Wänden hatte er in Lebensgröße Bilder von Hortense aufgehängt, aufgenommen in ihrem Gefängnis, denn sie wurde ununterbrochen von unsichtbaren Kameras gefilmt (Alexander Wladimirowitsch, der sie geortet hatte und ihnen aus dem Weg gegangen war, hatte sie nicht daran hindern können, ihre erbärmliche Arbeit zu tun, um nicht die Aufmerksamkeit des Verbrechers auf sich zu ziehen. Er hatte sich damit begnügt, eine oder zwei der indiskretesten dadurch unschädlich zu machen, daß er auf sie pinkelte).

In sein Bilderzimmer also begab sich der Prinz, um sich von seiner Erregung zu befreien; doch die Flachheit der Darstellungen Hortenses, »Pictions«, könnte man sagen, die sich seinen Augen boten, selbst die mit Bewegung ausgestatteten, ließen ihn unbefriedigt. Er ergriff daher einen Klumpen vorwiegend fleischfarbener Knetmasse, die dort herumlag, und begann, eine Puppe in der Größe Hortenses herzustellen, dem Modell so ähnlich wie nur möglich. Und er hatte sie unter ausreichend vielen Blickwinkeln und Perspektiven vor Augen und im Gedächtnis, um nicht die geringste Einzelheit auszulassen. Er arbeitete die ganze Nacht hindurch, und im Morgengrauen war das Trugbild fertig. Die Ähnlichkeit war atemberaubend; die Pobacken, ganz besonders die Pobacken!... Doch lassen wir das, es handelt sich hier nur um eine Fiktion, eine Wahnvorstellung, einen blassen Abglanz. Der Prinz war so verblüfft über die Ähnlichkeit, daß es ihn wieder mit roher und gesteigerter Heftigkeit überkam, er stürzte sich ohne Umschweife auf sie und versuchte sie biblisch zu erkennen; und tatsächlich antwortete sie auf seine Liebkosungen! auf seine Umarmungen!! sie umschlang ihn mit ihren festgewordenen, wie zu Fleisch gewordenen!!! Knetmassenbeinen!!! sie führte ihn mit der Hand zu!!!... zwischen...!!!!!! und sogar zwischen... usw. Ein Wunder, aber ein teuflisches Wunder, hatte stattgefunden. DIE FALSCHE HORTENSE war geboren!

Reißen wir uns schnellstens von der Betrachtung und der erniedrigenden Vorstellung dieses ungesunden Schauspiels los, und kehren wir zu Alexander Wladimirowitsch zurück, der sich mit unendlicher Vorsicht seiner Froschkatzen-Kombination entledigt und sie schüttelt, um alle Wassertropfen daraus zu verjagen, ohne selbst einen abzubekommen. Während Cyrandzoi am Ufer des Sees entlang galoppiert, seine rote Mähne ausschüttelt und so den Klatschmohn bespritzt (Klatschmohn im Winter? Aber ja: es handelt sich um eine Art Klatschmohn, den es nur in Poldevien gibt und der blüht, wenn der Dezember kommt. Wie der Poet schon sagt: »Dezemberklatschmohn ist mehr als jeder andre erlesen«), erstattet Al. Wl. Gormanskoi und Inspektor Blognard Bericht (Inspektor Blognard ist vor kaum einer Stunde in dieser Angelegenheit von in-ter-na-tio-nalen Ausmaßen mit einer Mission beauftragt worden. Er hat per Telex unverzüglich eine Kopie des genauen Wortlauts der jüngsten Auslieferungsvereinbarungen zwischen unserem Land und der Hexarchie erhalten).

Der Prinz stand nicht, wie Hortense vermutet hatte, so sehr im Banne der poldevischen Nachfolgeprobleme, als daß er sich nicht um das Wohlbefinden seiner Braut gesorgt hätte. Er mußte schnell handeln, um so mehr, als er selber wahrscheinlich bald vom Kriegsschauplatz entfernt werden würde. Die dringendste Aufgabe war selbstverständlich die, Laurie und Carlotta über die letzten Entwicklungen ins Bild zu setzen (Ophelia erwähnen wir aus einem ganz einfachen Grund nicht, der später noch angegeben wird). Und wem sonst als Alexander Wladimirowitsch konnte diese Mission anvertraut werden?

Sonst niemandem, in der Tat. »Geh«, sagte der Prinz. Und er ging.

(Aus dem Tagebuch Hortenses (vergl. dreizehntes Kapitel): Prinz Augre ist gekommen; mein Entführer war tatsächlich er; ich hätte es mir denken können; er ist plötzlich hereingekommen und machte Stielaugen, während ich mein Bad nahm; und selbstverständlich hat er versucht, mich zu vergewaltigen; nebenbei gesagt, gibt es bei allen meinen Abenteuern eine gewisse Anzahl von Individuen, die kaum an etwas anderes denken, als mit mir zu schlafen, mit oder ohne meine Zustimmung (und ich fürchte sehr, daß ich sowohl den Autor als auch den Leser zu dieser Kategorie rechnen muß; zum Glück gibt es vielleicht auch Leserinnen, die andere Sorgen haben). Er hat es also versucht und ist kläglich gescheitert. Er kann noch so sehr Gormanskoi gleichen, er gefällt mir nicht; ich mag es nun mal nicht, und zwar überhaupt nicht, daß man mich nicht um Erlaubnis bittet. Er ist ohne Umschweife nackt ins Wasser gestiegen. Ich mußte laut lachen, weil er so wahnsinnig lächerlich aussah und weil es so unbequem gewesen wäre! Er schien sehr verärgert zu sein, und ich glaubte, er würde von selber Abstand nehmen; da er aber hartnäckig blieb, sah ich mich gezwungen, sehr böse zu sein, und er ist schreiend abgezogen. Hoffentlich kommt Alexander Wladimirowitsch mit meinem Prinzen zurück. Hier ist es nicht gemütlich.)

Siebzehntes Kapitel
Im Theater hingekritzelt

(Von diesem übrigens nichtssagenden Kapitel hat der Romancier nur einen Entwurf übriggelassen, den wir hier so gut es geht wiedergeben; die Fülle des Materials war derart, daß seine Ausmaße die Grenzen des für den Leser Erträglichen überschritten hätten.)

Die Szene spielt im Theater, im Schloß Eerlosni am Queneleieff-Platz, Domizil des Usurpators und Regierenden Prinzen Alicius mit seiner Komplizin Gertrude, der Mutter Gormanskois, leider!

Wenn wir das, was ziemlich schlampig mit Bleistift geschrieben im Manuskript steht, genau lesen, hat Gorm-Ham zu einem frühen Zeitpunkt ein Gespräch mit Gertrude; sie empfängt ihn in ihrer Loge (?) (sie spielt? ›Hamlet‹?); Porträt Gertrudes, große Steinfigur; in der Loge Bilder von Picasso (?); wenig verständliche Worte Gertrudes; so etwas wie *»pigeons on the grass, alas! pigeons on the grass, alas«* (Tauben im Gras, ach! Tauben im Gras, ach, Übers.?) (Name des Übersetzers unleserlich: wahrscheinlich ein Mitglied der Übersetzungskommission des NZLPP, des Nationalen Zentrums der Poldevischen und Poldadamischen Literatur); Dialogfragment.
Gertr.: Gormie, Ihr habt Euren Vater sehr gekränkt
Gorm.: Mutter, Ihr habt *meinen* Vater sehr gekränkt
(wahrsch. derselbe Übersetzer wie oben);

dann hört Gorm ein Geräusch, eine Ratte? Alexander Wladimirowitsch ist nicht da, um sie zu fangen; G. zieht seinen Degen, stößt ihn in den orangefarbenen Wandbehang; es ist Poldevius, der Premierminister; er röchelt, er stirbt.

Der wieder abgekürzte, aber von neuem kontinuierliche Text geht hier weiter; dennoch möchten wir darauf hin-

weisen, daß es sicherlich ein provisorischer ist, der so etwas wie Abschnitte einer Enzyklopädie mit einbezieht.)

Die Quelle für ›Hatmel‹, eines der berühmtesten Stücke des Bühnenrepertoires von Poldevien, ist die gleiche wie die für das ziemlich schlechte Theaterstück ›Hamlet‹, das nur in noch minderwertigeren Fassungen des Engländers William Schackespeare erhalten ist: eine aus dem 12. Jahrhundert stammende Stelle aus der *Historiae Poldeviae* von Polo Poldevicus. Theaterfassungen davon waren ab dem 16. Jahrhundert in ganz Europa in Umlauf. Der ›Ur-Hatmel‹, dessen sich Schackespeare mit Sicherheit bedient hat, ist nicht erhalten, jedenfalls stammt ›Hatmel‹ in keiner Weise von dem englischen Autor (das Gegenteil ist sehr viel wahrscheinlicher), wie es insbesondere der Name des Helden, Hatmel, zeigt, die poldevische Form von Amleth, der Name, den er im Bericht des Polo Poldevicus hat (die poldevische Form von Hamlet wäre selbstverständlich Theal'm).

Um eine Vorstellung im großen Theater des Schlosses Eerlosni besser beurteilen zu können, ist es wichtig, sich einige Besonderheiten des augenblicklichen Zustands der Theaterkunst in Poldevien in Erinnerung zu rufen. Poldevien ist bekanntlich das erste Land, das die *Krise des Theaters* voll und ganz ermessen hat, mit der sich noch heute der Rest der zivilisierten Welt herumschlägt. Eine Kommission, bestehend aus Vertretern aller möglichen Interessierten (in Abwesenheit der Kritiker also, die sich um alles andere als ums Theater kümmern), Autoren, Regisseure, Politiker, Schauspieler, Zuschauer, Bäcker, Souffleure, Dekorateure, Straßenkehrer..., versammelte sich drei Jahre lang um einen hexagonalen runden Tisch, befragte Tausende von Zeugen, wohnte Hunderten von Schauspielen bei und schlug schließlich eine gewisse Anzahl von Maßnahmen vor, die im Augenblick in unserem Lande als Experiment ausprobiert werden.

Man stellte zum Beispiel fest, daß die Schauspieler, im Unterschied zu den Musikern, gezwungen waren, während der gesamten Dauer eines Stückes, in dem sie mitwirkten, im selben Theater zu bleiben. Während die anderen Schauspieler sprachen und sie durcheinander brachten (wobei sie versuchten, sie ihre Stichworte vergessen zu lassen), waren sie gezwungen, wie Ölgötzen zu warten, bis sie an die Reihe kamen, was manchmal nur in sehr langen Abständen geschah. Man machte daher den Vorschlag, daß die Schauspieler nacheinander auf die Bühne treten, *alle ihren Text auf einen Schlag heruntersagen,* grüßen, auf den Applaus warten und dann weggehen sollten (zum Beispiel, um in einem *anderen* Theater eine *andere* Rolle zu spielen). ›Bérénice‹, von Pierre Corneille (?) ist kürzlich mit ungeheurem Publikumserfolg so aufgeführt worden (die Zuschauer, die sich für einen speziellen Schauspieler interessieren und mit den anderen nichts am Hut haben, können übrigens genauso handeln).

Die Schauspieler, so wurde an anderer Stelle in dem Bericht hingewiesen, sollten sich gegenüber den Zuschauern von allergrößter Höflichkeit erweisen; nicht jeder hat während einer Vorstellung das ganze Programm im Kopf oder vor Augen und weiß daher nicht, »wer wer ist«, wenn man ihn nicht daran erinnert. Es wäre daher unbedingt notwendig, daß jeder Schauspieler sich vor seiner Replik vorstellt, sagt, wer er ist und was für eine Rolle er zu spielen hat: »Ph..... S..... in der Rolle Célimènes«, zum Beispiel. Eine Variante, die vielleicht vorzuziehen ist, würde die Aufgabe der Vorstellung einem anderen Schauspieler anvertrauen, der dem Zuschauer sagen würde: »Das ist Madame Pâquerette d'Azur in der Rolle der Phädra«, zum Beispiel. Oder: »Sie werden jetzt, falls er seinen Text nicht vergessen hat, Pater Risolnus hören, der die Rolle des Falstaff zu spielen bereit war.«

Ein nicht zu vernachlässigender Gewinn dieser Reform wäre der, daß die Schauspieler ihre Identität beibehalten könnten, ein beruhigendes Gefühl für sie.

Legt man wirklich Wert auf den Komfort der Zuschauer und auf die vollkommene Harmonie der Gesamtheit einer Vorstellung, dann versteht es sich von selbst, daß soviele genaue, präzise Informationen wie möglich über das Geschehen gegeben werden, um auf diese Weise jede Verwechslung auszuschließen: Gleichzeitig sollten die Schauspieler am Anfang eines jeden Aktes den vom Autor gewählten szenischen Dekor erläutern. Der Zuschauer, der während dieser Erläuterungen mit den Augen dem folgt, was man ihm so an Bühnenbild vorsetzt, kann sich daraufhin ganz auf die Aktion konzentrieren, statt sich im Dekor zu verirren. (Ein gewisser Avantgarde-Autor, immer auf der Suche nach einer bösen Tat, hat kürzlich diese ausgezeichnete Innovation auf perfideste Weise zerstört. In seinem Stück, in dem das Bühnenbild eine menschenleere Berglandschaft darstellt, beginnt der Schauspieler, der als erster auf die Bühne kommt, folgendermaßen: »Die Szene stellt einen Badeort am Meer dar; im Vordergrund, im Sand, ein Boot«; und er zeigt ein Fahrrad!)

Die Wahrheit also, immer die Wahrheit, die bittere Wahrheit. Daraus folgt, und das betrifft den Autor, daß, wenn den Zuschauern etwas gesagt wird, das, was gesagt wird, *unbedingt wahr sein* muß. Das gehört zu der stillschweigend zwischen Autor und Zuschauer, Mund und Ohr getroffenen Übereinkunft. Nur unter dieser ausdrücklichen Bedingung wird das Vertrauen zwischen Publikum und Theater wiederhergestellt; übrigens, wenn man sich in einen Schauspieler versetzt, so muß festgestellt werden, da er ja der einzige ist, der spricht (wenn wir vorübergehend davon ausgehen, daß das Publikum stumm bleibt), daß das, was er sagt, in Richtung auf ein Selbstgespräch hinauslaufen kann, das heißt eine Ansprache, die man an sich selber richtet; nun, ich frage Sie, ob es vorstellbar ist, ob es überhaupt möglich ist (so der Bericht), sich selbst bewußt und absichtlich etwas zu sagen, von dem man weiß, daß es falsch ist? Natürlich nicht! Nun darf man nicht glauben, alle diese Regeln, die im Grunde nur ein Rahmen sind, schränkten die Freiheit des Regisseurs übermäßig ein; der Raum, in dem er sich bewegt, wird sehr groß bleiben, und mit etwas Phantasie kann er, mehr noch als zuvor, seine Kreativität unter Beweis stellen. Eine Aufführung des ›Menschenfeinds‹ zum Beispiel könnte so beginnen:

> Ja, nun ich den Freund, den getreuen, hier finde,
> Erscheint mir des Schicksals Antlitz gelinde ...

Für den gewöhnlichen Zuschauer, *no problem;* da er ins Theater gekommen ist, um sich in der Inszenierung von A. W. (mal angenommen) den ›Menschenfeind‹ anzuhören, wird er sich das Stück anhören, als sei es ›Der Menschenfeind‹ von Molière in der Inszenierung von A. W. Doch einige besonders scharfsinnige Zuschauer werden bestimmt feststellen, daß der Titel des Stücks zwar ›Der Menschenfeind‹ lautet, der von den Schauspielern gesprochene Text jedoch der der ›Andromache‹ ist, und sie werden im Verlaufe der verrinnenden Zeit das von A. W. auf Grund dieser Transposition hinzugefügte Mehr an theatralischer Bedeutung bewundern. Denn es stellt eine äußerst erhellende (sowohl für den ›Menschenfeind‹ als auch für die ›Andromache‹) Parallelität zwischen den Freunden Orest und Pylades auf der einen Seite und Alceste und Philinte auf der anderen Seite her. Die Wort-für-Wort-Übereinstimmung (bewirkt durch einige im Grunde minimale Änderungen am Text (man geht täglich weiter)) zwischen den Molièreschen Personen und den Racineschen Personen, die erreicht werden muß, wird aus einer solchen Inszenierung etwas Unvergeßliches machen.

Kommen wir schließlich, und damit wollen wir es in dieser kurzen Zusammenfassung bewenden lassen, auf ein anderes, kürzlich unternommenes Experiment zu sprechen, das sich an alle Zuschauer richtet und nicht nur an die »happy few«, die *sowohl* ›Der Menschenfeind‹ *als auch* ›Andromache‹ kennen. Während der kürzlich stattgefundenen Aufführung eines Stückes, das wir nicht näher benennen wollen, wurde eine Anzahl von Leitern und Treppen auf der Bühne aufgestellt. Während die Schauspieler ihren Text sprachen, mußten sie sich gleichzeitig einem unbarmherzigen Wettbewerb stellen, der darüber entscheiden sollte, welcher oder welche von ihnen im Verlaufe des Schauspiels Sieger im Treppensteigen und Leiternerklimmen werden sollte. Der Sieger (und es ist nicht unbedingt jeden Abend derselbe) bekam eine ordentliche Sondervergütung; die Zuschauer konnten Wetten abschließen und wurden durch diese bemerkenswerte Erfindung dazu angeregt, mehrmals wiederzukommen!

An dem Abend, an dem wir uns zur Zeit befinden (kommen wir zum Roman zurück, es ist an der Zeit), trat eine europäische Truppe auf der Bühne des Großen Poldevischen Theaters mit ›Hatmel‹ auf. Da die Truppe eine europäische war und ein guter Teil des Publikums im Zuschauerraum aus Touristen bestand, war man übereingekommen (ganz im Sinne der zuvor beschriebenen Innovationen), daß die Rollen in mehreren Sprachen gesprochen werden sollten, so daß jeder Zuschauer dem Stück in *seiner* Sprache folgen könne. Man schlug selbstverständlich poldevisch und poldadamisch vor (sowie französisch, englisch, deutsch, italienisch, spanisch, baskisch und walisisch); die Reihenfolge des Auftritts der Schauspieler (neun für jede Rolle) wechselte jedesmal.

Vor der Aufführung begab sich Prinz Gormanskoi in die Kulissen, wo er sich mit dem Regisseur in einer Loge unterhielt. In dieser Loge befand sich auch ein großer, kahlköpfiger Mann mit intelligentem Gesicht, das distinguiert und durch die Unbilden des Lebens von tiefen Falten gezeichnet war. Er war bekleidet mit einem großen durchlöcherten Pullover, einem grünlichen Burberry-Regenmantel, einer abgeschabten Kordhose und trug an den Füßen Leinenschuhe mit geflochtener Sohle; der rechte war blau, der linke schwarz; er hatte ein Exemplar der ›Times‹ vom selben Tag auf den Schminktisch gelegt, zu seinen Füßen bemerkte man eine rote Einkaufstasche, auf der »Big Shopper« stand und aus der eine Stange Lauch hervorsah. Er lächelte. Es war der große schottische Shakespeare-Schauspieler MacPrepared, der eigens gekommen war, um vor dem Prinzen die Rolle des Hatmel zu spielen.

Achtzehntes Kapitel
Die Vorstellung

Die Vorstellung begann mit einem »Lever du rideau«. Damit wir uns recht verstehen: jede Vorstellung beginnt mit einem »Lever du rideau«, einem Hochgehen des Vorhangs, was nichts anderes bedeutet, als daß der Vorhang hochgeht. Nun gibt es aber, was heute leider etwas aus der Mode gekommen ist, vor dem eigentlichen Vorhanghochgehen noch ein Vorspiel, das vor dem Vorhang stattfindet, das heißt ein kurzes Stück, das dem Theaterschmaus als Hors-d'œuvre dient, den Appetit des Zuschauers anregt, es jedem erlaubt, anzukommen, seinen Platz zu finden, seine Freunde und Bekannten zu begrüßen und sich auf das Hauptgericht, nämlich das Theaterstück, vorzubereiten. Gemeint ist also dieses »Lever du rideau«, das *Vorspiel* und nicht der *Vorhang, der hochgeht.* Das poldevische Publikum liebt Vorspiele über alles; es liebt selbst das Hochgehen des Vorhangs über alles, und nicht nur, weil darauf das Hauptstück folgt, sondern weil es von den Bühnenarbeitern auf die Beine gestellte wahre Ballette sind. Es gibt eine Ästhetik des Vorhanghochgehens, ein wahres Repertoire von Vorhanghochgängen, über das man Bände schreiben könnte, Bände geschrieben hat; doch davon ist hier nicht die Rede, hier ist die Rede von den Vorspielen. Vielleicht ist das volkstümlichste Vorspiel, das Fluten von Kommentaren hervorgerufen hat, das folgende (ich gebe hier den vollständigen Text des Stückes wieder):

Vorspiel

Der Vorhang geht hoch.

ENDE

Der anonyme und geniale Autor dieses Vorspiels hat hier den Beweis für eine unglaubliche und souveräne Ökonomie der Mittel (des Schreibens und der Rollenverteilung, versteht sich, denn die Inszenierung ist ziemlich vielschichtig) erbracht. Es läßt sich kaum kürzer, reiner, dichter, packender und ergreifender machen. Und doch, werden Sie sagen ...

Und doch, in der Tat, wie unterscheidet man eine Aufführung dieses Stückes mit dem Titel ›Vorspiel‹, das ein Vorspiel ist, von einem ganz gewöhnlichen Hochgehen des Vorhangs, was man auch Vorhanghochgang nennen könnte? Im Grunde geht nämlich in beiden Fällen der Vorhang hoch, einmal vorher und einmal nachher. Und da in diesem ›Vorspiel‹ kein Wort gesprochen wird ... Ich verstehe nicht, werden Sie sagen, woher man weiß, daß es sich um das eine oder das andere handelt, bietet sich nun die Lösung an, es im Programm auszudrucken:

Hatmel
oder Die Poldevische Tragödie
von Es'rhaaekpes

In der Rolle des Hatmel,
als Welturaufführung in Poldevien,
der große schottische Schackespeare-Schauspieler
MACPREPARED

als Vorspiel
Vorspiel
von X

Inszenierung: A. W.,
(in der Rolle des Vorhangs,
mit der Sondererlaubnis der Poldevischen Akademie,
Ph. S.)

Plätze zu: 1 poldevischen Guinée, 3 poldadamitischen Guinéen, 6 poldevischen Shlins, 11 poldadamitischen Pence, 9 p. oder p. Farthings. Vorverkauf in Sainte-Gudule, links von der Sakristei (nach dem KüßtEr fragen *(Name des Küsters auf poldevisch – Anmerkung des Übersetzers)*).

Aber das ist eine sehr indirekte, meta-theatralische Art unter anderen, und wie Dr. N'Laak auf unwiderlegbare Weise nachgewiesen hat, »gibt es kein Meta-Theater«.

Aber überlegen Sie doch einmal eine Minute, verflixt und zugestopft! Wenn der Vorhang im ›Vorspiel‹ hochgeht, ist das Stück zu Ende. Infolgedessen *fällt der Vorhang!* So ist das. Und er geht wieder hoch für ›Hatmel‹. Verstanden?

Aber, aber, wenn nun zufällig auf Grund eines Irrtums des Bühnenarbeiters oder auf Grund einer Gegenorder, die durch irgendeine Verspätung zustande kommt (die Ankunft des Regierenden Prinzen zum Beispiel), der Vorhang fällt, nachdem er hochgegangen ist, wie soll man diesen Fall dann von einer Vorstellung des Stückes ›Vorspiel‹ unterscheiden können; und wenn ...

Genug! Ich habe genug gesagt! Wir haben keine Zeit, hier Katz und Maus zu spielen (Verzeihung Ophelia! Verzeihung Alexander Wladimirowitsch; Verzeihung Hotello (und noch einmal Verzeihung: Hotello ist in der Geschichte noch nicht aufgetaucht), mit euren Spitzfindigkeiten bringt ihr es fertig, daß ich anfange, dummes Zeug daherzureden).

Der Vorhang ging hoch, und die Vorstellung begann mit einem Vorspiel, das aus einem Vorhangaufgang bestand (und nun sagen Sie ja nicht, daß das, was ich gerade gesagt habe, pleonastisch ist, oder ich geb's auf, Sie sehen doch, wieviel Zeit wir schon verloren haben). Und dieses Vorspiel war nicht das Stück mit dem Titel ›Vorspiel‹, das bei den außergewöhnlichen Vorstellungen zur Tradition gehört. Dieses Vorspiel bestand faktisch aus zwei Vorspielen *(»Handelt es sich hier um zwei Stücke, die Vorspiele sind, um das zweimalige Hochgehen des Vorhangs oder um das Hochgehen zweier Vorhänge?« Ich werde darauf keine Antwort geben.)*

Das Hauptprinzip der meisten Vorspiele besteht in einer verdichteten Fassung von Stücken, die Stücke von normaler Spiellänge sind, die bei einer normalen Vorstellung auch ganz normal als Nicht-Vorspiele gespielt werden können *(und es handelt sich dabei weder um ein Vorspiel, bei dem zuvor der Vorhang hochgeht, noch um ein Hochgehen des Vorhangs ohne Vorspiel, o.k.?);* der Zuschauer hat so das Gefühl, zwei Schauspielen statt einem (hier dreien) beizuwohnen, und das zum Preis und für die Dauer von 1,06 (die Dauer eines Vorspiels beträgt im Schnitt ein Siebzehntel der Dauer eines Hauptstücks), was ihn in eine günstige Stimmung versetzt. Man sah also:

Erstes Vorspiel

Artaban und Ataraxie
oder
Der Verdacht (von uns unterstrichen)

Tragödie in fünf Akten und in Versen, beschleunigt durch etwas Prosa, übernommen aus dem ›Arsace‹ von Le Royer de Prade
1666

Personen: Le Royer de Prade. Artaban, König der Parther, Arsace, Pharasman, seine Söhne, Ataraxie, Tochter des vorigen Königs, Médominie, seine Schwester. Voronèje, Vertrauter des Königs.

Prolog

MONSIEUR DE PRADE: Das Thema dieser Tragödie ist dem 42. Buch Justins entnommen, wo er sagt, daß Artaban, siebter König der Parther, auf seinen Neffen Phradalis folgte; und nach diesen wenigen Worten, die alles das enthalten, was wir an Wahrem in diesen Szenen finden, ist der Rest frei erfunden worden.

Über die Verse werde ich nichts sagen, aber alle, die sich darin auskennen, stimmen überein, daß man bessere kaum je gekannt hat; daher hat auch eines der herausragendsten Genies dieser Zeit, nämlich Corneille, über sie gesagt, daß er noch kein Stück gesehen habe, in dem so viel Geist zu finden sei, und daß es genügend Schönheit besitze, um drei ganze Stücke damit auszustatten.

1. Akt

1. Szene

Bühnenbild

ARTABAN: Ich gebe auf den Thron, und gönne mir das gern,
Die Söhne sollen herrschen, denn warte ich zu lang,
Dann stößt man mich vom Thron, mir wird schon jetzt ganz bang.

2. Szene

MONSIEUR DE PRADE: Voronèje, der alte Vertraute des Königs, erinnert ihn an bestimmte Grundideen, die er besser berücksichtigen sollte.

VORONÈJE: Als Untertan ihr wart, kam Pharasman zur Welt,

Und nach ihm kam Arsace, der hat ganz schön gebellt,
Des alten Königs Tod, eure Geburt dazu,
Legte in eure Hand die höchste Macht im Nu;
Ihr Blut ist also gleich, beim Rang ist's nicht der Fall,
Sohn vom Monarch ist der, der andre vom Vasall,
Baut das Naturrecht nur auf Alter auf, auf Rang,
Zu dem zukünftgen Reich hat jeder einen Hang;
Weil er der Ältste ist, strebt Pharasman es an;
Als Königssohn jedoch ist's längst schon Arsaces Plan.

MONSIEUR DE PRADE: In der Tat ein schwieriges Problem; doch der König meint, die Lösung in der Hand zu halten.

Ataraxie tritt auf.

3. Szene

MONSIEUR DE PRADE: 3. Szene. Dieselben, dazu Ataraxie, die älteste Tochter des verstorbenen Königs, also die Kusine Artabans, der sein Neffe war.

DER KÖNIG: Eins zwei drei vier fünf sechs, noch morgen wählet ihr,
Wer von den zwein bekommt die Hand und das Empire.

Artaban und Voronèje gehen ab. Ataraxie bleibt allein.

3. Szene noch einmal.

MONSIEUR DE PRADE: Folgendes! Ich muß euch sagen, daß Ataraxie Arsace liebt; sie läßt sich des langen und des breiten darüber aus. Zu lange und zu breit, als daß wir es hier wiedergeben könnten. Aber was ist mit Médominie, ihrer jüngeren Schwester?

4. Szene

MÉDOMINIE, *allein:* Ich liebe den von beiden, der Monarch werden soll.

MONSIEUR DE PRADE: In dem Zweifel, in dem sie sich befindet, welcher von beiden zum ersten Mann im Reich der Parther berufen wird, sichert sie jedem von ihnen nacheinander ihre Vorliebe für ihn zu. Hierzu muß gesagt werden, daß Arsace sie voller Inbrunst liebt, Pharasman voller Ehrgeiz. Und so, wie Médominie den verliebten Worten der beiden Brüder lauscht, spricht Pharasman spiegelgleich zu beiden Schwestern von Liebe. Médominie sagt Arsace nichts von ihren Gesprächen mit Pharasman. Pharasman gegenüber behauptet sie, daß sie Arsace enttäuschen muß und daß sie nur ihn liebt. Doch Pharasman hat Zweifel.

5. Szene
PHARASMAN ZU MÉDOMINIE: Würdet Ihr ihn lieben,
Prinzessin, wenn Ihr so tätet, als liebtet Ihr ihn?
Er geht ab. Arsace tritt auf.

6. Szene
ARSACE ZU MÉDOMINIE: Ta ta ta ta ta ta, ich leg euch
Zeugnis ab,
Daß nur mit euch allein zu herrschen Lust ich hab,
Es kann der Ehrgeiz nicht der Flamme mein befehlen,
Mein liebstes Reich, das ist dasjen'ge deiner Seelen.
MONSIEUR DE PRADE: Dieses Geständnis, dem jegliche Raffinesse fehlt, genügt Médominie nicht, doch hier endet der erste Akt.

Es ist klar, daß wir diesen ersten Akt nur deshalb hier wiedergeben, weil er einerseits eine Vorstellung gibt von der Methode des Vorspielhochgehvorhangs, deren sich die Dramaturgie bedient hat, zum andern, weil das Thema des Stückes thematisch und architektonisch mit der inneren Bedeutung des Romans verbunden ist.

Im gleichen Geiste wollen wir uns auf eine schnelle Übersicht des Anfangs des zweiten Vorspiels beschränken (nur des Anfangs, denn das ganze Stück wiederzugeben wäre wie im vorhergehenden Fall allzu aufschlußreich und würde die Spannung aufheben):

Die Eifersucht
von A... R...-G..., lyophilisiert aus dem
›Eifersüchtigen ohne Grund‹, von de Beys

Alindor, der Freund Bélanires, liebt Clarice. Bélanire liebt in Wahrheit Arthémise. Arthémise liebt Erace. Erace liebt Arthémise. Clarice ist schön. Arthémise ist schön. Alindor ist ein schöner, junger, vornehmer, aber armer Mann. Belindor ist reich, aber vornehm und schön. Erace ist schön und vornehm und reich. Clarice hat einen geizigen Vater (aber keinen verlorenen Sohn: sie ist wohlerzogen). Arthémise ist schön und wohlerzogen und frei. Arthémise ist die Freundin von Clarice. Arthémise hat eine Schwester, Perside. Alles ist ganz einfach und ganz klar.

Alindor überzeugt Belindor ganz einfach davon, daß Arthémise ihn liebt (man versteht die dem Anschein nach unsymmetrische Rolle Persides). Er kann Erace dazu überreden, daß der so tut, als verließe er Arthémise und mache nun Clarice den Hof. Er kann Clarice davon überzeugen, so zu tun, als liebe sie Erace. Er kann Arthémise davon überzeugen, so zu tun, als verstoße sie Erace und liebe Bélanire. Er kann sich selber davon überzeugen, daß alles nach seinen Plänen läuft (welche sind das?).

Aber. Tut Erace wirklich so, als liebe er Clarice? Tut Clarice wirklich so, als liebe sie Erace? Tut Arthémise wirklich so, als liebe sie Bélanire? Um herauszufinden, wie es sich wirklich damit verhält, überzeugt Alindor Clarice davon, daß sie Arthémise davon überzeugen muß, daß Erace sie verrät, daß Arthémise Clarice davon überzeugen muß, daß ... usw... usw... usw...

Nachdem die Vorhänge unter dem donnernden Applaus wieder heruntergegangen waren (MacPrepared, in der Rolle Alindors, erstmals von ihm auf der Bühne verkörpert, konnte einen ausgesprochenen Erfolg für sich verbuchen), ging man zu den seriösen Dingen über, das heißt zu ›Hatmel‹. Das Stück ist allgemein bekannt, und wir werden uns darauf beschränken, ganz kurz, und bündig sogar *(»bündig« ist auf Altpoldevisch ein Synonym von »kurz« – eine Anmerkung des Kommentators)*, eine seltsame Interpolation zu beschreiben, die eine Welle der Erregung im Publikum hervorrief, unter dem man, unter anderen Persönlichkeiten, Kosma Prutkow entdecken konnte, den bekannten russischen Romancier, Ph. S., Pater Risolnus, den Regierenden Prinzen Alicius und Madame ... Plötzlich erschien mitten in der 2. Szene des 3. Aktes, die Unterhaltung zwischen Hatmel und Ophelia unterbrechend, eine Truppe von Schauspielern, die Schauspieler spielten, die sich anschickten, *ein Stück im Stück* aufzuführen, in der besten, das »Bild im Teppich« genannten postmodernen Tradition, und zwar ein stummes Stück, was seinen, wie von Pater Risolnus lautstark zu hören war, archaisierenden Charakter noch hervorhob, da, wie im Kino, im Theater das Stumme dem Ton vorausgegangen ist.

Oboe. Die Schauspieler des Stücks im Stück treten auf; sie tragen auf dem Bauch ein Schild mit den Worten: Dies ist das »Stück im Stück«.

Ein König und eine Königin treten auf, beide verliebt, die Königin drückt den König fest an sich. Sie kniet sich hin und zeigt ihm ausdrücklich ihre Liebe. Dann stößt er sie zurück und legt sich auf eine Blumenbank (mit blauen Vergißmeinnicht). Sie geht weg. Ein Bösewicht tritt auf, der die Krone des König stibitzt, sie sich auf den Kopf setzt, dem König den Inhalt eines Fläschchens, auf dem man »Gift« liest, mit einem Totenkopf darüber, ins Ohr schüttet und sich dann zurückzieht. Dann kommen der Verbrecher und die Königin zusammen zurück, sie sind Komplizen; sie kniet vor ihm nieder; sie zeigt ihm ausdrücklich ihre Liebe. Er gibt ihr ein altes Geldstück von 6

poldevischen Guinéen in Gold (ein falsches Geldstück selbstverständlich, diese uralten Geldstücke sind nämlich ein Vermögen wert).
Exeunt (sie gehen ab).

Die gleiche Szene wurde dann noch einmal gespielt, diesmal jedoch in einer *gesprochenen Fassung.* Und da ereignete sich der Zwischenfall. Der Regierende Prinz Alicius, der während der stummen Szene nicht mit der Wimper gezuckt hatte, stand plötzlich auf und verließ mit lautem Getöse das Theater, seine Frau Gertrude hinter sich herziehend. Die Vorstellung ging ohne sie weiter.

(Alle Kommentatoren haben sich nach dem Grund für diese offensichtliche Passivität des Regierenden Prinzen während der ersten, stummen Fassung, die ja als eine Anprangerung seines Verbrechens erscheinen konnte, und so haben es auch alle gesehen, gefragt, und fragen es sich heute, lange nach den Ereignissen, immer noch (und der König hat das selbstverständlich auch so gedeutet, da er schon am nächsten Tag von seinen Anwälten – einem amerikanischen Anwaltsbüro – zwei Strafanträge gegen Prinz Gormanskoi stellen ließ: 1. einen Strafantrag wegen Verleumdung, 2. eine Schadenersatzklage im Namen der Schackespeare Society of America wegen des Plagiats von ›Vom Winde verweht‹. Nach der subtilsten Interpretation, die auf den japanischen Kritiker Vito-Gentoushan zurückgeht, hat die *dumb show* (die stumme Szene) nur deshalb keinen Eindruck auf den Usurpator-König in ›Hatmel‹ gemacht, weil der Schauspieler, der die Rolle des Königs spielte, nicht auf das vorbereitet war, was ablief, da es sich um eine Interpolation handelte; doch daß der Regierende Prinz im Zuschauerraum zu Anfang ebenfalls nicht reagiert hat, lag nicht daran, daß er schlief (die Aussagen der Zeugen sind eindeutig; er schnarchte nicht, geschnarcht hat Pater Risolnus); auch nicht, weil die Schauspieler schlecht spielten (sie spielten sehr gut);

sondern ganz einfach, weil *nichts gesagt worden war:* und was wortlos gezeigt wird, zählt nicht; was zählt, ist das, was gesagt wird; was man nicht sagen soll und was man verschweigen soll, das kann man ruhig zeigen. Als die gleiche Szene jedoch wiedergespielt wurde, *mit Ton,* konnte er sie nicht mehr unbeachtet lassen und ruhig auf seinem Platz sitzen bleiben, als ob nichts sei.)

Vierter Teil

Hofften Sie auf eine holdselige Rückkehr in vergangene Zeiten?

Neunzehntes Kapitel
Ein hartes Jahresende

Am Tag nach dem großen Skandal bei der ›Hatmel‹-Aufführung im Staatstheater von Schloß Eerlosni ließ Pater Risolnus, der nach dem Mord an Poldevius die Funktion eines Ministerpräsidenten innehatte, Prinz Gormanskoi in sein Büro kommen. Um sich gegen alle Eventualitäten zu schützen, hatte er mehrere Fässer Bier kommen lassen, die gerade angezapft worden waren; er hatte das Büro in einen Pub verwandelt und ließ sich von den Saaldienern des Ministeriums Pinten zapfen. Nachdem er dem Prinzen einen Sonderdruck seiner letzten Widerlegung der unhaltbaren Thesen (»da sie keine konstituable Bedeutung haben«, schloß er genauer gesagt) seines theoretischen Feindes, Louis Macaniche, gegeben hatte, erklärte er ihm den Sinn seiner Vorladung:

»Mein lieber Prinz, ich bin vom Regierenden Prinzen damit beauftragt, Ihnen diesen Dienstauftrag zu übergeben.«

Der Prinz nahm entgegen, öffnete, las, grüßte, ging hinaus. »Gut«, sagte Pater Risolnus zu sich, »das hätten wir hinter uns.« Er sah in seinem Notizbuch nach. Er hatte eine Verabredung mit Messrs T. and T.

»Rufen Sie sie herein«, sagte er zum Saaldiener, »und schenken Sie mir ein Guinness ein.«

Messrs T. and T. kamen herein.

»Meine lieben T. and T., ich bin vom Regierenden Prinzen beauftragt worden, Ihnen diesen Dienstauftrag zu übergeben; wem soll ich ihn geben?«

»Mir«, sagte T.

»Mir«, sagte T'. (T'. bedeutet ein anderes Exemplar von T.)

»Wenn's weiter nichts ist!« sagte Pater Risolnus.

Und er zog ein zweites Exemplar des Dienstauftrags

aus der Tasche; dann schloß er die Augen, da er nicht wissen wollte, wer was nahm; es war zu früh am Morgen, um sich logischen Übungen hinzugeben. Messrs T. and T. nahmen die Dienstaufträge und gingen hinaus.

Von all dem hatte Pater Risolnus Durst bekommen; und das hatte seinen Tennisarm wachgemacht. Er beschloß, es für diesen Tag dabei bewenden zu lassen und nach Hause zu gehen, um sich mit etwas zu trinken und einem Buch über Patakuddelmuddel *(Patakuddelmuddel, ein Synonym für »Metaphysik« im Sprachspiel von Pater Risolnus – Anmerkung des beamteten Exegeten der poldevischen Hexarchie)* in die Falle zu hauen.

Als Prinz Gormanskoi das Ministerium verlassen hatte, begab er sich zum Flughafen und bestieg das erste Flugzeug nach Le Havre. Er war mit einem Paß versehen, der auf den Namen Thehatmel ausgestellt war.

Als Messrs T. and T. aus dem Büro kamen, begaben sie sich zum Flughafen und meldeten sich bei der Abfertigung des ersten Flugs der Poldevian Airlines nach Le Havre. Die Angestellte, eine Normannin, Mademoiselle Jeanne Semoule, nahm ihre Flugkarten entgegen; sie waren auf die Namen Mr. Tweedledum, esq. und Mr. Tweedledee, esq. ausgestellt. Jeanne zögerte. Sie wollte wissen, wer Mr. Tweedledum und wer Mr. Tweedledee war, um jedem seine Bordkarte geben zu können. Doch sie wußte, daß es sinnlos war, sie zu fragen, wer wer war, denn sie sagten nicht immer die Wahrheit. Seit der Untersuchung Raymond Smullyans, über die er in seinem Buch, das notwendigerweise ›Wie heißt dieses Buch?‹ heißt, berichtet hat, ist allgemein bekannt, daß der eine von ihnen montags, dienstags und mittwochs log, während er an den anderen Tagen der Woche die Wahrheit sagte (es gibt in Poldevien 6 + 1 Tag in der Woche). Sein Bruder log donnerstags, freitags und samstags, während er an den anderen Tagen die Wahrheit sagte. »Aber was ist denn heute für ein Tag«? fragte sich Jeanne Semoule. Sie hatte es vergessen. Wenn es weiter nichts ist! Sie wandte sich an Messrs T. and T. und sagte zu ihnen:

»Wann lügen Sie?«

»Ich lüge samstags, und ich lüge sonntags«, antwortete der eine.

»Ich werde morgen lügen«, antwortete der andere.

»Wenn dem so ist,« fuhr Mademoiselle Semoule fort, »welcher von Ihnen ist dann Tweedledum?«

»Ich bin Tweedledum«, sagte der eine.

»Wenn das wahr ist, dann bin ich Tweedledee.«

»Gut«, sagte Jeanne erleichtert; und sie hielt jedem seine Bordkarte hin.

Prinz Gormanskoi alias Thehatmel spazierte durch die Straßen Le Havres, und was er sah, gefiel ihm nicht sonderlich. Aber mehr noch als mit der Landschaft war er mit sich selber unzufrieden: Hatte er recht gehabt, diese Mission voller Fallen und Fußangeln, die man ihm angeboten hatte, zu akzeptieren? Mußte er wirklich bis ans Ende dieser Erzählfolge gehen, weiterhin eine alte Geschichte nachspielen in der Hoffnung, die Fäden seiner eigenen zu entwirren? Dies war das Problem, dies war die Frage: *»To be or not to be Hatmel, that is the question«*, sagte er sich. Und außerdem hatte er es wahnsinnig eilig, wegen der Entführung Hortenses hatte er keine Zeit, diesen ganzen Roman noch einmal zu durchleben! Unmerklich hatten ihn seine Schritte von dem Augenblick an, als er aus der Straßenbahn ausgestiegen war, in der ihn ein kleines Mädchen für den Abend zu einer Verabredung bei ihrer Schwester bestellt hatte, bis zur Buchhandlung Delacolline geführt.

Von blendenden Halogenlampen beleuchtet, strahlte die Buchhandlung in der kurzen Avenue Boris-Vian, strahlte mit allen ihren Lichtern wie ein Argus mit hundert durchdringenden Augen. Von nahem hätte man sie mit einem Supermarkt verwechseln können, der Waschpulver und Wäscheklammern verkauft. Doch in Wirklichkeit war es ein »Zufluchtsort der Intelligenz und der Kultur und der Zivilisation«. Von blendenden Halogenstrahlern beleuchtet, verkaufte die Buchhandlung Delacolline zahlreichen Liebhabern dieser Metropole eine ganze Sammlung unerläßlicher Bücher, angefangen von den Werken der Madame Zarai bis zu denen von Ph. S.

(Wir sind jetzt in der Mitte des Romans angelangt, und es ist notwendig, darauf hinzuweisen: Seit dem Anfang der Erzählung stiegen wir den Abhang der Geheimnisse hinauf, wir erklommen den steilen, von Rätseln übersäten Hang; und jetzt sind wir auf dem Gipfel. Bald, in weniger als ein paar Zeilen, werden wir damit beginnen, wieder hinabzusteigen zu der noch fernen und nebelverhangenen Ebene, in der, souverän und ruhig, der Fluß »Ende« fließt. Und wenn wir an seinem Ufer angelangt sind, im letzten Kapitel, werden wir alles verstehen, werden wir alles wissen; oder fast. Denn vielleicht wird auch da wieder, auf der anderen Seite des Flusses, in anderen Nebeln, unbestimmt wie die weiße Klippe von Dover, wenn man sich mit dem Luftkissenschiff nähert, der Boden für eine Fortsetzung, eine Vermehrung der Abenteuer erscheinen; wer weiß?)

Kaum hatte Gormanskoi-Thehatmel die Buchhandlung betreten, erkundigte er sich nach der Person, die er hier treffen sollte, Monsieur Frédéric. Doch der Direktor teilte ihm mit, Monsieur Frédéric sei leider gerade wegen Spionage verhaftet worden: man verdächtigte ihn, daß er den Transfer kostbarer Spitzentechnologien an fremde Mächte, vor allem P.... und P...., erleichtert habe: Technologien, die es erlaubten, an die Stelle der Nicht-Übertragung irgendwelcher Informationen und Meinungen durch ein einziges Fernsehprogramm die Übertragung eines immer gleichen Bestands derselben Informationen und Meinungen durch eine unbegrenzte Zahl von Programmen mit verschiedenen Namen zu setzen. »Sein

Fall ist ernst, Monsieur Thehatmel«, sagte der Direktor. Monsieur Thehatmel pflichtete ihm bei. Der Direktor nutzte die Gelegenheit, um ihm unterderhand ein Exemplar der ›Kritik der reinen Vernunft‹ zu verkaufen, die gerade auf Grund der Verurteilung Kants wegen Plagiats aus dem Handel gezogen worden war (Kant hatte aufs schändlichste das Werk einer großen amerikanischen Philosophin, Madame Mitchell, kopiert).

Nachdem er die Buchhandlung verlassen hatte, ging er in ein Kino in der Stadtmitte, um dort die notwendige Zeit vor seiner Verabredung mit der großen Schwester des kleinen Mädchens totzuschlagen, dem er in der Straßenbahn begegnet war (nur mit den poldevischen Prinzen treffen die kleinen Mädchen Verabredungen bei ihrer großen Schwester). In dem Kino, für das er sich entschied, weil der dort gezeigte Film ein langer und besonders langweiliger Film war (er mußte ein wenig schlafen), spielte man ›Vom Winde‹ (nein, nein, nein, nein, nein, nein, man spielte nicht ›Vom Winde‹; das reicht jetzt, das ist eine richtige Besessenheit, ehrlich; oder wenn es die Komik der Wiederholung ist, das geht eine Zeitlang, aber das ermüdet). Ich fahre fort: Man spielte in dem Kino, für das er sich entschied, entweder einen langen und ganz besonders langweiligen Film oder einen langweiligen und besonders langen Film oder einen gar nicht langen, aber sehr langweiligen Film: ›Der gr... Bl...‹ zum Beispiel; oder ›Tr. 7 d. 2‹, zum Beispiel. Aber ›Princess Bride‹ wurde nicht gespielt.

Als er hinausging, war es dunkel; es regnete unaufhörlich über Le Havre. Der Prinz beschleunigte seinen Schritt in den nassen und dunklen Straßen, in denen sich einige wenige Schatten fortbewegten. Und unter den Schatten, die sich fortbewegten, waren auch, ohne daß der Prinz das ahnte, die Schatten von Tweedledum und Tweedledee, die Killer des Regierenden Prinzen, die ihn beschatteten; der eine (Tweedledum?) beschattete ihn von hinten; und der andere (Tweedledum?) beschattete ihn von vorn; von hinten beschatten, das kann jeder, doch von vorne beschatten, das ist knifflig! Und der Prinz, der nichts ahnte, sagte zu sich, die Unterhaltung mit sich selber fortsetzend: »Wenn ich Hatmel sein soll, dann werde ich mein eigener Hatmel sein, nicht der, der zu sein man mich zwingen will. Denn ich kann gar nichts anderes sein als Hatmel. Infolgedessen, Hatmel sein oder nicht sein, das ist die wahre Frage.«

Zwanzigstes Kapitel
Ophelia hat sich überzeugen lassen

Nehmen Sie Ihr Buch zur Hand und kehren Sie zum Anfang des dreizehnten Kapitels zurück. Um zum dreizehnten Kapitel zu gelangen, gibt es mehrere Algorithmen, die Sie auf Ihrem Personalcomputer programmieren können.

Wählen Sie zwei Algorithmen, um die Ideen festzulegen: den Algorithmus A und den Algorithmus B (das Wort *Algorithmus* soll aus dem Persischen kommen: es soll sich um eine Transformation des letzten Teils des Namens Abu Ja'far Mohammed ibn Mûsâ al-Khowârizmî-Mollah-hêt handeln, was zunächst »Algorithmimolette« ergab, woraus durch eine allerletzte Vereinfachung »Algorithmus« wurde; Pater Risolnus behauptet, daß man eigentlich »Algorhythmus« lesen müsse, aus »algo« und »Rhythmus« (das spanische *algo* bedeutet »etwas«, also »etwas auf dem Rhythmus«), doch kein anderer Autor teilt diese Meinung).

Der Algorithmus A oder »Algorithmus für sequentielles Suchen« läuft darauf hinaus, eine Liste mit allen aufeinanderfolgenden Wortpaaren des Romans in der Reihenfolge ihres Auftauchens zu speichern; jedes Paar erhält eine laufende Nummer. Der Algorithmus A sucht nun nacheinander die Wörter der Liste im Speicher und setzt sie dann an eine andere Stelle; jedesmal, wenn er so ein Paar erfaßt, findet ein Test statt: er vergleicht mit dem »dreizehnten Kapitel«; wenn der Test positiv ist, zeigt der Computer am Bildschirm die erreichte laufende Nummer und macht halt; Sie brauchen sich jetzt nur noch auf die angegebene Stelle zu beziehen. Wenn er kein dreizehntes Kapitel gefunden hätte, wie das zum Beispiel in den Romanen vorkommt, die in den amerikanischen Hotelzimmern zurückgelassen werden, wäre er bis ans

Ende der Liste gegangen, hätte »O« angezeigt und wäre dann zum Mittagessen gegangen. Aber das ist nicht der Fall. Dieser Algorithmus ist unfehlbar (es sei denn, man hätte vergessen, das Wortpaar des »dreizehnten Kapitels« abzurufen), verlangt aber viel Zeit. Gehen wir zum Algorithmus B über.

Sein Prinzip ist ebenfalls einfach; man beginnt mit der Erfassung der Wortpaare in alphabetischer Reihenfolge, wie in einem Wörterbuch. Gleichzeitig werden sie durchnumeriert; doch anstatt sie eins nach dem andern zu testen, geht man nun in die Mitte der Liste. Steht das gesuchte Wort nun unterhalb dieses Mittelwertes, wird die Suche fortgesetzt, wobei jedoch die gesamte obere Hälfte ausgeschaltet wird; im andern Fall wird die untere Hälfte ausgeschaltet. Nun fängt man wieder von vorne an, wobei man jedesmal die übriggebliebene Masse durch zwei teilt; so kommt man sehr schnell zum Ergebnis. Es wurde peinlich genau nachgewiesen, daß der Algorithmus B immer schneller war als der Algorithmus A, sobald der Roman mehr als siebenunddreißig Wörter hat. Das ist hier der Fall. (Professor Knutzoi vom Poldevischen Institut für Programmierung behauptet, daß die hexachotomische Teilung (durch 6) wirkungsvoller ist als die dichotomische Teilung, die der Algorithmus B vornimmt; die Verantwortung für diese Behauptung überlassen wir ihm.)

Doch welchen Algorithmus Sie auch immer bevorzugen, beziehen Sie sich auf jeden Fall auf den Anfang des dreizehnten Kapitels (ich werde darauf aufmerksam gemacht, daß es noch einen anderen Algorithmus gibt, da der Roman ein Inhaltsverzeichnis enthält; der Algorithmus C (der Algorithmus C könnte es auch tun: beim Algorithmus C wird, meinem Briefpartner zufolge, die Liste der Kapitel so genommen, wie sie das Inhaltsverzeichnis angibt, worauf dann so verfahren wird wie zuvor entweder bei Algorithmus A oder Algorithmus B, aber *nur auf dieser Liste*, die sehr viel kürzer ist (immer weitaus kürzer, behauptet er; ich habe diese äußerst wichtige

Aussage noch nicht überprüft); nun bezieht man sich auf die entsprechende Seite, deren Nummer im Inhaltsverzeichnis angegeben wird).

(*Etwas später:* der Algorithmus C scheint tatsächlich eine etwas schnellere Methode zu sein als die vorhergehenden. Für die Suche des dreizehnten Kapitels im Inhaltsverzeichnis ist es jedoch schwierig, zwischen Algorithmen A und B zu wählen, da es 37 Kapitel gibt, und 37 genau die Zahl ist, für die die beiden Algorithmen mit der gleichen Geschwindigkeit zum Abschluß gelangen; diese von unserem Briefpartner, Monsieur Inchtin, nicht besonders hervorgehobene Tatsache schwächt die Tragweite seiner Entdeckung ein wenig ab. Doch es gibt Schlimmeres: *es gibt zumindest einen Fall, in dem es nicht stimmt, daß die Liste des Inhaltsverzeichnisses kürzer ist als die andere;* es ist der des Romans meines Freundes Denis Duabuor; hier ist er, in der Ganzheit seines Textes (ich lasse das Inhaltsverzeichnis weg, das sich leicht daraus erschließen läßt).

Denis Duabuor:
Siebenunddreißig Kapitel
Roman

Erstes Kapitel
Zweites Kapitel
Drittes Kapitel
Viertes Kapitel
Fünftes Kapitel
Sechstes Kapitel
...
Neuntes Kapitel
...
Elftes Kapitel
...
Vierzehntes Kapitel
...

Achtzehntes Kapitel
...
Dreiundzwanzigstes Kapitel
...
Sechsundzwanzigstes Kapitel
...
Neunundzwanzigstes Kapitel
Dreißigstes Kapitel
...
Dreiunddreißigstes Kapitel
...
Fünfunddreißigstes Kapitel
...
Siebenunddreißigstes Kapitel
ENDE.

Die Inhaltsverzeichnis-Methode ist in diesem Fall tatsächlich etwas langwieriger als die beiden andern. Dennoch danke ich Monsieur Inchtin für seine interessante Anregung.)

Wir sind also zum Anfang des dreizehnten Kapitels zurückgekehrt und zu jenem Augenblick, in dem die in der Küche befindlichen Personen, Laurie, Carlotta, Jim Wedderburn, sich Ophelia zuwenden, die von dem Verzweiflungsbrief Hortenses Kenntnis nimmt.

Ophelia wird bis ins Fell hinein bleich und miaut klagend:

»Nein«, sagte sie, »Erbarmen! Ich will nicht nach Poldevien; ich will nicht anstelle Hortenses ertränkt werden; ich will nicht unter einer Girlande von Gänseblümchen und Brennesseln an einen Weidenast über einem Bach aufgehängt werden, ich will nicht, daß der Ast bricht; ich will nicht ins Wasser fallen und unter dem Gewicht meines nassen Fells versinken und solange im Wasser singen, bis ich einen ›Tod im Morast‹ gefunden habe! Nein! Erbarmen!«

»Ist sie verrückt?« fragte Carlotta Laurie.

»Sie hat begriffen, was von ihr erwartet wird«, sagte Jim Wedderburn; »sie soll als ›understudy‹ für Hortense dienen; wie sagt man das in deutsch?«

»Man sagt ›Double‹, sagte Carlotta, »und man sagt nicht ›wie sagt man das in deutsch‹, ebensowenig wie man sagt ›wie spät ist das‹.«

»Ich habe gesagt ›wie spät ist das?‹ – ich?« sagte Jim Wedderburn, »dieses Mädchen ist aber ganz schön unverfroren!«

»Ich geb's auf«, sagte Carlotta.

»Es ist nämlich folgendes«, sagte Laurie, »man will ihren Prinzen die Rolle Hamlets in einer poldevischen Prinzenerbfolgetragödie oder etwas in dieser Art spielen lassen; vielleicht will es der Prinz auch selbst, das ist nicht ganz klar, und da braucht man nun jemanden, der verhindern soll, daß Hortense das gleiche Schicksal erleidet, das in dem Stück Hamlets Braut erwartet, die, daran möchte ich dich erinnern, Ophelia heißt; unsere Ophelia hier hat sich gerade nur an die Szene vom Tod der Ophelia erinnert, so, wie Shakespeare sie erzählt. Aber davon ist nicht die Rede, überhaupt nicht; wir werden doch unser kleines Kätzchen nicht dorthin schicken, damit man es uns ertränkt. Kommt gar nicht in Frage! Armes kleines Tierchen.«

»Das werden wir meiner Katze nicht antun, nein!« setzte Carlotta hinzu.

»Miau!« sagte Ophelia und sprang dabei auf Lauries Schulter, wobei sie ihr einen Schmatz aufs Schnäuzchen gab, dann auf Carlottas Schulter, um ihr ebenfalls einen Schmatz zu geben.

»Ophelia, du stinkst!« sagte Laurie.

Jim Wedderburn erklärte daraufhin, daß es keineswegs darum ginge, Ophelia in Gefahr zu bringen; sie solle lediglich solange wie nötig an Hortenses Stelle treten, um den Handlungsknoten zu lösen; sie würde jedoch kein Risiko eingehen, denn gemeint sei ja Hortense, als Braut

Gormanskois, und nicht Ophelia, die in der Gleichung Gormanskoi = Hamlet mit der Braut nur den Namen gemein habe; und genau aus diesem Grund habe man auch an sie gedacht.

»Wer ›man‹?«

»Aber Sie wissen doch«, sagte J. W. Laurie ins Ohr. »Lassen wir uns doch nicht von einem exzessiven Nominalismus verwirren!« schloß er. Und außerdem war Ophelia keineswegs in den Prinzen verliebt, sie liebte nur Carlotta (an erster Stelle) und Laurie (an zweiter Stelle).

Die Verhandlungen waren lang und zäh. Ophelia verlangte Garantien, die im voraus in Form von Räucherlachs und glasierten Maronen (eine ihrer Lieblingsspeisen) zu bezahlen waren. Jim Wedderburn versprach, bei seiner nächsten Reise nach London zu Fortnum and Mason's zu gehen und ihr »Brandy Butter« mitzubringen; er verpflichtete sich, sie nach Poldevien zu begleiten. Kurzum, Ophelia war in einer Position der Stärke, und sie nützte diese auch maximal aus.

»In Ordnung«, sagte Laurie, »wir schicken sie hin, aber nicht länger als eine Woche.«

»Versprochen«, sagte J. W.

»Aber da fällt mir gerade ein«, sagte Carlotta, »bist du sicher, daß sie ihre Rolle auch spielen kann? Was die Unschuld angeht, keine Bedenken, da kennt sie sich aus, aber was würde man sagen, wenn man Shakespeares Ophelia dabei ertappte, vor dem Abendessen in der Küche Lachs zu klauen?«

Ophelia versprach, daß sie sich einschränken würde.

Einundzwanzigstes Kapitel
Notizen über eine Rückkehr ins Heimatland

Am überübernächsten Tag des Vorvortages fand Ophelias Abreise nach Poldevien statt. Sie brach auf, um Hortense zu helfen, und sie wurde von Jim Wedderburn begleitet, einem jungen Mann, zu dem sie ein gewisses Vertrauen hatte: Seine Knie waren bequem, boten Platz und waren nicht rauh, er würde nicht vergessen, sie zu füttern, er würde ihr, falls sie wegen der Trennung von Laurie und Carlotta vorübergehend eine Depression bekäme, die Pfote halten.

Am Tag vor der Abreise hatte sie zusammen mit Carlotta ihr Bündel geschnürt: darin befanden sich ihr Lieblingskissen, ihr roter Teller, ihr Tischtennis-Ball, ein neuer Wollball in der Farbe ihres Fells, ein oder zwei Dosen Katzenfutter, ihre Kleenex, ihre Vitamine, ein Kartenspiel, um Patiencen zu legen, ein Schreibheft, um ihre Eindrücke zu notieren. Poldevien war das Land ihrer Kindheit, sie bewahrte sich davon undeutliche Bilder des Glücks, trotz der Tragödie des Melankton-Sees (siehe ›Das Exil der schönen Hortense‹, vierzehntes Kapitel). Wer weiß, vielleicht würde sie eine Spur von ihren Eltern finden? Sie wollte das alles festhalten und vielleicht eines Tages ihre Erinnerungen veröffentlichen: ›Notizen über eine Rückkehr in die Heimat‹, von Ophelia... Das sollte der Titel sein.

An diesem Morgen öffnete sie also Jim Wedderburn sehr früh die Tür und nahm in ihrem Körbchen Platz, um sich zum ....-Bahnhof zu begeben, von wo der Trans-Europa-Express »Der Poldeve« abfährt. Sie hatte verlangt, und es war ihr auch zugestanden worden (wobei sie in schamloser Weise die Situation ausnutzte), erster Klasse zu reisen und in einem modernen Großraumwagen, weil sie sich so unter dem Dach des Waggons, im Gepäcknetz, niederlassen und auf ihre Weise diskret die Umgebung erforschen konnte.

Unsere Reisenden kamen mit einem beachtlichen Spielraum zur Abfahrtzeit an (es war zwar nicht ganz der, den Jim Wedderburn gern gehabt hätte, doch unter außergewöhnlichen Umständen muß man außergewöhnliche Risiken einzugehen wissen. Den Ratschlägen folgend, die Jim Wedderburn früher von seinem Großvater, dem Reverend Timothy M., entgegengenommen hatte, wich er nie von der goldenen Regel der Eisenbahnfahrten ab: »Man muß so rechtzeitig am Bahnhof sein, daß man gerade den vorhergehenden Zug verpaßt.« Ophelia und Carlotta hatten zwar nichts dagegen, hatten jedoch ihre Meinung geändert, als Laurie [die ihre Züge immer mit einem maximalen Spielraum von +/– 6 Sekunden erwischte] sie darauf hingewiesen hatte, daß es täglich nur einen einzigen Zug nach Poldevien gab, und zwar den um 8 Uhr 37, und daß: 1. ihre Reise sonst zwangsläufig auf den nächsten Tag verschoben werden müsse, was in Anbetracht der sich überstürzenden Ereignisse schwerwiegend war; 2. daß sie fast vierundzwanzig Stunden auf dem Bahnsteig warten müßten. Das Argument Nr. 2 war für Ophelia entscheidend gewesen).

Sie ließen sich auf ihren Plätzen nieder, falteten ihre Zeitungen auseinander (Jim die ›Times‹, Ophelia ›Katze im Bild‹) und warteten. Wenig später ließ sich auf dem Gleis eine Stimme vernehmen:

»Auf Gleis 6 hat in Kürze Abfahrt der Zug nach Queneau'stown. Dieser Zug hält in

Aboue
Aucun
Autrementcourt
Autruche
Avancon
Ballon*
Baccarat

Bagard-le-Haut – Busanschluß nach Bagard-le-Bas auf dem Bahnhofsvorplatz
Bagnoles
Bains-les-Bains
Barbechat*
Barre
Barro
Beaumont-le-Hareng*
Bellafaire
Bellencombre
Bergère-les-Versus
Betchat*
Bezons-les-Dames – Busanschluß nach Bezons-les-Messieurs auf dem Bahnhofsvorplatz
Bibiche
Bigorno
Billecul
Bize*
Bizon
Blesme
Bonnefamille
...
Oison
Oncourt
Ondes*
Ongles*
Onnion
OO-le-Haut
Orange*
Orgelet
...
Queige*
Quend
...
und Queneau'stown.
Anschluß in Ballon nach Chatbons.
Anschluß in Bagnoles nach Chabrac und Chacrise.

Anschluß in Barbechat nach Chalaines, Chalais und Chalampe.

Anschluß in Beaumont-le-Hareng nach Challans, Challerange, Chalus, Chamant, Chamaloc und Chambeugle.

Anschluß in Betchat nach Chameyrat, Chamole, Chamouille, Chahu, Chaourse, Chapaize, Chapotin, Chassagne und Chatain.

Anschluß in Bize nach Chateaurenard, Chatte, Cheval-Blanc, Chevreaux, Choux, Cigne, Cigogne, Combon, Comps-Bas, Conchil-le-Temple, und Conchy-les-Pots.

Anschluß in Bonne-Famille nach Concremiers, Condom, Connaux, Conne-de-la-Barde, Corps-Nuds, Couloutre, Couqueques, Courchaton, Crots, Crouttes, Cucuron, Cudos, Culan und Douchapts.

...

Vorsicht bei der Abfahrt.«

Man fuhr den ganzen Tag, man fuhr die ganze Nacht; die Landschaften flogen dahin; der Zug hielt an den Haltestellen und fuhr dann weiter; Fahrgäste stiegen aus, andere stiegen ein. Ophelia und Jim Wedderburn plauderten, schnurrten, tranken, aßen, pinkelten, schliefen, wurden wach, spielten Schiffchen versenken, Whist, Seven up, Schafkopf, Go, sahen die Kühe vorbeihuschen, zählten die Telegrafenmasten, berechneten die Geschwindigkeit des Zugs, sahen im Fahrplan nach; mit einem Wort, eine Reise.

Von Zeit zu Zeit kam Ophelia aus ihrem Gepäcknetz herab, nahm aus ihrem Kleiderbündel ihre Katzen-Kreditkarte und zog los, um Carlotta und/oder Laurie anzurufen. Der Trans-Europa-Express »Der Poldeve«, an der Spitze des Fortschritts, bietet seinen Fahrgästen eine Telefonkabine, in der man telefonieren kann! Man geht hinein, man nimmt den Hörer ab, man schiebt seine Kreditkarte ein, man wählt die Nummer, man spricht. Mag man sich auch mit dreihundert Stundenkilometern von seinem Gesprächspartner entfernen, man bleibt in Verbindung;

es ist unglaublich! »Miau, Küßchen, Küßchen, Miau«, sagte Ophelia ins Telefon, die Augen auf der Telefonanzeige, auf der die verausgabten Einheiten mit einer Geschwindigkeit dahinsausten, die proportional zu der des Zuges war.

Man kam über Grenzen. Zöllner und Polizisten liefen umher, verlangten die Pässe, die Ausweise, die Familienstammbücher. Die Kontrolleure verlangten die Fahrkarten. Es gab Ebenen, es gab Berge, es gab ewigen Schnee und vorübergehenden. Auf einem kleinen, obskuren Bahnhof rief eine Stimme gegen zwei Uhr morgens auf einem Bahnsteig in Nacht und Nebel: »Bier, belegte Brote, Weißwein, Roootwein!« Es war aufregend.

Schließlich fing man an sich zu schütteln, sich leicht die Wangen zu klopfen, sich die Augen zu reiben, sich wieder anzuziehen, die Koffer herunterzuholen, ungeduldig zu werden. Ruhig, mit dem aufgesetzten Phlegma von Reisenden, die an die großen internationalen Strecken gewohnt sind, suchten Jim Wedderburn und Ophelia ihre Sachen zusammen; Ophelia kehrte in ihr Körbchen zurück. Der Zug hielt an der vorletzten Station: Melankton-See. Sie stiegen aus. Auf dem Bahnsteig erwarteten sie die Inspektoren Blognard und Arapède.

Es wäre in der Tat zu gefährlich gewesen, bis zur Endstation, also Queneau'stown selbst, zu fahren; das hätte geheißen, in die Höhle des Löwen zu laufen, das heißt in die Hände der Agenten des Regierenden Prinzen. Man würde sich also in dem Hotel einquartieren, in dem die Blognards und die Arapèdes abgestiegen waren, und man würde Bescheid sagen. Ophelia ging sofort in ihr Zimmer hinauf (mit Balkon und Blick auf den See – sie teilte eine Suite mit Jim Wedderburn), nahm den Hörer ab *(Room Service: 14)* und bestellte norwegischen Lachs mit Blinis; dann rief sie Carlotta an. Zwei Stunden später ging sie hinunter in den Salon des Hotels zu ihren Gefährten.

Ein gutes Dutzend Hotelgäste saß um diese Zeit in schwarzen, mit glanzlosen Kissen belegten Sesseln auf der Terrasse. Nach außen zu ruhten sich drei oder vier zusammengesunkene poldadamistische Gentlemen aus, deren vom Whisky infrarot purpurgefärbte Gesichter von ererbtem Hochmut zeugten, begleitet von flachen Gouvernanten und Ehefrauen mit Hutschleiern. Ziemlich weit von den Stufen entfernt saß noch ein Liebespaar, flankiert von einem ganz besonders albernen und aufdringlichen Hühnerhund, der sie unaufhörlich mit seinen Streichelergüssen belästigte: »Um sich zu küssen, mußten sie«, wie ein Zeuge geschrieben hat, »unaufhörlich dem Hund aus dem Wege gehen, den Hund zurückstoßen, sich einen Weg in den Nicht-Hund bahnen.« Mit einem flinken Hieb ihrer Krallen brachte Ophelia Ordnung in diese Situation. In diesem Augenblick betrat eine rothaarige Katze den Raum. Ophelia sah sie an und spürte, wie eine starke Woge von Erinnerungen sie überkam. »Mama!« miaute sie. »Meine Tochter!« miaute die rothaarige Katze im Echo.

Ophelias Mutter hieß Tioutcha; in ihrer Jugend hatte sie bei dem großen Philosophen Orsells als Schnurrsklavin gedient, aus dessen Diensten hatte man sie jedoch verjagt, als ihre sündige Liebe zu Alexander Wladimirowitsch entdeckt worden war. Ophelia war aus dieser Verbindung hervorgegangen. Nachdem sie den Piraten entwichen war, die ihre Tochter geraubt hatten, hatte sie lange die Hoffnung aufgegeben, sie jemals wiederzusehen. Dennoch war ihre Anwesenheit in diesem Hotel nicht ganz zufällig. Sie wußte bereits seit einiger Zeit, daß Ophelia gesund und munter und glücklich war (wie und woher? Das werden wir zu gegebener Zeit noch erfahren); und sie war ihr entgegengeeilt. Mutter und Tochter hatten sich jede Menge zu erzählen, und wir wollen uns nicht in ihr Tête-à-tête einmischen.

Noch am gleichen Abend stattete ihnen Alexander Wladimirowitsch, vor seiner Abreise in die Stadt, in ihrem Zimmer einen Besuch ab. »Guten Tag, meine Tochter«, sagte er, und er küßte sie überschwenglich; so überschwenglich, daß Ophelia sich gezwungen sah, ihn darauf hinzuweisen, daß die inzestuöse Verbindung, die er ins Auge zu fassen schien, völlig unmöglich war. Ophelia war im Hinblick auf eine standesgemäße Heirat von Carlotta mit einem ausgezeichneten Kater namens Leonskoi verlobt worden; doch man hatte Leonskoi vergiftet; und Ophelia, zur endgültigen Keuschheit entschlossen, hatte das Gelübde abgelegt, von nun an nur noch Laurie und Carlotta zu lieben. Alexander Wladimirowitsch, der den Inzest in aller Höflichkeit vorgeschlagen hatte, beugte sich. Katzen praktizieren bekanntlich den Inzest im Familienkreis (wie das auch heute noch bei uns, den Menschen, in jenen immer seltener werdenden Gegenden unserer Gesellschaft geschieht, die noch nicht von der modernen Welt pervertiert worden sind und wo man sich den Gemeinschaftssinn bewahrt hat). Das ist einer der Gründe für ihre sehr große kombinatorische Virtuosität, da ihre genealogischen Beziehungen von äußerster Komplexität sind. Das Verbot des Inzests, auf das die Menschheit so stolz ist, hat Familienstammbäume von höchst banaler Rekursivität hervorgebracht. Es bedürfte der ganzen Leistungsfähigkeit und Stärke, deren eine Turingmaschine fähig ist, um das Knäuel der Verwandtschaftsbeziehungen zwischen Alexander Wladimirowitsch und Tut-ench-Amun zum Beispiel zu entwirren, eine Aufgabe, welche die kleinste Katze in kürzerer Zeit zu lösen vermag, als sie braucht, um einen Kanarienvogel zu verschlingen.

Alexander Wladimirowitsch setzte Ophelia über die letzten Entwicklungen der Situation in Kenntnis sowie über die Rolle, die sie dabei zu spielen haben würde. »Meine Tochter, ich zähle auf dich; der Apfel fällt nicht weit vom Stamm. Miau!«

Zweiundzwanzigstes Kapitel
Hortense befreit

Der Countdown läuft; das Glücksrad auf dem großen Jahrmarkt des Weltalls dreht sich noch um eine Kerbe, bevor es stehenbleibt. Was heißt das? Hortense ist die Gefangene des Prinzen Augre; Prinz Augre hat eine lebendige Statue, Emanation seiner Geilheit, deren Vektor Hortense ist, zum Leben erweckt, eine Puppe aus Fleisch, die Falsche Hortense. Prinz Airt'n, oder Gormanskoi, ist in Le Havre im hamletschen Exil. Alexander Wladimirowitsch, der seine Tochter Ophelia wiedergefunden hat, begibt sich in die Stadt zu Laurie und Carlotta. Der Countdown läuft; Fatalität! *forza del destino!* Hortense muß befreit werden; Hortense muß dringend befreit werden! Die Befreiung Hortenses ist die entscheidende Frage der Stunde, eine Turgeszenz der Notwendigkeit. Wer wird mit Hilfe Cyrandzois, des Pony-Prinzen, Hortense befreien? Ein Prinz, es kann nur ein Prinz sein; und nur ein einziger Prinz ist möglich, der »Bruder« Gormanskois, sein Alter ego, sein Double: Prinz Acrab'm.

Es ist fast Mitternacht. Acrab'm, auf dem Kopf eine grüne Kapuze, hat den trüben Wassergraben durchschwommen bis zum Fuße der Treppe, die zur Tür jenes Raumes führt, in dem die Schergen Augres wachen. Im zweiten Raum ist Hortense, die Gefangene; und das Fenster dieses Raums öffnet sich nicht mehr auf die teuflische Röhre, die von Augre angebracht worden war, um Hortense in den Verliesen Zendas verschwinden zu lassen, sondern direkt auf das schwarze Wasser des Grabens, wo Acrab'm, schön im Warmen, in seinem grünen Taucheranzug wartet, den Kopf in seiner incognitogrünen Kapuze. Im nächsten Augenblick wird Cyrandzoi zum Sturm ansetzen.

Und was tut Augre währenddessen? Warum kommt er nicht, Hortense von neuem mit seinen Aufdringlichkeiten zu belästigen? *Fatalitas! Fatalitas!* In den Armen der Falschen Hortense vergißt er Hortense! Mit der Falschen Hortense, in diesem falschen Fleisch, ununterscheidbar (oder fast) von dem Hortenses, gibt er sich allen unstatthaften Variationen hin, die seine Phantasie, unterstützt von seiner Bibliothek und seiner Videothek, ihm eingibt; und die Falsche Hortense, schon sinnlos eifersüchtig auf Hortense, ermuntert ihn noch; sie rivalisiert mit ihm an gymnastischen Perversionen, an lasziven Verwicklungen und Verdrehungen; er treibt es mit ihr auf die »Korkenzieherart« (?), auf die »Waldhornart« (??), sie bietet sich ihm »à la Romorantin«, »à la Papa«, »à la Pope«, »à la Popo« (???) an, was weiß ich? Sie spricht mit ihm, sie säuselt mit ihm, sie brüllt mit ihm, sie girrt mit ihm, sie läßt Obszönitäten auf ihn los, sie lockt ihn mit »ach, mein Augre!«, mit »tu das ...«, und »tu dies ...« und »hier noch mal, da noch mal, und ...«. Sie laugt ihn aus, sie erweckt ihn wieder zum Leben, sie betäubt ihn, sie macht aus seinem Gehirn Kalbslunge. Kurzum, er wird bald nicht mehr in der Lage sein zu reagieren.

Und es ist soweit, der Countdown läuft. Mitternacht fängt an zu schlagen. Cyrandzoi stürzt sich auf die Tür. Die nachgebende Tür löst in den Untergeschossen ein Mordsläutwerk aus; doch Augre reagiert nicht; die Falsche Hortense verstopft ihm die Ohren, sie schlägt ihm vor (ja, sie schlägt ihm vor ...). Die Tür gibt nach. Die Schergen leisten Widerstand. Ein Scherge stürzt in den zweiten Saal, packt Hortense und stößt sie in das, wovon er glaubt, daß es das Rohr ist. Hortense fällt; sie glaubt ihr letztes Stündlein gekommen; sie wird ohnmächtig; sie fällt in das trübe Wasser des Grabens; doch Acrab'm packt sie. Der Prinz schwimmt; er durchschwimmt den Wassergraben, die schöne Hortense wie ein Geschenkpaket in seinen Armen; wie schön sie ist! Was für ein Glückspilz, dieser Gormanskoi! Das Nachthemd öffnet sich halb; er macht es wieder zu; geh in dich, Acrab'm; verstecken wir diese Brust, die ich nicht sehen darf; Hortense, du bist schön! Cyrandzoi streckt die Schergen mit einigen Aufwärtshaken seiner Hufe nieder (einige reichlich bemessene Schwinger). Prinz Augre taucht auf, taumelnd und fahl; zu spät! Acrab'm setzt das kostbare Paket (die ohnmächtig gewordene Hortense) unendlich vorsichtig auf den Rücken Cyrandzois. Er zieht seine grüne Kapuze übers Gesicht; schließt wieder seinen Taucheranzug, hängt sich an die Mähne des Pony-Prinzen. Sie, die Rächer, laufen, fliegen; sie schwimmen und springen auch. Endlich landen sie am Ufer des Melankton-Sees. Der Mond scheint. Der Mond ist über alle dem aufgegangen, über den menschlichen Dramen, schön, rot, gleichgültig; er ist am Himmel emporgestiegen, er hat einen langen, verschlafenen Blick auf den Raum geworfen, auf das Geheimnis, auf den Abgrund, und sie schauen sich beide einen Augenblick lang fest an, er, der scheint, und der Prinz, der leidet.

Das Glücksrad bleibt nun endgültig stehen. Alles ist ganz und unausweichlich an seinem Platz. Hortense wird wach; der Prinz nimmt seine Kapuze ab, eine rebellische Strähne seiner schönen Haare fällt auf sein Gesicht. »Sie!« sagt Hortense. »Sie, endlich, danke, mein Gott!« Sie küßt ihn. »Oh, was für eine schöne Kapuze«, sagt sie mit einem Murmeln, »was für eine schöne rote Kapuze!«

Dreiundzwanzigstes Kapitel
Der Sündenfall

Es war an einem Morgen um diese Zeit herum, dem ersten Morgen des Jahres in Poldevien. Pater Risolnus lauschte seinem Lieblingschoral: ›Das alte Jahr ist gegangen‹. Die ganzen Weihnachtsfeiertage waren vorüber, und wir waren ihnen entgangen; uff!

Es war das neue Jahr mit seiner heidnischen Inbrunst. In Poldevien wie anderswo ist das Heidentum die unaufhörlich neu entstehende Frucht des Reigens der Jahreszeiten. Es war mild, die Luft fast frühlingshaft.

(Das Tagebuch Hortenses) Ich bin jetzt befreit; es war auch höchste Zeit. Ich wäre beinahe ertrunken, als man mich in dieses lächerliche Rohr warf. Gormanskoi schien so stolz auf sich zu sein, daß ich es nicht gewagt habe, mich zu beklagen. Aber er ist nicht einmal gekommen, um mit mir zu schlafen. Im Grunde bin ich ziemlich froh darüber, daß ich ein Zimmer für mich allein habe; selbst wenn ich hier nicht wirklich zu Hause bin. Es ist schon so, daß ich anfange, mich nach der Stadt zu sehnen; es gibt zwar einige gute Buchhandlungen, aber es ist doch ein wenig enervierend, wenn man ständig auf seine Füße sehen muß, um nicht eine Schnecke zu stören. Und all diese Ponys! Sie sind einfach unverschämt; und sie haben einen schwierigen Charakter. Heute ist fast schönes Wetter ...

Hortense erwartete den Prinzen in ihren Gemächern. Hortense erwartete den Prinzen, aber sie glaubte, *den* Prinzen zu erwarten, und es kam ein Prinz zu ihr; aber es war nicht *der* Prinz.

In der Nacht ihrer Befreiung hatte Hortense den Prinzen für *den* Prinzen gehalten; und der Prinz hatte sie nicht über ihren Irrtum aufgeklärt. Warum nicht? In dieser Hinsicht war seine Antwort unangreifbar, eindeutig: *er konnte es nicht;* er hatte kein Recht dazu, es zu tun. Prinz Gormanskoi war in Le Havre; Hortense wußte das nicht; aber *sie durfte es nicht wissen.* Das absoluteste Geheimnis mußte gewahrt bleiben; sie durfte nichts über das grausame Go-Spiel wissen (mindestens auf dem Niveau des 6ten Dan), das zwischen den Kräften des Regierenden Prinzen und denen des Mutmaßlichen Ersten Prinzen stattfand.

Denn Ophelia war jetzt an Ort und Stelle, um den Eliminierungsversuch Hortenses durch Ertrinken (oder notfalls auch durch Lungenentzündung) zunichte zu machen. Hortense sollte unter allen Umständen da herausgehalten werden. Also konnte der Prinz Hortense nicht die Wahrheit sagen. Er sah sie jeden Tag, telefonierte mit ihr, antwortete auf zweideutige Weise auf ihre Äußerungen, die ihn manchmal zum Erröten brachten; doch das war nicht allzu schwierig, da die Kälte Gormanskois vor ihrer Entführung, deren Ursache sie kannte, die jedoch, dessen war sie sicher, dank seiner Freunde, bald verschwinden würde, sie an diesen sowohl verbalen als auch konkreten Mangel an Glut gewöhnt hatte. Obgleich ...

Denn war Prinz Acrab'm vorsichtig genug? Tat er alles Notwendige, um Hortense in der Erwartung liebeerfüllter besserer Tage zu halten? War die immer deutlichere Erwärmung Hortenses, ihrer Worte, ihrer Hoffnungen, völlig unabhängig von seinen Handlungen? Das frage ich mich. Er schickte Hortense Blumen. Gut. Er besuchte sie fünf- oder sechsmal am Tag, immer begleitet von Cyrandzoi, der es ungemein liebte, in der großen Badewanne sein Bad zu nehmen. Auch noch gut. Er schickte ihr Gedichte, zwangsläufig Liebesgedichte, da er, im Grunde, die Stelle *des* Prinzen einnahm.

Die Stelle des ... die Konstruktion und die Implikationen dieses syntaktischen Ausdrucks peinigten ihn; denn es muß gesagt werden, *Prinz Acrab'm war in Hortense verliebt!* Ein Nichts hatte genügt, eine Brustwarze für eine Sekunde im Mondlicht, damit der Liebespfeil (der in der Regel eher von den Augen ausgeht, doch es gibt auch Ausnahmen), der unfreiwillig von Hortenses Brust abgeschossen wurde, ihn durchbohrte, und dieser Pfeil war seitdem wie ein unausreißbarer Angelhaken in seinem Herzen eingerammt und setzte es in Brand. Und als er ihr nun unter seiner trügerischen Identität als Gormanskoi Gedichte schickte, sprachen diese Gedichte folglich auch indirekt für ihn; zum Beispiel dieses Sonett:

Sonett: ›Für Hortense‹
Ich schicke Ihnen heut, nur so als Grundidee
Für meines Herzens Kwal das Protokoll des Tags:
Tränen, Seufzer, Schreie, Magenkrämpfe, ich ertrag's,
Zeuge ein jeder ist von meiner Seele Weh,
Die Aufzählung von all der auferlegten Kwal
Durch Ihre Grausamkeit macht einfach sprachlos mich
Am Abend fürcht ich dann die Folgen bitterlich
Und flücht mich in den Schlaf, hab keine andre Wahl.
Ach, könnten Sie sie sehn, mit tränenfeuchtem Aug
Das Mitleid käm Sie an, Sie sind ja kein Rabauk'
Sie hätten auf der Stell' 'ne Antwort drauf parat
Versprächen mir sofort etwas, das ich nicht hab'
Worauf ich fiele dann, als wärs 'ne Moritat,
Geradewegs von meinem Bette in das Grab.

Hortense fand sie blöd, die Gedichte; sie hatte recht; doch vielleicht hätte sie besser auf diese Merkwürdigkeit achtgeben sollen; und so kommt es, daß wir uns durch diesen subtilen Übergang Hortense zuwenden. Wie kam es nur, daß Hortense nicht merkte, daß der Prinz nicht *der* Prinz war? Daß sie Acrab'm sah und daß es folglich nicht Gormanskoi war. In der ersten Nacht, der Nacht der Befreiung, das geht noch an, aber danach! Hätte sie sich nicht hüten müssen? Wenn etwas merkwürdig erscheint, wie die plötzliche Verblödung des Prinzen, der anfing, Sonette zu schreiben, dann ist etwas merkwürdig! Und wenn ich merkwürdig sage, dann heißt das, daß es in Wirklichkeit befremdlich ist: Gormanskoi hatte nie in seinem Leben ein Sonett geschrieben.

Aber die Sache ist die: Acrab'm war das genaue Double von Gormanskoi; und es bestand nicht der für Hortense so deutliche Unterschied zwischen Gut und Böse, der dazu dienen konnte, sie voneinander zu unterscheiden: Er war gut; er war der Freund Gormanskois, er war sein Bruder, ein »anderes Ich«. Sie werden mir nun sagen, daß Hortense bereits bei ihrer ersten Begegnung mit Augre die Erfahrung einer Prinzenverwechslung gemacht hatte; und sie wußte von der Existenz Acrab'ms, wunderte sich, daß sie nichts mehr von ihm gehört hatte, fragte ihn selber, was er mache, ohne zu wissen, daß er es war; die *Erfahrung* hätte sie dazu anhalten sollen, sich in acht zu nehmen. Aber es ist eben so, daß die Erfahrung überhaupt nichts nützt; sie lehrt uns nur, wie wir uns unter Gegebenheiten zu verhalten haben, die denen ähnlich sind, die schon einmal eingetreten sind, aber nicht in Situationen, die wir noch nie erlebt haben. Wenn man uns sagt, wenn man Ihnen sagt: Die Erfahrung hat mich gelehrt, stellen Sie, stellen Sie sich die Frage: was gelehrt? Sie werden nur Schweigen hören.

Worauf will die Erzählung hinaus? Wir sind beunruhigt.

Hortense wartete; der Prinz kam. Doch an jenem Tag wartete Hortense in ihrem Bad! Und warum nicht? Wenn der Prinz auch weiterhin Gleichgültigkeit zeigen wollte, auch gut; wenn nicht, um so besser (so dachte sie). Bloß, sie wußte nicht alles; und Alexander Wladimirowitsch lag nicht wie ein *jiminy cricket (Synonym für »moralisches Gewissen« – Anmerkung des Kommentators)* auf dem Rand der Badewanne. Wir sind immer beunruhigter.

Fahren wir also fort in der Beschreibung Hortenses im

Bad, die bereits zweimal unterbrochen wurde (erstes und fünfzehntes Kapitel): Von ihren Brüsten ablassend, ging ihre eingeseifte Hand zu ihrem Bauch; sie rieb zuerst hartnäckig, sorgfältig und zärtlich ihren vollkommen runden Nabel; dann ging sie noch weiter hinunter und berührte nachdenklich diese sanfte und flaumige Gegend mit dem farblosen Flaum, beidseitig von einer Mittellinie ausgehend, die sich spiegelgleich zu der verhielt, die ihr den Rücken hinablief, kräftig wie der Rücken eines Hasen (nach dem Troubadour Bertrand de Born ein Zeichen großer Schönheit) bis zur Öffnung ihrer (vollkommenen) Pobacken; diese Gegend, die mit dem Anfang dessen ein Ende nahm, was in der Regel, gerade nur von einem Höschen verborgen, als ihr Schamhaar bezeichnet wird, das von ziemlich sanftem, ins Blonde spielendem Hellbraun war. Ihre Hand, immer noch verträumt (wir sagen »Hand« für »Hortense«; es ist Hortense, die »verträumt« ist; ihre Hand hingegen seift ein); bemächtigt sich seiner, bedeckt es, das so ordentlich, seidig, gut gewachsen ist, vollständig. Sie erbebt. Sie seift sich langsamer ein, dabei einer Kreisbewegung folgend, die in umgekehrter Richtung zur Uhrzeigerrichtung ausgeführt wurde; dann etwas schneller. Sie erbebt noch einmal, seufzt, und ihr Finger ...

Genau in diesem Augenblick ging die Tür auf, und der Prinz erschien; sie wandte ihm ihre schönen, ein wenig verschleierten Augen zu, ihr Mund öffnete sich halb: »Ah«, sagte sie; und was auf verhängnisvolle, katastrophale Weise dazu bestimmt war zu geschehen, geschah. Sie ließ ihn herein, und er kam herein.

Springen wir in der Zeit zurück: Es war an einem Morgen, dem ersten Morgen des Jahres in Le Havre. Prinz Gormanskoi begab sich zu seiner Verabredung mit der großen Madeleine, der Schwester des kleinen Mädchens, das er in der Straßenbahn kennengelernt hatte. Seine »Schutzengel«, Messrs T. and T., setzten ihre Beschattung fort. Als er durch die Avenue Raymond Queneau ging, winkte ihm vom Fenster des zweiten Stocks eines anrüchigen und zweifelhaften Hotels aus, dem Bouvard-und-Pécuchet-Hotel, eine nackte Frau zu. Er sah hinauf: es war Hortense!

Vierundzwanzigstes Kapitel
Der Sündenfall

Daß das vierundzwanzigste Kapitel genau denselben Titel hat wie das dreiundzwanzigste Kapitel, ist das Zeichen für einen Parallelismus zwischen beiden. Und nicht zufällig ist der Blick Gormanskois, der zum Fenster des Bouvard-und-Pécuchet-Hotels hinaufschaut und dort Hortense *sieht*, mit dem Blick Hortenses am Ufer des Melankton-Sees zu vergleichen, als sie zu ihrem Retter hinaufschaut und Gormanskoi *sieht*. Das »ist zeichengebend«, wie man heute sagt. Es liegt eine Unabwendbarkeit der kataklysismischen Verwirrung in all dem, das uns auf das Ursprüngliche verweist, auf das Archaische, auf das Tellurische der Anfänge, das nicht besser zum Ausdruck gebracht werden kann als gerade durch die poetische, archaische Konstruktion des Parallelismus. »Wenn etwas parallel ist«, gibt Louis Macaniche zu bedenken, »ist es nicht perpendikular.«

Fahren wir fort.

Zunächst einmal, ist es möglich, daß Hortense tatsächlich in Fleisch und Blut, und zwar nur in Fleisch und Blut an diesem Januarmorgen im Bouvard-und-Pécuchet-Hotel in Le Havre anwesend ist? Nein: In diesem selben Augenblick ist sie in ihrem Bad in Poldevien und bereitet sich gerade darauf vor, den Prinzen zu empfangen, der nicht *der* Prinz ist, da *der* Prinz in Le Havre in der Avenue Raymond Queneau ist. Hortense besitzt nicht die Gabe der Allgegenwart, kann also nicht überall zugleich sein *(vgl. Pater Risolnus: ›On being at the same time in the same place: a problem in Hortensian studies‹, Journal of Poldevian metaphysics, Vol 69, N° 6, p. 35–53).* Infolgedessen ist die, die Gormanskoi am Fenster zuwinkt, nicht Hortense; sie gleicht Hortense so stark, daß Gormanskoi sie für Hortense hält; sie besitzt die bezaubernde hortensische Eigenschaft, ganz nackt in einem Zimmer herumzulaufen, aber *es ist nicht Hortense;* es ist bestenfalls ein Abklatsch Hortenses. Wer ist es? Wenn es nicht Hortense ist, sollte es dann eine falsche Hortense sein? Ganz richtig, es ist die *Falsche Hortense.*

Als Augre, der Prinz Dämon, zu spät an Ort und Stelle angekommen, den Zustand sah, in den die Hufe Cyrandzois seine Schergen versetzt hatten, und, in Hortenses Gefängnis stürzend, auch noch sah, daß Hortense nicht mehr da war, daß der Vogel ausgeflogen war (es war ein Rotkehlchen, das er ebenfalls entführt und das Cyrandzoi befreit hatte), zeigte er sich zunächst niedergeschlagen; aber gleich darauf fing er sich wieder. Sein mächtiger Intellekt, obgleich geschwächt durch verblüffend ausschweifende Stunden in Gesellschaft der Falschen Hortense, hatte gerade eine neue Machenschaft ausgeheckt. Man kann sie sich denken.

»Wieso, meine Teure, sind Sie hier?« sagte der Prinz überrascht (er befand sich jetzt im Zimmer). »Woher wußten Sie?«

»Ihr Bruder, Prinz Acrab'm; er hat mich befreit; er wollte das Geheimnis zwar nicht preisgeben, aber ich habe ihn überzeugen können«, sagte die Falsche Hortense mit einem spitzbübischen Blick und versuchte, entsprechend ihren Instruktionen, so viele Dinge wie möglich mit diesem einzigen Blick zu verstehen zu geben.

Prinz Gormanskoi runzelte die Stirn wegen dieses unverantwortlichen Bruchs der Sicherheitsvorschriften, doch er schien die Andeutungen im Blick der Falschen Hortense nicht zu verstehen. Er hatte absolutes Vertrauen zu seinem Bruder, und nicht der mindeste **Verdacht** vermochte ihn zu streifen. *(Sie werden gebeten, den Gebrauch dieses Wortes festzuhalten, das übrigens fettgedruckt ist – Anmerkung des Erzählers.)*

»Aber sind Sie denn nicht froh, mich zu sehen, mein Geliebter?« spreizte sich die Spitzbübin und tat so, als verstecke sie aus Schamgefühl ihre Brüste und ihre

Scham, drückte dafür aber ihre Pobacken heraus und drehte sich so im Kreis, daß Gormanskoi nicht anders konnte, als einen Blick darauf zu werfen. »Sag mir, mein kleiner Prinz, sag mir, daß du deiner Hortense verzeihst; du hast mir hundsgemein gefehlt!«

Die Augen des Prinzen füllten sich unfreiwillig mit diesen hortensischen Reizen, von denen er nicht wissen konnte, daß sie trügerisch waren. Die bereits lange anhaltende Keuschheit, die ihm nach den auf dem Gebiet der Vendetta traditionellen poldevischen Regeln auferlegt worden waren und die so lange dauern sollten, wie der Tod seines Vaters nicht gerächt und der Regierende Prinz nicht bestraft war, fiel ihm allmählich schwer. Außerdem war er fern von Poldevien, Alexander Wladimirowitsch, der entschiedenste Hüter der Traditionen, war abwesend; niemand würde etwas von dieser kleinen Abweichung von der Regel erfahren. Seine Haltung änderte sich; man sah den Gormanskoi von früher wieder zum Vorschein kommen, den aus den Tagen, die seiner Begegnung mit Hortense folgten oder seiner Wiederbegegnung mit Hortense, als er sie ein erstes Mal wiederverführte, nachdem er sie zuvor verlassen hatte (wie fern das alles ist!), ein ungestümer, beharrlicher, gieriger, unersättlicher, unermüdlicher Gormanskoi.

Der Falschen Hortense war ganz komisch zumute; er glich so sehr ihrem Liebhaber, Komplizen und Schöpfer, Prinz Augre, und er hatte zusätzlich noch etwas, diese Anziehungskraft des Guten, die der Böse selbst gegen seinen Willen immer spürt, wie uns die Abhandlungen über Moral oder Ethik verraten. Keinerlei moralische Skrupel standen ihr im Wege, Betrug und Täuschung waren ihr Element, in diesem Fall waren sie noch gewürzt mit Neid und beißender Eifersucht auf Hortense. Außerdem handelte sie auf dienstlichen Befehl. Sie nahm sich vor, den allergrößten Nutzen aus der Situation zu ziehen.

Und das war der Sündenfall; der zweite Sündenfall, der Sündenfall dieses zweiten Kapitels, das die Überschrift

›Der Sündenfall‹ hat, der des Helden nach dem der Heldin. *So* wie Hortense, ohne es zu ahnen, mit Prinz Acrab'm und nicht mit ihrem legitimen Liebhaber geschlafen hatte (und die Tatsache, daß es in einer Badewanne geschah, war kein mildernder Umstand, keineswegs. Außerdem wurde ihr Fehltritt, in der Badewanne begonnen, im Bett ausgiebig fortgesetzt), *so (wir unterstreichen den Parallelismus, und wir unterstreichen »unterstreichen«)* schlief Gormanskoi im selben Augenblick, ohne es zu ahnen (wir wollen nicht näher darauf hinweisen, was gerade dieses »im selben« bedeutet, das von einer technischen Definition des »Schlafens« abhängt, die wir in diesem Werk nicht diskutieren können) mit der Falschen Hortense und nicht mit seiner legitimen Geliebten (und die Tatsache, daß es auf dem abgewetzten Teppichboden eines schmutzigen Zimmers des Bouvard-und-Pécuchet-Hotels in der guten Stadt Le Havre geschah, ist kein mildernder Umstand, nicht im allermindesten). Auf dem Teppichboden begonnen (und er nahm sich nicht einmal die Zeit, so wenig wie Prinz Acrab'm das getan hatte, sich ganz auszuziehen, da er seine Socken (rote; die von Acrab'm waren grün, und Hortense hängte sie dann zum Trocknen auf den Balkon; was die Falsche Hortense nicht mit denen Gormanskois tat, denn sie war eine schlechte Hausfrau; aber warum hätte sie sie auch trocknen lassen sollen, die roten Socken des Prinzen? Das werden Sie wissen, sobald Sie aus dieser inneren Klammer und der äußeren Klammer heraus sind und nun lesen, was folgt) anbehielt), sein Fehltritt wurde übrigens ausgiebig in der Badewanne fortgesetzt (die wegen der alten Rohrleitungen voller Rostflecken war). Leider! Sechsmal leider!

Doch wie kam es, daß Gormanskoi nicht den geringsten Zweifel angesichts der Tatsache hatte, daß die, die er in seinen Armen hielt und zu erkennen glaubte (im biblischen Sinne – obgleich er sie nie zuvor gesehen hatte) nicht *echt* war? Zu seiner Verteidigung müssen wir sagen, daß er in Anbetracht der ziemlich vollkommenen Ähnlichkeit der Falschen Hortense mit der seinen gar nicht ahnen konnte, daß hinsichtlich der Ware ein Betrug vorlag. Für ihn waren, vielleicht auf Grund eines aristokratischen Vorurteils eines poldevischen Prinzen, die einzig wirklich Ununterscheidbaren die Prinzen der Hexarchie, und er konnte sich nicht einmal die Möglichkeit eines Doubles von Hortense vorstellen. Hätte ihn nicht die absolute Schamlosigkeit der Falschen Hortense während ihrer Liebesspiele, die ihm ein wenig wunderlich vorkam, warnen müssen? Nein, er glaubte, es erginge ihr wie ihm, ungeduldig nach der Enthaltung, die er ihr aufgezwungen hatte. In Wirklichkeit war das Verwunderliche nicht die Schamlosigkeit Hortenses gewesen, denn hatte sie sich ihm gegenüber jemals schamhaft verhalten? Wie traurig wäre das gewesen. Hortense hatte sich immer voller Begeisterung und ohne Zurückhaltung hingegeben; alle unsere Leser können das bezeugen. Das wirklich Verwunderliche (und wenn er nachgedacht hätte, wäre er sogleich auf die richtige Spur gekommen) ist die Tatsache, daß Hortense ihm *schamlos vorgekommen* ist; das war wirklich seltsam! Und was war die Ursache dafür? Amor selbstverständlich, der ihm, aus Zuneigung zu ihm, zu ihnen beiden (denn sie werden, daran dürfen wir nicht zweifeln, grausame Stürme durchmachen!), seinen Geschöpfen, diese unbewußte Botschaft schickte; aber er achtete nicht darauf. Er hatte ein gutes Gewissen, als er mit der Falschen Hortense auf dem Teppichboden, in der Badewanne, in die sie ihn hineinzerrte, im Kleiderschrank (nicht im Bett, das in einem solch baufälligen Zustand war, daß er bei den ersten Erschütterungen aufs Maul fiel), hurte.

Hier endet der vierte Teil des Romans; wir sind ganz unten.

(Ein Leser hat darauf hingewiesen, daß wir nicht gesagt hätten, die Falsche Hortense sei der echten ununterscheidbar ähnlich; das ist nicht falsch [wir haben es nicht gesagt, und sie ist es auch nicht]. Um Hortense zu täuschen, bedurfte es eines Prinzen, der durch seine äußere Gestalt mit dem andern vollkommen identisch ist (ich sage vollkommen identisch, für sie, mit dem andern; denn das Markenzeichen, das sie so manches Mal verliebt auf der Pobacke ihres mutmaßlichen Liebhabers küßte (dieses Markenzeichen der heiligen Schnecke, einziges Unterscheidungsmerkmal zwischen den sechs Prinzen, das ihr erlaubt hatte, Augre einmal im allerletzten Augenblick zu entkommen), das sah sie in genau der Form, wie sie es zu sehen erwartete; das wird zum geeigneten Zeitpunkt erklärt werden oder nicht). Doch um den Prinzen zu täuschen, genügte schon eine Identität von leicht schlechterer Qualität; dem Prinzen Dämon war seine Nachahmung nicht völlig gelungen: es gab bei der Falschen Hortense sechs Mängel, drei davon werden wir verraten (die Schicklichkeit verbietet es uns, die andern zu erwähnen):

– als erstes hatte die Falsche Hortense einen ganz leicht spitz zulaufenden Nabel;

– zweitens wuchs ihr Schamhaar ganz leicht über die Schenkel hinaus; doch vor allem

– unterhalb ihrer rechten Pobacke trennte eine ganz leichte Linie die Pobacke von ihrem Schenkel, der, wie jedermann weiß, von ihm fortgesetzt wird. Bei Hortense nun, und gerade das war eine ihrer großen Schönheiten, gab es eine solch deutliche Trennung nicht. Wenn die Hand zum Beispiel für eine Liebkosung auf den Schenkel gelegt wurde, und dann nach oben rutschte (und dabei, zum Beispiel, wenn das vorkam, sich unter einem Stück Stoff hindurchstreichelte, dem sie durch den größten aller Zufälle da begegnete), war der Augenblick, in dem sie aufhörte, den Schenkel zu liebkosen, um zur Pobacke überzugehen, nicht wahrnehmbar; im einen Augenblick berührte die Hand noch den Schenkel; im anderen war sie bereits auf der Pobacke, aber es war nicht möglich, trotz zahlreicher Versuche, herauszufinden, wann der Übergang erfolgte. Die aphrodisischen Eigenschaften einer solchen Unbestimmtheit kann man sich leicht vorstellen.)

Fünfter Teil

Wo wir die Elementargesetze betrachten werden

Fünfundzwanzigstes Kapitel
Hoffnungslosigkeit einer Romanheldin

Am Nachmittag des nächsten Tages, dem 2. Januar, beendeten Hortense und der Prinz (den sie immer noch für einen anderen hielt) eine stürmische Siesta in Hortenses Zimmer, durch dessen Fenster man, unmittelbar unten rechts, die Pony-Cabs erblickte, die in der Avenue de l'Abbé–Migne, vor dem Portal des Sainte-Gudule-Parks, dicht an dicht standen, als Prinz Augre seine Karte überreichen ließ und darum bat, in Privataudienz empfangen zu werden.

»Der ist ja ganz schön unverfroren«, sagte Hortense.

»Sagen Sie ihm, Sie seien ausgegangen«, sagte Acrab'm und biß ihr dabei in eine Brust; und mit einem Kuß verschloß er ihr den Mund und erstickte durch dieses radikale Mittel gleichzeitig eine Anwandlung von Gewissensbissen in sich selber.

»Nein, ich will ihn in Ihrer Gegenwart empfangen und ihm sagen, was ich von seinem unglaublichen Verhalten halte.«

Prinz Augre hatte ein Telegramm aus Le Havre in der Tasche, das ihm die Falsche Hortense geschickt hatte und das ihm die erfolgreiche Durchführung ihres Auftrags mitteilte: »Kompromittierende Porno-Fotos folgen; Küsse überallhin«, schloß sie. Ein sardonisches Lächeln spielte um seine Lippen, während er in dem grün ausgeschlagenen Vorzimmer darauf wartete, in den Salon eingelassen zu werden.

»Madame«, sagte er zu Hortense und starrte sie mit seinen unverschämten und dünkelhaften Augen an, »ich hatte darum gebeten, Sie allein zu sehen; was ich Ihnen zu sagen habe, ist ziemlich heikel.«

»Sie können vor meinem Verlobten sprechen; ich habe kein Geheimnis vor ihm, Sie Elender!« sagte Hortense, die ihren Zorn nicht mehr zurückhalten konnte.

»Wie schön sie ist in ihrer Empörung, die deutlich ihre Brust unter dem leichten Stoff hebt, den sie hastig übergeworfen hat«, dachten die beiden Prinzen gleichzeitig, der eine mit wiederaufflammender Begierde und einem Bedauern, der andere mit einem Wiedererinnern an gerade genossene Lust und einem sich zusammenkrampfenden Gewissen. »Sapperlot, ist sie schön.« Prinz Augre schwieg und kostete diesen Augenblick aus, wobei er sich fühlte wie Zeus, als er den Blitz auf die Riesen schleuderte.

»Nun«, machte Hortense ungeduldig, »ich lausche; machen wir's kurz; Ihr Anblick ist mir unerträglich, und ich möchte diese Unterhaltung so schnell wie möglich beenden; Sie können, ich sage das noch einmal, vor meinem Verlobten sprechen; er wird Sie nicht bestrafen, obwohl Sie es verdient hätten.«

Prinz Dämon streifte den Raum ausgiebig mit dem Blick, tat so, als beuge er sich herab, um unter einem Sessel nachzuforschen, erhob sich wieder und sagte mit affektierter Gleichgültigkeit und geheuchelter Überraschung:

»Aber ich sehe Prinz Gormanskoi nicht, jedenfalls nicht hier, Madame; ich sehe Sie, ein Schauspiel, wie es reizender nicht sein kann, und ich sehe (hier zeigte er mit dem Kinn auf Prinz Acrab'm) ich sehe Prinz Acrab'm.«

»Wie«, rief Hortense aus und erstickte fast vor Wut, »Sie wagen es.«

Doch weiter ging sie nicht; ihr Auge hatte sich gerade auf Acrab'm niedergelassen, und ihr Auge übermittelte ihr, zu spät, oh, um wieviel zu spät, die Wahrheit. Das eingefallene Gesicht Acrab'ms in diesem Augenblick, die Mischung aus Scham, Resignation, bereits beginnender Sehnsucht nach diesem paradiesischen Genuß Hortenses, in den er nie wieder kommen würde, die sie auf seinem Gesicht las, zündeten augenblicklich und unheilverkündend ein Licht in ihrem Geiste an. Sie wurde blaß.

»Madame«, sagte Prinz Augre, und tat so, als habe er

einen Schnitzer begangen, »ich sehe, daß ich unüberlegt dahergeredet habe; und ich sehe, daß andere, geschickter als ich, es verstanden haben, vor mir das Ziel zu erreichen, das ich mir gesteckt hatte; ich stehe Ihnen weiterhin zur Verfügung. Entschuldigen Sie vielmals. Aber es ist nicht das, was ich Ihnen zu berichten hatte; ich werde wiederkommen, wenn Sie allein sind und wenn Sie sich wieder gefaßt haben.«

Der Roman entfernte ihn darauf, ohne ihn zu berühren, um sich nicht die Hände schmutzig zu machen, aus dem Zimmer, aus dem Palast, und setzte ihn wie einen Dobermann-Köter auf der Straße ab. Hortense und Acrab'm blieben allein.

»Elender«, sagte Hortense, »wie konnten Sie nur?« und sie versetzte ihm eine, dann zwei, dann drei und schließlich sechs anständige Ohrfeigen, ohne daß sie dabei die geringste Besänftigung empfand.

»Ja, ich bin ein Elender; ich habe keine Entschuldigung«, sagte er, »Sie hielten mich für meinen Bruder, ich durfte Sie nicht über Ihren Irrtum aufklären, aber dann, als ich Sie im Bad gesehen habe, ich weiß nicht, was passiert ist, ich habe nicht widerstehen können. Ich bin jetzt verloren, mein Leben ist verpfuscht; ich bin ein Elender.«

»Das will ich meinen, daß du ein Elender bist«, fuhr Hortense fort und versetzte ihm noch einmal ein Paar Ohrfeigen und einen Fußtritt ans Schienbein und sprang ihm auf die Zehen, um es ihm ordentlich zu geben, »usw., usw.«, und das gute zehn Minuten lang.

Stoisch hielt der Prinz die andere Wange, das andere Schienbein, den anderen Fuß hin.

Doch nach dem Zorn kam die Niedergeschlagenheit.

»Was soll nun aus mir werden?« sagte Hortense, »was soll ich ihm sagen? Wie könnte ich ihm vor die Augen treten, seinen Blick aushalten. Ein für alle Mal beschmutzt, verraten, mißbraucht, erniedrigt; und von wem? Von seinem eigenen Bruder, dem, in den er das allergrößte Vertrauen hatte, das je gezeigt wurde. Ich werde ins Kloster gehen, ich werde zu meiner Mutter zurückkehren, ich werde meinem Vater bei seinen Geschäften in der Haute Charcuterie helfen, ich werde mich, fern von den Blicken der Männer, mit meiner Scham, mit meiner Verzweiflung verstecken. Ich werde versuchen, mich von dem Schmutz zu befreien, mich mit einem Massagehandschuh scheuern, siebenunddreißig Bäder täglich nehmen, doch das ganze Wasser des Ozeans vermag nie den moralischen Blutfleck auf diesem armen Körper abzuwaschen«, und sie zeigte mit einer beredten Gebärde auf ihre Lippen, ihre Brust, ihren Bauch.

Prinz Acrab'm sagte nichts; er senkte den Kopf; wie schön sie war, wie er sich schämte!

Aber bin ich nicht selber schuldig? Hätte ich mich nicht in acht nehmen müssen. Hätte ich denn nicht begreifen können, daß die albernen Gedichte, die mir dieser glückliche Dummkopf, dieser Einfaltspinsel geschickt hat, nicht von einem so guten, so großen, so vollkommenen Menschen mit einem so guten Geschmack wie meinem Prinzen, meiner verlorenen Liebe, meinem Gormy kommen konnten?« fuhr Hortense fort und durchlief, zu spät jedoch, den deduktiven Weg, dem wir selber gefolgt sind. »Aber jetzt kommt's mir«, fügte sie mit einem Blick voller Haß hinzu und überlegte, welchen Teil von Acrab'ms Körper sie jetzt zu Mus machen könnte, »das Markenzeichen? Sie haben das Markenzeichen gefälscht! Das war geplant!«

Acrab'm konnte diese ungerechte Anschuldigung nicht auf sich sitzen lassen; er hatte gefehlt, gewiß, er war ein Elender, auch wieder gewiß, aber er hatte es nicht absichtlich getan, das ganz gewiß nicht, es war die Verirrung eines Augenblicks gewesen (»eines Augenblicks!« unterbrach ihn Hortense, »eines Augenblicks! Und wieviel Mal seit gestern ...«, und brach auf der Stelle in Schluchzen aus). Acrab'm verriet darauf das

Geheimnis des Markenzeichens, das zu gegebener Zeit vielleicht mitgeteilt werden wird.

Hortense nahm nun die ganze Schuld auf sich selbst; Acrab'm konnte nichts dafür; er war schwach, er hatte nicht widerstehen können; sie wußte, daß es schwer war, ihr zu widerstehen, wenn sie in der entsprechenden Stimmung war, und selbst ohne die. Sie war bei weitem die Schuldigste. Sie begann zu suchen, was sie wohl in ihrem schuldigen Fleisch bestrafen, zerreißen, verunstalten (trotzdem nicht zu sehr) könnte, bestrafen für seinen allzu großen Charme (ihre Knie?).

Acrab'm konnte nicht zulassen, daß sie sagte, sie sei schuldig. Er war der Elende, er allein. Er würde sich Gormanskoi zu Füßen werfen, er würde alles gestehen. Er würde sagen, wie unschuldig Hortense war, eine Heilige sogar, wie sehr alles das, was sie getan hatte, was er sie zu tun gezwungen hatte, ein Beweis für ihre ungeheuere, ihre reine, ihre nicht zu unterdrückende Liebe war.

»Nein, nein, nein«, rief Hortense auf dem Höhepunkt ihres Schuldgefühls. Sie heilig? Sie rein? Da mußte sie ja lachen; rein? Wenn sie   , heilig, wenn sie ...?

Der Prinz tröstete sie; er fuhr ihr brüderlich mit der Hand durchs Haar, legte ihr seinen Arm um die Schultern; in ihrer Not preßte sie sich an ihn, ihr ausgesprochen kurzer Rock rutschte hoch, ihr Duft drang in seine Nase ...

Es fehlte wenig, aber wirklich sehr wenig. Die Spirale der Sünde, die furchtbare Spirale der Sünde, die bergab führende Spirale, die aus einer Aufeinanderfolge von Fehltritten und Gewissensbissen besteht, von Reue über den Fehltritt, der zu einem neuen Fehltritt führt, dessen Ausgang verhängnisvoll ist, dessen Bestimmungsort der Abgrund oder noch schlimmeres ist, die Resignation gegenüber den Schwächen, der Zynismus sogar, lauerte ihnen auf. Aber sie gaben sich noch einmal den notwendigen Ruck. Sie faßten sich wieder, sie richteten sich wieder auf, sie entfernten sich voneinander, sie schauten sich mit einem blassen Lächeln an.

»Sie müssen auf andere Gedanken kommen, liebe Hortense«, sagte schließlich der Prinz. »Ich nehme Sie mit zum Literaturfestival von Polentagrad.«

(Tagebuch Hortenses) Ich werde Mühe haben, von diesem glücklichen Dummkopf loszukommen!

Sechsundzwanzigstes Kapitel
Das Literaturfestival von Polentagrad

Am äußersten Rand Poldeviens gelegen, sehr gebirgig, karpathoidisch und karstig, jenseits der schmalsten Spitze des Melankton-Sees, ist Polentien eine autonome Region im Herzen der poldevischen Hexarchie. Es ist eine Region mit Trikultur: Mais, Ziege und Schnurrbart; ihre Hauptstadt ist Polentagrad.

Die Polenthener *(Name der Bewohner Polentiens)* sprechen einen ganz alten Dialekt, eine Mischung zwischen Poldevisch und archaischem Poldadamitisch, mit einem ziemlich bedeutenden etruskischen Fundus; die Syntax ist halb-eskimoisch, halb-baskisch, die Phonologie halb Fisch, halb Fleisch; mit einem Wort, ein gefundenes Fressen für die Linguisten, die sich dort drängen.

Doch die bemerkenswerteste Eigenheit der polenthenischen Sprache, und diese bereitet der dortigen Regierung große Sorge, ist seit etwa einem Vierteljahrhundert ihr Verschleiß: die Wörter, die üblichsten, die ehrwürdigsten ebenso wie die gesuchtesten syntaktischen Konstruktionen nutzen sich nicht nur ab, werden schwächer, wie überall, sondern sie verschwinden mit immer größer werdender Geschwindigkeit. Und *sie werden nicht ersetzt.* Sie fallen in ein Loch des Vergessens wie das Ozon in die Stratosphäre. Sicherlich sind sie immer noch da, in den alten Texten, in den Wörterbüchern; doch es ist unmöglich geworden, sich ihrer zu bedienen. Die Münder können sie nicht mehr aussprechen, die Schreibmaschinen weigern sich, sie zu tippen, sie erlöschen auf den Bildschirmen, lassen weiße Stellen in den Zeitungen zurück. Kurzum, die Sprache verarmt derart, daß sie Gefahr läuft, noch vor den Feiern zum sechshundertsten Jahrestag völlig zu verschwinden.

Eine große Sorge hat sich angesichts dieser Aussicht der

polenthenischen Bevölkerung bemächtigt. Diese Beunruhigung mag uns absurd erscheinen. Bei uns zeigt sich, vielleicht nicht ganz so weit fortgeschritten, ein ganz ähnliches Phänomen, doch das beunruhigt niemanden: Wievieler Wörter bedient man sich im Durchschnitt, um einen Zeitungsartikel zu schreiben? Einen Prix-Goncourt-Roman? Nennen Sie eine Zahl, nur mal so. Aber diese Leute, die Polenthener, argumentieren nicht wie wir. Das Verschwinden ihrer Wörter geht ihnen nahe; um so mehr, als es nicht das einzige konstatierte Symptom dieser Krankheit der Sprache ist: Gewisse Wörter brechen in den Bedeutungsraum der anderen ein, verdrängen sie, wuchern und verschwinden dann ihrerseits (um ein neueres Beispiel aus unserer Sprache zu nehmen, denke man nur an das Wort »surrealistisch«, das jetzt in jeder denkbaren Situation angewandt wird und so ziemlich alles und nichts zu bedeuten scheint).

Aufgepaßt, sagen die polenthenischen Linguisten, es geht hier keineswegs um »Wandel«. Der linguistische Wandel ist keineswegs dasselbe. Früher, sagen wir im 5. Jahrhundert, ging man in eine Bäckerei und sagte: »Geben Sie mir Panem.« Gut, viele Jahre später geht man in eine Bäckerei und sagt: »Geben Sie mir Brot.« Das ist die normale Form des Wandels. Aber was geschieht heute? Man geht in die Bäckerei, und man sagt: »Geben Sie mir« – »Geben Sie mir was?« sagt die Bäckersfrau. – »Geben Sie mir ...« Nichts kommt. Das Wort *Brot* ist aus unserem Mund verschwunden. Schlimmer noch, wenn Sie ein alter Polenthener sind, mit einem altertümlichen, traditionalistischen Wortschatz, in dem noch das Wort »Brot« vorkommt, und wenn Sie sagen: »Geben Sie mir Brot«, wird die Bäckersfrau Sie nicht verstehen. Dieses Wort gehört nicht mehr zu ihrem Wortschatz. Also sagen Sie: »Geben Sie mir das.« – »Was das?« sagt die Bäckersfrau. »Das da hier? Oder das da da?« Dabei zeigen Sie mit dem Finger drauf.

Über das alles müssen die Lagadonier lachen. Die Lagadonier sind die Bewohner der autonomen Region Lagadonien (Hauptstadt Lagado), die an Polentien angrenzt, auf der anderen Seite des Faiwmurr-Passes, der sechs Monate im Jahr die Überquerung der sie voneinander trennenden Bergkette zuläßt. Was die Polenthener entsetzt, ist für die Lagadonier hingegen das Zeichen, daß die polenthenische Sprache auf dem richtigen Weg ist. Denn schon vor einer guten Weile *(was bedeutet »Weile« eigentlich? – Anmerkung des Kritikers),* vor einer halben Ewigkeit haben sie *alle* Wörter aufgegeben. Sie haben sie durch die Dinge ersetzt, von denen die Wörter immer nur die Bezeichnung sind. Auf Lagadonisch gibt es keine Wörter, sondern nur die Dinge selbst, die man mit sich herumträgt und die man vorzeigt, wenn sie für die Unterhaltung notwendig sind. Das Lagadonische ist eine vollkommene Sprache, die jahrhundertelang zu aller Zufriedenheit funktioniert hat. Dennoch haben kürzlich gewisse pseudo-moderne Geister damit begonnen, sich über Hindernisse zu beklagen, die das Lagadonische ihnen zufolge auf dem Weg zum Fortschritt auftürmt: Elektronen auf den Tisch zu stellen, sagen sie, wenn über Physik diskutiert wird, ist äußerst lästig und unangenehm in Anbetracht der allgemein bekannten Possen dieser kleinen Tierchen. Sie haben also den Vorschlag gemacht, daß die Akademie von Lagado eiligst ihr Großes Wörterbuch zum Abschluß bringt, das nichts anderes ist als ein riesiges Lager, in dem ein Exemplar von jedem in Lagadonien existierenden Ding aufbewahrt wird, daß man jedes Element des Vokabulars (jedes Ding also) mit einer laufenden Nummer versieht, die von nun an als Beleg, wie sie sagen, für die Sache dienen wird, ein wenig in der Art eines Zahlungsmittels. Aber lassen wir diese Albernheiten, sagen die alten Lagadonier, und schauen wir uns an, wie es die Polenthener anstellen wollen, um nicht die einzige erfolgreiche linguistische Reform zu übernehmen, nämlich die unsere.

Die Polenthener haben im Augenblick eine große Rettungsaktion für ihre Sprache in Angriff genommen. Sie haben ein »Jahr des lexikalen Kulturerbes« proklamiert; sie haben in den Sprachsparkassen des Landes hohe Prämien für substantielle Lager an Redensarten, Sprichwörtern und Abzählreimen ausgesetzt; und vor allem haben sie festgestellt, daß die importierten Wörter nicht so schnell vom Virus des Verschwindens betroffen wurden; im Grunde schwächte sich das genetische lexikalische Kulturerbe, gewissen Theorien zufolge, durch Endogamie ab, regenerierte sich aber durch Exogamie. Alle Reisenden in Polentien müssen daher, wenn sie Devisen umtauschen, solche Redensarten abliefern: zum Beispiel »dem Mutigen gehört die Welt«, »Frisch gewagt ist halb gewonnen« oder »Pessimismus des Urteils, Optimismus des Willens«. Diese Devisen werden gesammelt und in Spezialbetrieben behandelt, in denen die Wörter und Ausdrücke, die sie enthalten, herausgefiltert werden.

Und schließlich haben sie das *Festival littéraire international* von Polentien, Poldevien, Entelechien und Ruritanien (zwei assoziierte autonome Regionen) oder F.L.I.P.P.E.R. erfunden, zu dem sich Acrab'm und Hortense begaben, um auf andere Gedanken zu kommen und ein wenig die Schwierigkeiten des kommenden Tages zu vergessen, das heißt die Rückkehr Gormanskois. Die sich bewerbenden Autoren aus allen Ländern hinterlegen im Büro des Festivals ein Exemplar ihre Werke, die daraufhin heimlich enthäutet werden, um ihnen allen Saft zu entziehen. Belohnt werden die lexikalisch reichsten Werke (das ist sicherlich auch der Grund, weshalb die große Romanschreiberin Pâquerette d'Azur, die höchstens hundert Wörter in Sätzen von durchschnittlich sechs Wörtern benützt, zur allgemeinen Überraschung noch nie den Großen Preis erhalten hat).

Es gibt zwei Preise: den Preis des FLIPPER für Romane und den Preis des FLIPPER für Poesie. Der Preis für Poesie war dazu bestimmt, den familiären und ländlichen Wortschatz zu bereichern; deshalb wurden nur zwei Arten zeitgenössischer Poesie gefördert:

– die im Stile: »Ich hab in meinem Stall zwei große Ochsen/zwei große rotgefleckte Ochsen«;

– und die: »Da ist ein Schrank mit einem matten Seidenbande/der hörte noch die Stimme meiner Urgroßtante« (das ist wahrscheinlich auch der Grund, weshalb diese beiden Arten im Augenblick auch bei uns eine Blütezeit erleben).

Eine andere Bedingung war die, daß in den Gedichten selbstverständlich genügend Wörter vorkommen mußten, damit sich ihre linguistische Auswertung lohnte; das schloß vor allem diese unwahrscheinlichen Werke aus, in denen es Seiten mit fast nichts drauf gibt, quasi weiße Seiten.

Die Großen FLIPPER-Preise waren wertvolle Goldschnecken. Nach der Bekanntgabe der Entscheidungen der Jury wurden die Preise den Preisträgern von einer Persönlichkeit feierlich überreicht. Und in diesem Jahr wurde Hortense einstimmig hierzu ausgewählt, nachdem ihre Anwesenheit in Polentien bekannt geworden war. Der Preisträger erhielt die Trophäe aus ihren schönen Händen: es war ein großer, kahlköpfiger Mann, mit intelligentem, distinguiertem Gesicht, das von den Unbilden des Lebens zerfurcht war; er war bekleidet mit einem großen, durchlöcherten Pullover, einem grünlichen Burberry-Regenmantel, einer abgewetzten Kordhose, an den Füßen trug er Leinenschuhe mit geflochtener Sohle; der rechte war grün, der linke rot; in der einen Hand hatte er ein Exemplar der ›Times‹ vom Tage, in der andern eine gelbe Einkaufstasche, auf der »Big Shopper« stand und aus der eine Stange Lauch hervorsah.

Die Zeremonie der Preisübergabe fand unter dem Vorsitz des Alcalde (so nannte man denjenigen, der früher den Namen »Bürgermeister« getragen hatte, ein Wort, das verloren gegangen war; dieses hier hatte man dem Roman entnommen, der im vorhergehenden Jahr den Preis bekommen hatte) und in Anwesenheit des gesamten Councils statt. Alle Mitglieder des Councils, einschließlich des Alcalde, hatten, ebenso wie fast die Gesamtheit der Erwachsenen in Polentien, Schnurrbärte und waren demnach Banditen. Deshalb legten sie sich, sobald die Zeremonie vorbei war, am Stadtausgang hinter die Kakteen in einen Hinterhalt und griffen die von sechs Ponys gezogene Stagecoach an, in der die Preisträger saßen; sie klauten ihnen die Goldschnecken und gingen dann nach Hause. Die Goldschnecken kamen nicht aus Polentien heraus, und das Wort »Schnecke« war für die Sprache nicht verloren.

Unterdessen wurde die Rückkehr Gormanskois nach Queneau'stown in der Lokalzeitung angezeigt; er werde, so hieß es, von seiner Verlobten, der schönen Mademoiselle Hortense, begleitet. »Was?« sagten Hortense und Acrab'm zusammen. Sie beschleunigten ihre Rückkehr.

Siebenundzwanzigstes Kapitel
Dieses so schöne Wort: Eifersucht

Die Krankheit der Sprache, unter der die Provinz Polentien leidet, gibt es, wenn auch nicht ganz so schlimm, auf endemische Weise in ganz Poldevien. Auch hier sind bestimmte Wörter verschwunden und haben oft das konkomitierende Verschwinden dessen nach sich gezogen, was zu bezeichnen sie die Pflicht und die Ehre haben. Dieses Verschwinden kann die gesamte Bevölkerung oder nur bestimmte Teile befallen. Und insbesondere befällt sie die sechs mitmöglichen Welten, die in diesen schönen Regionen koexistieren, auf verschiedene Weise. Die Poldadamisten kennen bestimmte Wörter nicht, mit denen die Poldeven Umgang pflegen; und umgekehrt. Dieselbe Ungleichheit findet man bei den Individuen wieder: Manche kennen manche Wörter nicht; andere kennen alle Wörter nicht; für manche evoziert das Wort »Tomate« einen roten Gegenstand; für andere einen grünen, orangefarbenen oder blauen (?) Gegenstand; und sie haben alle recht, jeder nach seinem persönlichen Dingsbums. Ist die Tomate nicht grün für die Konfitüren? Ist sie nicht rot, wenn man sie nach einer Sängerin wirft? Andere schließlich können mit dem Wort »Tomate« nichts verbinden; man sagt »Tomate« zu ihnen, und kein Gegenstand zeigt sich ihrem inneren Blick; das Fehlen des Wortes hat das Fehlen der Sache erzwungen. Man zeigt ihnen Tomaten, und sie sehen nichts.

Hortense und Acrab'm machten sich mit einer Angst auf den Weg zur Wiederbegegnung mit Gormanskoi, der Angst vor dem schimpflichen und notwendigen Geständnis und einem Verhör: Wer war diese Hortense, die sich in Le Havre zum Ersten Mutmaßlichen Prinzen gesellt hatte? Sicherlich eine Betrügerin. Aber eine Betrügerin, die in der Lage war, den Prinzen zu täuschen, war das vorstellbar? Sie waren ganz nahe daran, die Wahrheit erraten zu haben; sie mußten jetzt nur noch die bösartige Ursache dieses Ereignisses herausfinden.

Doch unterdessen war die Falsche Hortense, nachdem sie ihre Mission erfüllt hatte, zu ihrem Herren und Meister in sein Bilderzimmer zurückgekehrt und kultivierte in seinen Armen ihre Kenntnisse der erotischen Kontraste zwischen Gut und Böse. So daß nur eine einzige Hortense gleichzeitig auf dem Markt zur Verfügung stand und Gormanskoi, als er sie in Begleitung Acrab'ms sah, keinen Augenblick ahnte, daß es nun zwei davon gab.

Und wie sollte man ihn über seinen Irrtum aufklären? Sie ließen sich gar nicht darauf ein. Gormanskoi sagte ihnen lachend, daß er diesen Bruch der Vorschriften nicht bereue, da er soviel Gewinn daraus gezogen habe, was sie nicht begriffen; sie dachten nur an ihren Fehltritt und an das Geständnis, das ihnen schwerfiel. Gormanskoi hörte ihnen wohlwollend, amüsiert zu; er wollte genau wissen, wann und was. *Er war nicht eifersüchtig.* Er kannte die Eifersucht nicht; diese Wörter waren ihm unbekannt; er empfand dieses Gefühl nicht.

»Ja wie«, sagte Hortense am Ende zu ihm, erleichtert zwar, doch zugleich auch pikiert, »du bist nicht eifersüchtig?«

»Was?« sagte er, »was haben Sie gesagt?«

Hortense wiederholte:

»Empfinden Sie keine Eifersucht bei dem Gedanken, daß ich, daß wir ...«

»Was empfinden? Das poldevische Verb, liebe Hortense, vergöttert die Attribute. Wenn Sie sagen: ›Empfinden Sie keine bei dem Gedanken, daß, Punkt‹, so ist diese Konstruktion nicht korrekt. Es heißt: ›Empfinden Sie keine *x* bei dem Gedanken, daß *y*‹, wobei *x* irgendein Substantiv bedeutet, ›Tomate‹ zum Beispiel: ›Empfinden Sie keine Tomate bei dem Gedanken, daß ich y Mal in zwei Tagen mit Acrab'm geschlafen habe?‹ Dies ist das unerbittliche syntaktische Gesetz des Poldevischen; wenn Sie es nicht beachten, ist Ihr Satz unverständlich für einen ›native speaker‹ *(gebürtigen speaker – Anmerkung des Übersetzers).*«

So sagte Gormanskoi mit verliebtem und prinzlichem Wohlwollen. Er schenkte den Fortschritten, die Hortense in der Beherrschung der poldevischen Sprache machte, große Beachtung; die zukünftige Gemahlin eines bald Regierenden Prinzen war es sich schuldig, die Sprache vollkommen zu beherrschen. Hortense sah, daß ihm etwas entgangen war. Sie wiederholte also, wobei sie ganz deutlich in fettgedruckten Großbuchstaben das poldevische Wort aussprach, das »Eifersucht« bedeutet:

»Empfinden Sie keine **EIFERSUCHT** bei dem Gedanken, daß ich so leidenschaftlich und so viele Male mit Acrab'm geschlafen habe?«

Diesmal gelangte das Wort bis zu den Ohren Gormanskois. Er hörte das Wort »Eifersucht« zum ersten Mal. Er wiederholte es interessiert, überrascht, vorsichtig. Er fand es schön:

»Eifersucht, Eifersucht, was für ein schönes Wort«, sagte er; »ich glaube, daß ich es völlig vergessen hatte *(ein in der Psychologie allgemein bekanntes Syndrom, auch ›Déjà-vu-Syndrom‹ genannt).* Ich spüre es auf halbem Weg zwischen ›Socke‹ und ›Oberlicht‹, etwas amüsanter als ›Pflanzenschleim‹; gar nicht schlecht! *(Diese Bemerkung ist ohne tiefere Kenntnisse der poldevischen Etymologie und Phonologie unverständlich, die allerdings in den Grenzen dieses Werkes, das, woran wir unsere Kritiker von neuem erinnern möchten, ein Roman und keine Abhandlung über Linguistik ist, weiter zu entwickeln zu weit führen würde.)* Und was bedeutet es?«

Er hatte sich das Wort angeeignet, kannte aber seine Bedeutung nicht.

Hortense glaubte, er scherze. Das bewies um so mehr, daß er nicht eifersüchtig war; daß sie infolgedessen keinen Fehltritt begangen hatte, wenigstens nicht in seinen Augen. Das war zwar überraschend, wenn auch im Grunde, dachte sie, ziemlich poldevisch.

Doch in Wirklichkeit scherzte er überhaupt nicht; Hortense hatte durch ihre Beharrlichkeit gerade das Wort »Eifersucht« in seinen Sprachschatz eindringen lassen.

Unterdessen verabschiedete sich Gormanskoi, da er vom Regierenden Prinzen empfangen werden sollte, um ihm die Glückwünsche der Stadt Le Havre zu übermitteln. Prinz Acrab'm und Hortense waren wieder allein. Für einen Augenblick, für einen sehr kurzen Augenblick kam Hortense in Versuchung. Da Gormanskoi diesen furchtbaren Irrtum wohlwollend, fast gleichgültig aufnahm, warum sich Zwang auferlegen? Gewiß, Acrab'm war nicht er; er war ein wenig albern (sehr albern sogar), ein wenig schüchtern, voller Ungestüm, obgleich manchmal ungeschickt. Aber könnte sie nicht, solange bis ihr Prinz seine gewohnte Verfügbarkeit ihr gegenüber zurückfand? Und Acrab'm, sie sah das an seinen Augen, dachte das gleiche. Mit wirklich prinzlicher Schnelligkeit und Ungeniertheit paßte er sich der neuen Situation an und begann sich auszuziehen.

Sie fing sich wieder: Wenn Gormanskoi nicht eifersüchtig war, mußte sie es für zwei sein; sie mußte sich ihrer Liebe würdig erweisen und treu sein, wie sie es immer gewesen wäre, wenn sie durch die Umstände nicht irregeführt worden wäre. Daher knöpfte sie die sechs von Acrab'm an ihrem Schenkel aufgeknöpften Knöpfe wieder zu und sagte zu ihm:

»Sind wir Freunde?«

»Freunde«, antwortete Acrab'm, ohne weiter darauf zu bestehen.

Er würde sie von nun an aus der Ferne lieben, keusch, wie eine Schwester, und die kostbaren, unglaublichen und verflossenen Stunden, in denen er hatte, ja, in denen er hatte, im geheimen Garten seiner Erinnerung bewahren.

Alicius, der Regierende Prinz, war wütend; nicht nur, daß diese beiden dämlichen Geheimagenten, Messrs T.

and T., unfähig gewesen sind, Prinz Airt'n unschädlich zu machen (indem sie ihn von der Le Havrer Polizei wegen nächtlicher Ruhestörung, Rebellion gegen die öffentliche Gewalt und Tätlichkeit gegen Verkehrspolizisten verhaften ließen, was den Prinzen, mit allen zur Verfügung stehenden juristischen Finten, für mindestens einen Monat von Poldevien ferngehalten hätte. Mehr brauchte es nicht, um mit Augre zu einem echten Einvernehmen über die Aufteilung der Macht zu kommen); sondern darüber hinaus hatten sie sich, wieder zurück in Queneau'stown, unter dem Vorwand von Familienfeiern zu Weihnachten und Sylvester unaufhörlich betrunken.

Es war Mittwoch, der 3. Januar; wütend war der Regierende Prinz in seinem Büro, wo Messrs T. and T. verlegen und mit Katzenjammer vor ihm standen und von einem Fuß auf den andern traten, während sie mit ihren unsicheren Fingern ihre mauerfarbenen Berufs-Regenmäntel kneteten. Er durchflog noch einmal den Rapport des Geheimagenten John Le Circle, den er nach Le Havre geschickt hatte, um seine Geheimagenten Messrs T. and T. zu überwachen.

»Ich rede mit Ihnen, Tweedledum!« wetterte Alicius (der das Wort »wettern« in seinem Morgenblatt gefunden hatte). »Antworten Sie mir, wie konnten Sie ihn entkommen und hierher zurückkehren lassen?«

Messrs T. and T. blieben stumm.

»Sind Sie Tweedledum?« sagte er zu dem, der sich zu seiner Linken befand.

»Ich bin Tweedledum«, antwortete dieser.

»Wenn das stimmt«, machte der andere, »dann bin ich Tweedledee.«

Alicius riß eine Seite aus dem Notizblock, der auf seinem Schreibtisch lag, und versuchte, das durch diese Behauptungen aufgeworfene Problem dadurch zu lösen, daß er den Eigenschaften von Messrs T. and T. Rechnung trug; doch er gelangte zu keiner Lösung.

»Zieht Leine«, sagte er schließlich aufgebracht.

Messrs T. and T. gingen hinaus.

»Weißt du, Mr. T.«, sagte Tweedledum zu Tweedledee, als sie in der Kneipe »Zum Ponyhufeisen« vor zwei sehr starken doppelten poldevischen Espressos saßen (die poldevischen doppelten Espressos sind das, was wir hier unter dem Namen »Mathews« kennen, das heißt, doppelte Kaffees in einer halben Tasse, da das Produkt konstant und in der Einheit gleich bleiben muß), »im Grunde glaube ich, daß er dumm ist.«

»Du irrst dich, Mr. T.«, antwortete Tweedledee und pflichtete ihm bei.

Achtundzwanzigstes Kapitel
Laurie und Carlotta brechen nach Poldevien auf

Es ist Zeit, die Maske abzulegen. Der Autor ist da! Sie sind ihm im Verlaufe der Seiten schon begegnet, im fünften Kapitel zum Beispiel, erinnern Sie sich: »Sie begegneten einem großen, kahlköpfigen, von Intelligenz strahlenden, distinguierten Mann mit einem von den Unbilden des Lebens zerfurchten Gesicht; er war mit einem großen, durchlöcherten Pullover, einem grünlichen Burberry-Regenmantel, einer abgewetzten Kordhose bekleidet, an den Füßen trug er Leinenschuhe mit geflochtenen Sohlen; der linke war blau, der rechte schwarz; in der einen Hand hatte er ein Exemplar der ›Times‹ vom Tage, in der anderen eine rote Einkaufstasche, auf der ›Big Shopper‹ stand und aus der eine Stange Lauch hervorsah.« Es ist der Autor, immer im Einsatz, der sich verausgabt, um den richtigen Gang der Erzählung zu sichern; doch immer anonym, fast im Verborgenen.

Und weshalb? Auf Grund eines Diktats des Verlegers! Als er mich vor einem Monat zur Unterzeichnung des Vertrags empfing, und nachdem er einen Blick auf die von seiner Sekretärin vorbereitete Akte geworfen hatte, um sich wieder an meinen Namen zu erinnern (sowie an die kommerziellen Ergebnisse meines letzten Werkes; als ich mich über den Schreibtisch beugte, wo ich so tat, als suchte ich nach einem Aschenbecher (ich rauche nicht), konnte ich folgende Angaben lesen: Woche von ... zum ... (es war einen Monat nach dem Erscheinen) Ausgeliefert: 6/ Remittiert: 317; was das wohl bedeuten mag?), sagte er zu mir: »Und was die Abgabe des Mackintoshuskripts angeht, so schreiben wir ›37 Tage nach der Unterzeichnung des vorliegenden Vertrags‹, ist Ihnen das recht?« Ich antwortete, daß das in Ordnung ginge, ich fand die Frist vernünftig (ich sah 37 Kapitel voraus).

Ich wollte mich schon verabschieden, als ich sah, daß da noch was anderes war; er schien zu zögern, hob nervös eins nach dem andern seine vier Telefone ab und legte wieder auf; schließlich rückte er mit der Sprache heraus:

»Mein lieber Roubaud«, sagte er, »Sie wissen, daß ich Ihnen, was das Schreiben angeht, keine Ratschläge zu geben habe; Sie sind der Autor, Sie schreiben, was Ihnen durch den Kopf geht; Sie vertrauen mir das an, und ich bin es schließlich, der alle Risiken auf sich nimmt; ich weiß es, das ist mein Beruf. Deshalb werden Sie verstehen, daß ich mich nicht dazu entschlossen habe, Ihnen das zu sagen, was ich Ihnen jetzt sagen werde, ohne dazu sehr ernsthafte Gründe zu haben.«

»In Ihren Romanen, mein lieber Roubaud, sieht man Sie zuviel und zu oft. Ich weiß natürlich, daß jeder Roman autobiographisch ist, aber schließlich, man kaschiert doch, man kaschiert. Sie hingegen sind ständig da, Sie intervenieren, Sie diskutieren mit den Romanhelden, mit dem Leser, Sie erklären, was Sie gemacht haben, was Sie machen, was Sie machen werden, da ist der Autor hier, der Autor da; wie soll das Publikum sich am Ende noch zurechtfinden?«

Kurzum, er stellte seine Bedingungen: Ich sollte so spät wie möglich auftauchen, auf jeden Fall nicht vor dem ersten angetroffenen Kapitel, von dem man vernünftigerweise annehmen konnte, daß es nicht vom Auge irgendeines Kritikers erreicht werden würde. Ich mußte mich beugen.

Der Verleger sah den Autor mit einem Seufzer weggehen; dann wandte er sich ernsthaften Dingen zu: seinem praktisch schon sicheren Vertrag mit J. A. über eine soziologisch-semiologische Interpretation der zur Stunde grundlegenden doppelten Frage:

»Soll man die jungen Mädchen, die den Tschador tragen, eine vereinfachte Orthographie lehren?« (Wenn sich J. A. als zu geldgierig erweisen sollte, gab es immer noch E ... M ... als Ersatzlösung.)

Ich habe mein Versprechen gehalten; erst heute, im achtundzwanzigsten Kapitel, spreche ich endlich in meinem Namen, im Namen des Autors. Selbstverständlich hat das große Schwierigkeiten bei der Konstruktion des Werkes mit sich gebracht. Um nur ein Beispiel anzuführen: Sie haben sicherlich gespürt, daß es doch ziemlich unwahrscheinlich erscheinen mußte, daß Ophelia so leicht zustimmt, das bequeme Leben aufzugeben, das sie in der Wohnung ihrer beiden geliebten Pflegemütter, Carlotta und Laurie, führte, um nur unter dem Schutz Jim Wedderburns als Double Hortenses in einem zweifelhaften Kampf zu dienen, während selbst Laurie und Carlotta sich in keiner Weise für diesen Plan erwärmen konnten. Tatsächlich habe ich, der Autor, im Verlaufe eines Tête-à-Tête, das sie mir gnädigerweise zugestanden hatte, ihre Zustimmung erwirkt, was ich jedoch nicht zur gegebenen Zeit erzählen konnte. Es gibt ein ausgezeichnetes Foto von unserem Gespräch, aufgenommen von Laure Durien, das der Verleger jedoch aus kleinlichen Sparsamkeitsgründen nicht an dieser Stelle im Buch wiedergeben wollte. Und er hat ersatzweise nicht einmal die Substitutionsanmerkung einrücken wollen, die ich vorbereitet hatte und in der es ungefähr hieß:

Wegen mangelnden Willens einer gewissen Personalgruppe hat das Foto von der Begegnung des Autors mit Ophelia hier nicht wiedergegeben werden können; wir bitten dafür um Entschuldigung.

Die Herstellung.

Ich habe Laurie und Carlotta auf den Markt der Bébés Oranges begleitet. Sie hatten mich sehr freundlich zum Mittagessen eingeladen; wir haben poldevischen Bergschinken beim Metzger gekauft (der aus diesen Gegenden stammt), einem jungen Mann und Bewunderer Carlottas. Er war sehr stolz auf seine neue Registrierkasse. Er hatte gerade die Entdeckung gemacht, daß sie sogar addieren konnte.

Wir setzten uns in die Küche; Laurie bereitete das Mittagessen zu; der Autor und Carlotta streckten ihre Füße unter den Tisch. Carlotta, die ›Für die poldevische Wissenschaft‹ abonniert hatte, eine wisssenschaftliche Zeitschrift von hohem Niveau, die einheimische Ausgabe des berühmten ›Scientific Poldevian‹, war in die letzte Nummer vertieft. Ein Artikel erregte ihre Aufmerksamkeit.

»Wißt ihr«, sagte sie zu uns, »daß Eier leiden können; das ist soeben mit dem folgenden, von einem Psychologenteam der Universität Queneau'stown durchgeführten Experiment auf unwiderlegbare Weise bewiesen worden: Man nehme drei Eier, lege sie auf einen Tisch, vor dem ein Student sitzt. In jedes Ei werden diskrete und ultraempfindliche Elektroden eingebaut, worauf die geistigen Wellen der Eier nun auf dem Bildschirm erscheinen. Am Anfang des Experiments sind alle Wellen normal. Auf ein Zeichen hin nimmt der Student ein Ei und trinkt es aus. Der Bildschirm des ersten Eis zeigt ein flaches Encephalogramm. Und im gleichen Augenblick erscheinen auf dem Bildschirm, der den geistigen Zustand des zweiten und des dritten Eis darstellt, eine rasende Unruhe, die Wellen einer panischen Angst. Der Student nimmt das zweite Ei und trinkt es aus. Auf dem Bildschirm des dritten Eis: nichts. Es ist ohnmächtig geworden!«

»Wollt ihr Eier als Vorspeise?« sagte Laurie.

Später vertilgten wir den Rest des Lachsroastbeefs, wozu Laurie einen weißen Saint-Joseph trank, der Autor ein Rootbeer *(das wunderbare »Wurzelbier« auf der Grundlage von aromatisierten verbrannten Autoreifen, mein Lieblingsgetränk, das bei uns äußerst selten ist und das Laurie in einem Supermarkt der Rue des Citoyens aufgegabelt hat und mir bei meinen Besuchen ausschenkt; eine liebevolle Aufmerksamkeit – Anmerkung des Autors);* und Carlotta Orangensaft.

»Wie sehr hätte sich Ophelia darüber gefreut!« sagte Carlotta. »Wann kommt sie denn zurück?«

»Nun ja«, fing ich verlegen an, denn ich mußte in eigener Sache sprechen, ich brauchte nämlich, brauchte unbedingt die Anwesenheit von allen dreien in Poldevien für mindestens den letzten Teil des Buches, in dem sich ernsthafte Wolken auftürmten; ihre ursprüngliche Weigerung, sich in dieses Land zu begeben, auf die ich nicht gefaßt war, hatte mir bei der Konstruktion des Romans große Schwierigkeiten bereitet; aber jetzt war es noch schlimmer, ich setzte mich der Gefahr einer Katastrophe aus.

Es klingelte an der Tür. Laurie machte auf: »Hotello!« sagte sie. Er war es. Hotello war vor Ophelia Katze bei den beiden Rothaarigen gewesen. Während der in einem vorangegangenen Roman des Autors erzählten Ereignisse hatte er ihnen mit Hilfe des Ponys Cyrandzoi geholfen, die antihortensischen Machenschaften des Prinzen Dämon zu vereiteln; dann, nach vollendeter Arbeit, war er verschwunden; er war nach Poldevien zurückgekehrt, von wo er kam. Denn Hotello war kein anderer als Alexander Wladimirowitsch (der Vater, wie wir inzwischen ebenso wie Sie wissen, Ophelias). Von Prinz Gormanskoi geschickt, kam auch er, um Laurie und Carlotta um Hilfe zu bitten.

Ich weise in diesem Zusammenhang auf eine seltsame Tatsache hin: Als ich in meinem dritten und vorliegenden Werk den Versuch unternahm, zu erzählen, was vorgefallen war, begab ich mich wegen der Unterzeichnung des Vertrags zu meinem Verleger. Und genau an diesem Tag nun entdeckte Laurie, als sie nach Hause kam, auf der Fußmatte Hotello, der seit achtzehn Monaten verschwunden war, ohne etwas von sich hören zu lassen:

»Das ist ja 'n Ding«, sagte Laurie, »was machst du denn da?«

Ohne zu antworten, ging Hotello mit ihr hinein, begab sich in die Küche, fraß aus Ophelias Teller, ließ sich ein wenig verwirrt in Ophelias Lieblingssessel nieder und ging dann wieder weg, wie er gekommen war. Die Erklärung für diesen seltsamen Zufall ist ganz einfach folgende: Als Gormanskoi Alexander Wladimirowitsch nahelegte, zu uns zu gehen und Laurie und Carlotta um Hilfe zu bitten, brach er sofort auf (und kam schließlich in dem Augenblick an, von dem wir sprechen); doch durch Unachtsamkeit verursachte er zunächst einmal ein »warping des räumlich-zeitlichen Chronoclastic Infindibulum« (die Katzen, denen es sehr viel leichter fällt als uns, das Kontinuum zu durchlaufen, verirren sich manchmal darin) und zeigte sich ein erstes Mal *mehr als achtzehn Monate vor dem Zeitpunkt des vorgesehenen Besuchs* an der Tür. Er mußte also von vorne anfangen. Alles erklärt sich.

Um zu überzeugen, warf Alexander Wladimirowitsch-Hotello seine Stimme zu der meinen in die Waagschale. Laurie und Carlotta sahen in ihren jeweiligen Ballheften nach und sagten schließlich:

»Wir können Hortense und Ophelia nicht in so großer Not allein lassen«,

und

»Einverstanden, aber wie wir schon gesagt haben, nicht länger als ein Wochenende.«

Damit mußte ich mich begnügen. (In Wahrheit sind sie neun Tage geblieben.)

Neunundzwanzigstes Kapitel
Die Wichtigkeit, treu zu sein, oder die Befragung

Auf dem Nachttisch von Hortenses Schlafzimmer die mit vielen Anmerkungen versehene kritische Ausgabe der ›Ethik‹ von Spinoza. Vor dem Bett, über den Boden verstreut, Entwürfe von Briefen, ein Stapel Bücher: ›Die Entführung der Gertrude Stein‹ (deutsche Übersetzung eines Romans von Pâquerette d'Azur); mehrere Werke aus der Reihe Charles and Queen: Klassiker wie ›Jungfrau und Mutter‹; ›Jungfrau und verblüht ...‹ und moderne Literatur: ›Sinnliche Brühe‹, ›Ich bin nicht Batavia‹, ›Die Leibeigenen der Liebe‹, ›Die Fremde von Monteverdi‹ (eine Fortsetzung von ›Die Fremde von Cacamus‹).

Hortense begann zögerlich. Sie wollte ihre Meinung wissen. Über was? Hortense wollte nicht »alles sagen«, sie schämte sich. Sie wollte eine allgemeine Meinung über ein universales Problem. Laurie und Carlotta sahen sich an. Ophelia, die auf Hortenses Knien lag, so daß sie abwechselnd Laurie und Carlotta verliebt ansehen konnte, sah zu ihr auf *(Anmerkung: das neunundzwanzigste Kapitel kommt chronologisch nach dem vorliegenden Kapitel, sich bitte hierauf beziehen).*

»Sag schon.«

»Ich möchte eure Meinung über die Treue wissen.« (Hortense)

Laurie: Über wessen Treue?

Carlotta: Wir sind nicht die Beratungsstelle für Treueangelegenheiten.

Laurie: Sollen wir die Nummer »36-15 Hortense« anrufen, den Postdienst der Treue? Die Sex-Nummer 36-17 ist billiger.

Hortense: Im Ernst, es ist lebenswichtig, bitte.

Carlotta: Sie will untreu werden.

Laurie: Was ist es?

Hortense: Was, was?

Laurie: Wer.

Hortense, verlegen: Das ist es überhaupt nicht; es ist ein theoretisches Problem von allergrößter Bedeutung für mein Glück und meine Lebensauffassung.

Laurie, Carlotta und Ophelia: Schon gut, schon gut, schon gut, ok. ok. ok., wir wollen es gar nicht wissen.

Laurie: Zunächst einmal, was meinst du mit »treu«?

Hortense: Treue ist ganz einfach, wie ihr genau wißt, die Beständigkeit in der Zuneigung, in den Gefühlen; ist diejenige (derjenige) treu, die (der) nur mit dem (der) Liebesbeziehungen unterhält, dem (der) sie (er) ihr Vertrauen geschenkt hat?

Ophelia: Warum alle diese Klammern? Ich bin Carlotta und Laurie sehr treu; und ich bin eine »sie«, und sie sind »sie's«.

Laurie: Zunächst einmal verwechselst du Beständigkeit mit Treue. Liebst du deinen Prinzen?

Hortense: Ich liebe ihn, er ist der Prinz meines Lebens, und ich bin ihm mit Haut und Haaren verfallen.

Laurie: Infolgedessen liebst du ihn beständig, da die Beständigkeit bedeutet, nicht aufzuhören, dasselbe zu sein. Du bist beständig und treu in der Bedeutung 1. Aber wieso zwingt dich das dazu, treu zu sein in der Bedeutung 2, die verglichen mit der ersten eine Bedeutungsverschiebung ist? Die Bedeutung 2 heißt, unerschütterlich an einer Sache festhalten.

Ophelia: Wer ist »Sache«?

Carlotta: Ophelia, halt du dich da raus!

Laurie: Ophelia, unterbrich uns nicht dauernd mit idiotischen Fragen.

Ophelia, beleidigt: Gut, ich ...

Hortense: Aber kann ich dieselbe sein, wenn ich dabei einen anderen liebe?

Carlotta: Wie kannst du aufhören, du selber zu sein? Sei doch logisch.

Hortense: Aber wie kann ich beständig sein, wenn ich die Liebe wechsele?

Laurie: Wer spricht denn davon, die Liebe zu wechseln? Die Definition der Beständigkeit impliziert keineswegs die Einmaligkeit.

Carlotta: Die Liebe ist nicht die *parmeinidische Eins.*

Hortense: Ich liebe nur ihn, und ich werde nur ihn lieben.

Carlotta besaß darauf die Grausamkeit, sie daran zu erinnern, daß sie bei einem ihrer vorausgegangenen Abenteuer verheiratet gewesen war und daß sie es nicht mit dem Prinzen war. Aber Hortense gab zur Antwort, daß sie ihren Mann nie geliebt habe und daß die Ewigkeit ihrer Liebe in dem Moment begonnen habe, in dem sie dem Prinzen in einem absoluten und gesegneten Augenblick im Flaubert-Hotel in Bacon-les-Mouillères begegnet sei.

Carlotta: Kann die Ewigkeit einen Anfang haben?

Laurie: Bitte, keine Abschweifungen. *(Zu Hortense)* Aber bist du damals, als du mit dem Prinzen im Flaubert-Hotel gehurt hast, nicht deinem Mann untreu gewesen? Bist du da nicht unredlich, treubrüchig, aufrührerisch, verräterisch, ehebrecherisch, unbeständig und flatterhaft gewesen? Ganz zu schweigen von Eidbruch und Falschheit?

Hortense: Ja, aber ihn liebte ich nicht.

Laurie: Sollte es etwa so sein, daß du dir verbieten mußt, nur weil du liebst, anderswo hinzuschauen? Im Hof der Erwachsenen zu spielen, wenn sich die Gelegenheit bietet? Nicht treu in der Bedeutung 2a zu sein?

Hortense: Das ist genau das, worum es geht: was meint ihr dazu?

Laurie und Carlotta: Wir meinen, daß du es machen sollst, wie du willst.

Hortense: Aber er, wenn er?

Laurie und Carlotta: Er soll beständig und treu sein im Sinn der Bedeutung 1 wie in der Bedeutung 2 und 2a; du hingegen kannst auch anderswohin einen Blick werfen und zum Knistern bringen, was knistert.

Carlotta: Was wir gerade gesagt haben, wirft allerdings ein Problem auf; man kann dann nämlich nur die zum Knistern bringen, die allein sind, denn wenn sie nicht ganz allein sind, gibt es immer eine, die sie liebt und die sie lieben, und auf Grund unserer Argumentation schulden sie ihr Beständigkeit und Treue in der Bedeutung 1, 2, 2a und den andern, von denen wir nicht gesprochen haben.

Ophelia: Das sagst du doch nur, weil du Kantianerin bist.

Laurie: Es genügt, daß man örtlich Kantianerin ist, falls du dir darüber Gedanken machen solltest. Man kann anderswo hinschauen, aber in die Ferne.

Hortense, interessiert: Ihr glaubt also, daß es dann nicht spiegelgleich ist? Wir sind, ausgenommen örtlich, frei, und er nicht?

Laurie und Carlotta: Das ist ganz einfach; jeder hält es, wie er will. Wir halten es, wie wir wollen; sie halten es, wie sie wollen. Aber denk doch mal ein bißchen nach: Was kann dein Prinz denn wollen? In dich und einzig und allein und ausschließlich und für immer und alle Zeiten in dich verliebt zu sein.

Hortense: Genauso, wie ich es will?

Laurie und Carlotta: Wie, wie du willst? Wie er will, wie er gar nicht anders wollen kann, da er dich liebt. Das ist es nämlich. Und jetzt sagst du uns endlich, was wirklich los ist, und wir werden dir sagen, was wir davon halten, aber das ist ein privater Rat und geht den Leser nichts an.

(Ein Abschnitt, der dem Autor entgangen ist, der ihn mit Sicherheit gestrichen hätte, wenn er ihn gesehen hätte.)

»Das geht auch den Autor nichts an«, sagte Hortense und machte sorgfältig die Tür des Zimmers zu, riß sie dann aber plötzlich wieder auf, um nachzusehen, ob niemand das Ohr daran gepreßt hatte. »Ich denke genau wie ihr. Ich möchte nur eins, daß ihr mir helft, mich da herauszuschaffen; mit dem Prinzen, wenn es ihm gelingt, sich nicht mehr für Hamlet zu halten, aber, wenn nötig, ich sage euch das ganz offen, auch ohne ihn. Ich liebe ihn zwar, ob ich will oder nicht, aber das hindert mich nicht völlig daran, nachzudenken und Schlußfolgerungen zu ziehen, im Gegensatz zu dem, was manche zu meinen scheinen.«

Das war eine lange Rede, die Hortense da hielt; Laurie und Carlotta waren nicht daran gewöhnt.

»Das hättest du uns wissen lassen sollen«, sagten sie, »dann hätten wir dich nicht blöde Kuh und auch nicht Tagliatelle geschimpft«, fügte Carlotta hinzu.

»Du hast mich eine Tagliatelle geschimpft?«

»Nein, aber das hätte bestimmt nicht mehr lange auf sich warten lassen.«

»Ich bin manchmal richtig blöde«, sagte Hortense, »ich weiß; ich habe vielleicht zuviel Philosophie studiert, das ist gut möglich; es sei denn, daß es wegen meiner Knie ist.«

»Was ist denn mit deinen Knien?« frage Carlotta.

»Schweifen wir nicht vom Thema ab«, sagte Laurie.

»Ich bin vielleicht ein bißchen blöd«, sagte Hortense, »aber so blöd nun auch wieder nicht. Der Autor ist es und die Poldeven, die mich blöd machen; sie sehen mich nämlich so, und weil sie nun mal die Geschichte erzählen ..., aber ich habe die feste Absicht zu reagieren; wenn nötig, werde ich den Verleger aufsuchen.«

»Wir werden es ihm sagen«, sagten Laurie und Carlotta.

»Glaubt ihr, daß er mich noch liebt?« machte Hortense nachdenklich.

»Du wirst doch nicht wieder von vorne anfangen wollen?« sagte Carlotta.

»Nein«, sagte Hortense, »ich meine nicht Gormanskoi, ich meine den Autor.«

Die beiden Rothaarigen schworen ihr, daß sich die Gefühle des Autors ihr gegenüber nicht geändert hätten. Sie wußten es durch Jim Wedderburn und Ophelia.

»So, und jetzt erklärst du uns, was da *wirklich* vorgeht.«

Dreissigstes Kapitel
Die Männer, die Werke und die Rothaarigen

Ich hatte Hortense auf den Flughafen von Queneau'stown begleitet, um Laurie und Carlotta abzuholen. Wir nahmen einen Pony-Cab, um zu Hortense zu fahren; wir, das heißt der Autor, Hortense selber und Laurie, denn Carlotta galoppierte mit Cyrandzoi, einem alten Freund aus vorangegangenen Abenteuern, vor uns her. Ich sage »zu Hortense«, denn die Wohnung, in der sie im Prinzenpalast ihres Verlobten wohnte, war, obgleich sie nominell immer noch die Wohnung des Prinzen war, aus praktischen Erwägungen heraus ihre eigene geworden. Der Prinz residierte aus dynastischen und strategischen Gründen auch weiterhin bei seiner Mutter.

Mutter und Tochter inspizierten die Örtlichkeiten mit kritischen Augen. Sie suchten sich ihre Zimmer aus: ein Zimmer im Zwischenstock für Carlotta; ein Zimmer mit Balkon mit Blick auf die Kathedrale Sainte-Gudule und den Park für Laurie; sie probierten das Badezimmer aus, das ihre Zustimmung fand. Sie verzogen zwar das Gesicht wegen der vorherrschenden roten Farbe, doch sie waren darüber nicht überrascht: Der poldevische Geschmack ist ja so poldevisch! Laurie nahm einige nominalistische Veränderungen vor, um den Verkehr sicherer und den Betrieb effizienter zu machen; sie schrieb deutlich lesbar »Decke« an die Zimmerdecken, »warmes Wasser« über die Warmwasserhähne usw.; sie hängte eine Karte des alten Viertels an die Küchenwand, auf der sie an der richtigen Stelle angab: »Sie befinden sich hier«. Außerhalb der Karte wies ein Pfeil in allgemeiner geographischer Richtung der Stadt genau darauf hin: »Richtung nach Hause«.

Danach nahm sie eine Dusche, lieh sich von Hortense einen Bademantel, bat Carlotta, die mit Cyrandzoi im Park herumhüpfte, heraufzukommen, und führte dann mit Hortense diese seriöse Unterhaltung über die Liebe und die Treue, die wir bereits im voraus (aus architektonischen Gründen, die den Leser nicht interessieren) im vorhergehenden Kapitel, dem neunundzwanzigsten Kapitel, berichtet haben.

Damit man uns recht versteht. Wir legen absolut keinen Wert darauf, den Leser (so wenig wie die Leserin) auf kleinliche Weise zu übergehen. Im Gegenteil, wir schlagen diese Seiten ganz groß vor ihm auf, wir laden ihn in Hortenses Bad ein, wir erklären ihm alles, alles das, war für das Verständnis des Romans notwendig ist. Wir haben ihm gegenüber nur einen einzigen Vorteil: wir sind ihm voraus. Und er kann uns nicht einholen. Den Beweis für diese Tatsache zu führen ist einfach. Um uns einzuholen, muß der Leser am Ende dessen angelangt sein, was wir schreiben; doch wenn er am Ende dessen angelangt ist, was wir geschrieben haben, in diesem Augenblick zum Beispiel, sind wir bereits weiter. Und um dort anzukommen, wo wir jetzt sind, muß er unbedingt dorthin, wo wir schon waren. *Er wird immer zu spät dran sein.* Das ist unwiderlegbar. Diese Überlegenheit genügt uns; wir brauchen nicht noch die Allwissenheit, das Verschweigen und die Verschleierung hinzuzufügen.

Ich suchte die Reisetanten am übernächsten Tag und an den folgenden Tagen auf. Sie schimpften: »Hast du dieses Wetter gesehen?« Es regnete. Ich fragte sie, ob sie ein wenig Seid-sie-ing gemacht hätten. Sie hatten den Leeiff-Turm besichtigt, eine Perle der poldevischen Gotik, in X-Form erbaut und zweimal dreihundertsiebzehn Meter hoch (ein Weltrekord, der ihnen von Frankreich, New York, Chicago und den Japanern geneidet wird), sie waren durchnäßt zurückgekommen. Seitdem verließen sie ihr Bett nicht mehr, hörten Compact-Discs oder lasen; Laurie trank Tee, Carlotta backte Pfannkuchen, die sie mit Cyrandzoi teilte, der auf dem Teppich im Salon schlief.

»Im Grunde«, sagten sie zu mir, »ist es ganz ähnlich wie bei uns, nur eben größer.«

»Ja«, fügte Carlotta hinzu, »man macht eine Homothetie im Verhältnis sechs mit einer ganz kleinen Umdrehung im Vergleich zur Sonne, und damit hat sich's.«

Ich räumte ein, daß tatsächlich eine gewisse Ähnlichkeit bestand, und unvorsichtigerweise fügte ich hinzu, daß sie sich somit auch wie zu Hause fühlen müßten.

»Wozu brauchen wir dann Poldevien, wenn es genauso ist wie bei uns?«

Ich war betroffen über eine solche Ungerechtigkeit.

»Jaul nicht auf«, sagte Carlotta, »er wird gleich wieder aufjaulen, wie immer, wenn wir weggehen und er gekommen ist, um sich von Ophelia trösten zu lassen; ach ja, Ophelia, wann kommt sie zurück?«

Die elementarste Vorsicht war zwingend geboten. Ophelia klingelte an der Tür.

Sie lief sofort zu Carlotta, sprang ihr in die Arme, und sie rieben sich das Schnäuzchen, und sie bissen sich gegenseitig, wie sie es immer taten, wenn sie wieder zusammenkamen; dann ging Ophelia zu Laurie, die auf ihrer Falle lag, um ihr guten Tag zu sagen. »Arme Ophelia!« sagte Laurie, »arme, arme Ophelia!« (Man sagt voller Überzeugung, Mitleid und Gespreiztheit »arme, arme Ophelia!«, wobei die Betonung nach einer fallenden Melodie à la Monteverdi ganz stark auf der ersten Silbe liegt, mit einem Ausrufezeichen am Ende (mit einem ganz leichten Stich Ironie); sprechen Sie mir nach: »Arme, arme Ophelia!«) Ophelia fühlte sich in der Tat zum Beklagen und mitleiderregend. Sie streckte ihr Schnäuzchen Laurie entgegen und miaute leise und klagend. Dann verlangte sie was zu vespern.

Ophelia, die ihre Eltern im einundzwanzigsten Kapitel wiedergefunden hatte (nun sagen Sie bloß nicht, daß Sie es schon vergessen haben!), hatte Tioutcha, ihre rothaarige Mutter, in das bescheidene Vororthäuschen begleitet, in dem diese wohnte, und bewegt hatte sie die Orte ihrer Kindheit wiedergefunden: Nachdem sie die schmale, wacklige Tür aufgestoßen hatte, war sie in dem kleinen Garten umherspaziert; die Wasserfontäne ließ immer noch ihr silbernes Murmeln hören, und der alte, zittrige Gärtner stieß seine immerwährende Klage aus (Spielen Sie nicht mit meinen Rosen, Mamselle Ophelia!), sogar die Veleda stand noch da, die germanische Prophetin aus dem ersten Jahrhundert, die den Aufstand der Bataver gegen das römische Joch anführte und von der Statuen gemacht werden; ihr Gips bröckelte am Ende der Allee unter dem faden Geruch der Reseda ab (da wo es Rosen gibt, gibt's auch Reseden, heißt es im Lied). Sie hatte den Granatapfelbaum wiedergesehen, wo sie ihre erste Waldmaus gejagt hatte; das Stück unverputzte Mauer, von der ihre erste Eidechse unter Zurücklassung ihres ersten Schwanzes geflohen war. Doch die Pflicht hatte sie nach Queneau'stown gerufen. »Auf Wiedersehen, Mama, miau.« – »Miau, meine Tochter, ruf wenigstens mal an!«

Ich nutzte die Rückkehr Ophelias, die gerade ihre Krallen an meiner Hose geschärft und sich auf meinen Knien in einer Stellung niedergelassen hatte, die es ihr erlaubte, lange verliebte Blicke auf Carlotta und Laurie zu werfen, aus, um mich mit architektonischen Problemen zu befassen. Wenn es stimmt, wie die Theoretiker der Literatur es überreichlich nachgewiesen haben, daß der Mann das Werk ist und umgekehrt, dann darf man nicht vergessen, daß der Übergang vom einen zum andern *mediatisiert* werden muß; ich will damit nicht sagen, im Fernsehen gezeigt (das kann für den Verkauf hilfreich sein, aber nicht unbedingt für die Komposition des Romans); ich will sagen, daß etwas, das außerhalb der beiden durch die Identitätsrelation M = W (oder, wenn es zwei Werke gibt, M = zwei W) miteinander verbundenen Begriffe liegt, dazukommen muß, um zugleich die wesentliche Gleichheit und die metaphorische Entfernung, wenn ich mich einmal so ausdrücken darf, herzustellen.

Dazu ist unbedingt eine Rothaarige notwendig; und besser noch zwei. Genau das hatte ich sehr früh begriffen, und das gibt mir auch diese unleugbare Überlegenheit über meine Romancierkollegen (im ›L'Indépendant des côtes sud du Minervois Nord‹ (in etwa zu übersetzen mit ›Unabhängige Zeitung der Südhänge des Nördlichen Minervois‹) schon sehr früh einem Kritiker aufgefallen, der intuitiver war als die andern, und mehrmals nachgedruckt, vor allem im ›Memphis Scimitar‹ – der Friedhof von Memphis –, Kentucky).

Gewiß *(ich frage mich, was dieses »gewiß« hier zu schaffen hat – Anmerkung des Autors; aber da es nun einmal da steht, lasse ich es stehen)*, es geht nicht so sehr darum, daß eine Rothaarige telefonisch oder mündlich Urteile fällen, einem Ratschläge technischer und stilistischer Art, Informationen übermitteln kann, die das Salz und die Würze einer jeden Erzählung ausmachen, und die Sie nur noch wortwörtlich in dem Kapitel wiederzugeben brauchen, das Sie gerade, geleitet vom göttlichen Feuer der Inspiration, auf Ihrem Bildschirm auftauchen lassen. Es ist hauptsächlich und vor allem so, daß die Rothaarigen Seismographen der menschlichen Dinge sind. Sie registrieren genauso schnell wie die Katzen (und deshalb besteht eine gewisse Identität der Ansichten zwischen den Katzen und den Rothaarigen) die Erregungsströme, die Vibrationen der Persönlichkeiten, die wahren Motive für die Handlungen der Menschen (oder der Pinguine), die von dem, was sie sagen, verschleiert werden; mit einem Wort, alles das, was für den Romancier unerläßlich ist, um aus der unverständlichen und verschlungenen Verkettung der nervenaufreibenden Ereignisse die Grundzüge eines Sinnes hervortreten zu lassen. Ich habe viel über diese Fragen nachgedacht, und deshalb ist das, was ich gerade geschrieben habe, durchdrungen von einer solchen Tiefe.

Ich lege also Wert darauf, hier öffentlich anzuerkennen, was mein Roman Laurie und Carlotta zu verdanken hat; zumindest (ihren Grimassen nach zu urteilen) alles das, was ich mit meinen eigenen Fähigkeiten von dem *verstanden* habe, was sie mir über das Geschehen interpretierend berichtet haben.

Ich machte ihnen an diesem Tag Mitteilung von meinen

Schwierigkeiten mit dem neunundzwanzigsten Kapitel, bei deren Lösung sie mir helfen wollten.

(Eine Nebenfrage: Ich hatte bei dieser Gelegenheit festgestellt, daß Hortense, um sich in ihrem moralischen Problem besser zurechtzufinden, noch bevor sie mit Laurie und Carlotta darüber sprach, nicht nur bei Spinoza, sondern auch bei einer ganzen Zahl von Romanen aus der in Poldevien sehr populären Reihe Charles and Queen nach Inspiration gesucht hatte (in dieser Reihe ist gerade der berühmte ›Der Lover‹ von Pâquerette d'Azur in einer Übersetzung erschienen). Wäre sie nicht besser beraten gewesen, wenn sie zum Beispiels das Werk M.P.s gelesen hätte, von dem so viel Gutes gesagt wird? »Keineswegs«, sagte Laurie zu mir, »die Romane aus der Reihe Charles and Queen sind völlig nichtssagend und dumm; aber man *weiß* genau, daß sie nichtssagend und dumm sind; man kann also unbestreitbare Folgerungen aus ihnen ziehen; bei jedem anderen Roman hingegen weiß man nicht, bevor man ihn gelesen hat (wenn man entschlossen ist, wie man es sein soll, und wie es früher von dem ersten poldevischen Philosophen, Parmenidzoi, empfohlen wurde, dem Weg der Wahrheit und nicht dem Weg der so fehlbaren Meinung zu folgen), ob er nichtssagend ist oder nicht, dumm oder nicht; man weiß es in der Regel nicht, bevor man das Buch ausgelesen hat (und selbst dann noch …). Es ist zu spät, um daraus irgendeine Lehre zu ziehen.« Deshalb las Hortense, wie Carlotta, Bücher der Reihe Charles and Queen, und sie hatte recht.)

Sechster Teil

Klassischer melancholischer Abschied von den Schönheiten eines zu Ende gehenden Romans

Einunddreissigstes Kapitel
O wie unglücklich wird der Othello sein, dessen Jago Desdemona ist!

Nachdem Prinz Augre und die Falsche Hortense, die wir von nun an zur Vereinfachung und für den Rest dieser Erzählung FHortense nennen werden, sich gegenseitig zum guten Verlauf ihrer Intrigen auf die Art und Weise beglückwünscht hatten, die Sie sich vorstellen können (ich überlasse Ihnen die Verantwortung für Ihre Vorstellungen), vereinten sie ihre Kräfte, um die Fortsetzung in Augenschein zu nehmen. Die Verhandlungen mit dem Regierenden Prinzen hatten noch nicht zum Erfolg geführt; der Regierende Prinz glaubte wahrscheinlich, sich allein mit Hilfe seines »Pseudo-Hamlets« (ein Komplott aus einer anderen Zeit) aus der Affäre ziehen zu können; er unterschätzte ganz offensichtlich Gormanskoi und vor allem Alexander Wladimirowitsch. Augre hatte durch seine Spione von der Ankunft Lauries und Carlottas erfahren; er hatte, wie alle Dämonen-Prinzen, einen wahren Haß auf alle Rothaarigen und fürchtete sie; zum ersten Mal zweifelte er. Aber er würde wegen einer solchen Lappalie nicht aufgeben. Das war nicht seine Art. Die bereits auf den Weg gebrachte Operation Nr. 2 mußte fortgesetzt werden.

Sie beruhte auf einem Modell, das einem anderen Stück aus dem großen poldevischen Theaterrepertoire entnommen war (das ebenfalls von Schackespeare kopiert worden ist: ›Othello‹). *Zweifel* mußte in Gormanskois Seele gestreut werden, es mußte dafür gesorgt werden, daß er von *Eifersucht* verzehrt wurde, er mußte dazu gebracht werden, daß er sich mit Othello identifizierte, daß er Hortense in der Rolle der Desdemona sah (sie heißt Testimony in der authentischen Fassung; Desdemona ist wahrscheinlich ein Übersetzungsfehler); und dann würde alles wie am

Schnürchen klappen: Gormanskoi-Othello würde Hortense-Desdemona unter Kopfkissen ersticken, die im »Corte Poldevez, el gran magazin« am Queneleieff-Platz gekauft worden waren. Oder, noch wahrscheinlicher, da die Todesstrafe und Blutverbrechen in Poldevien seit den Zeiten des Prinzen Arnaut Danieldzoi praktisch unbekannt sind, würde er sich der Kopfkissen bedienen, um Hortense drauf zu werfen, ihr das Kleid hochzuheben, das Höschen herunterzuziehen und ihr eine ordentliche Tracht Prügel auf den Po zu versetzen, bevor er sie aus Poldevien fortjagen würde. Auf jeden Fall wäre er nun ohne Verlobte und hätte keinen Anspruch mehr darauf, Regierender Prinz zu werden, und Alicius würde an der Macht bleiben (wäre allerdings gezwungen, sich mit Augre zu verbinden, weil der eine Video-Aufnahme von der ganzen Sache hätte, die ihm als Druckmittel dienen würde, falls er bei diesem alten Schurken auch nur den geringsten Versuch erkennen müßte, ihm einen Streich zu spielen).

Die besondere Ruchlosigkeit dieses machiavellistischen Plans beruht auf einer Eigentümlichkeit der ältesten bekannten Fassung des ›Othello‹, des ›Ur-Othello‹ gewissermaßen, der sechsten Novelle des sechsten Teils des *Hexahexamithi* von Giraldi Cinthio, veröffentlicht 1566 in Venedig und von Schackespeare, man weiß nicht warum, aufgegeben, jedoch auf meisterliche Weise von dem poldevischen Othello, von dem sich Augre anregen ließ, dargestellt. Man kann sie in einem Satz zusammenfassen: *»O wie unglücklich wäre der Othello, dessen Jago Desdemona wäre.«*

Nicht wahr?

»Paß auf, wir werden folgendes tun«, sagte er FHortense ins Ohr (diese Abkürzung bezeichnet, wir erinnern noch einmal daran, seit Beginn dieses Kapitels und für den Rest der Erzählung, die Komplizin Augres, die durch Irrtum und Betrug zur Geliebten Gormanskois gewordene, die Falsche Hortense).

Das Wissen der Katzen um die Zukunft erscheint im Verlaufe dieser Episode in seinem ganzen Glanz. In der Tat, welches Pseudonym wählte Alexander Wladimirowitsch, als er sich, incognito in die Stadt gekommen, um (bereits damals) die Fallen eben dieses Prinzen Augre (der damals seinen anderen Namen K'manoroigs trug) zu vereiteln, und, da er eine »Deck«–Identität brauchte und in Erfahrung brachte, daß bei Laurie und Carlotta wegen des Kidnappings ihrer Katze Liiliii (die smarteste Katze ihrer Generation; zu diesem Kidnapping hat es noch keine Erklärung und keine Bekennerschaft gegeben) ein Katzenplatz frei war, bei ihnen vorgestellt hat und auf der Stelle eingestellt worden ist? Hotello! *(Hotello ist das zu Beginn des vorangegangenen Satzes angekündigte Pseudonym Alexander Wladimirowitschs – Anmerkung für die Herren Kritiker.)* Wenn man nun bei diesem Namen das Anfangs-»H« um zwei Stellen nach rechts verschiebt, was findet man dann? Othello! Die Pläne des Prinzen Augre für die Zukunft beruhten also (es handelte sich um eine *damals* nicht realisierte und daher veränderbare vollendete Zukunft) nicht auf der Geschichte des farbigen Menschen von Venezia, sondern auf einer anderen Geschichte, nämlich der Carmen De Bizets. Und Hotello hatte sich zu allererst unter dem Namen Carmen vorgestellt; doch der Tierarzt, zu dem ihn Carlotta wegen einer Schnurrhaarschnupfengeschichte gebracht hatte, hatte diese Version zunichte gemacht, als er ausrief: »Oh, was für ein schöner Kater« und Alexander Wl. behaupten mußte, man habe ihn falsch verstanden, »Carmen De Bizet« sei der Name seiner Mutter, er selber heiße in Wirklichkeit Hotello; und störte auf diese Weise, mit einem Abstand von mehr als zwei Jahren (wie die Zeit vergeht! Carlotta wird bald achtzehn! Alles vergeht, alles verweht, alles verdreht, zuviel, zu schnell, wie Augustinus schon sagte; sehr bald wird eines schönen Morgens vielleicht an ihrer Tür, wie einst an der meiner Nichte Marianne, folgendes erscheinen: »Nicht stören: ich bin volljährig«), und störte mit einem Abstand von mehr als zwei Jahren die bereits sehr weit gediehenen Pläne (zwei Jahre Zukunft, das zählt!) des Prinzen Augre und verbesserte auf diese Weise übrigens beachtlich die Qualität des Komplotts, dessen Szenario in der ursprünglichen Zukunft ziemlich schwach war. Wer wird das Buch schreiben, das sich aufdrängt: ›Die Rolle großer Katzen in der Geschichte‹?

Denn im poldevischen ›Othello‹ ist es Desdemona, die es mit schamloser, durchtriebener und kindischer Perversität, im Grunde der ziemlich frauenfeindlichen Vorstellung würdig, die der geniale Autor von diesem Stück hatte, vorzieht, nachdem sie das Taschentuch verloren hatte (ihr eigenes und nicht das des Autors dieses Stücks) und dies ihrem Mann nicht eingestehen wollte, zur Strafe für seine Vorwürfe, in seine zunächst für die Säure des Zweifels (wie Gormanskoi kennt er dieses Wort nicht, so wenig wie das Wort »Eifersucht«, und kann infolgedessen weder vom geringsten Argwohn berührt noch eifersüchtig werden) unangreifbare Seele Tropfen um Tropfen die furchtbare Hypothese von ihrer Untreue zu träufeln. Sie hat gerade, man zeigt es uns im Stück, das gehört ausdrücklich zu den szenischen Angaben, ›Madame Bovary‹ gelesen. Und sie weigert sich bis zum Schluß, nicht etwa ihre Untreue, sondern den Verlust ihres Taschentuchs auf dem Marktplatz einzugestehen, selbst dann noch, als Othello, nachdem er ihr auf den Kissen den Hintern versohlt hat (diese Szene ist einer der Höhepunkte der Aufführung, eine der Lieblingsszenen der großen poldevischen Regisseure), ihr in dem Augenblick, als er sie von sich weist, noch einmal eine Chance gibt. Sie sagt darauf diesen zu Recht berühmten Satz, den wir auf englisch zitieren wollen: »*What you know, you know*«; und übersetzt: »Was du weißt, weißt du.« Manche haben darin den Beweis für eine skeptische philosophische Haltung beim Autor von ›Othello‹ sehen wollen; aber andere, mit der Zweideutigkeit des poldevischen Wortes spielend und zum Ausdruck der Originalfassung zurückkehrend, »was du glovst, glovst du«, sind damit nicht einverstanden und neigen eher zu einer Art ziemlich Lockeschem Empirismus (wir wollen weder den einen noch den anderen auf diesem schlüpfrigen Gelände folgen, auf dem wir große Gefahr laufen, uns das Schienbein zu brechen).

Und Alexander Wladimirowitsch reaktivierte sein altes Pseudonym und war damit sofort an Ort und Stelle, bereit, die Machenschaften der Elenden zu durchkreuzen.

»Das, das ist starker Tobak«, sagte FHortense, als sie die Einzelheiten des Plans gehört hatte. »Das haut bestimmt hin, da bin ich ganz sicher; kann ich noch einmal mit Gormanskoi schlafen und ihm dabei Eifersucht einflößen? So wird es ihn danach noch mehr quälen.«

In diesem Augenblick fing Augre an, *Verdacht* zu schöpfen, und bald war er *eifersüchtig*.

»Aber selbstverständlich, mein Hühnchen«, sagte er mit unbewegtem Gesicht, »immer nur zu! Er ist nicht dein Vater!« Aber er begann wütend nach Möglichkeiten zu suchen, um herauszufinden, ob sie ihn betrog.

Zweiunddreissigstes Kapitel
Der Argwohn

Der Argwohn breitet sich überall aus. In der Geographie des Romans ist es das Zeitalter des Argwohns. Augre beargwöhnt FHortense. Doch er ist nicht der einzige, der argwöhnt.

Wegen Hortense kam ihm der *Argwohn* wie folgt: Die Vereifersüchtigungs- und Othellisierungskampagne gegen Gormanskoi setzte Begegnungen zwischen diesem und FHortense voraus. Doch man war nicht mehr in Le Havre; Gormanskoi sah Hortense als Hortense, obgleich er immer noch bei seiner Mutter wohnte. Augre mußte sich darum bemühen, Zusammenkünfte zu bewerkstelligen. Er schickte Hortense also ein Briefchen, angeblich von Gormanskoi, in dem er sie mit einer Besorgung in einem anderen Teil von Queneau'stown beauftragte. *(Nein, das geht nicht; was wird Gormanskoi hinterher sagen, wenn Hortense ihm das Ergebnis ihrer Besorgung präsentieren wird? Das Dumme ist, daß ich das Papier verloren habe, auf dem ich mir das Exposé dieses Kapitels notiert hatte, nun weiß ich nicht mehr, was ich vorgesehen hatte; gut, ich werde improvisieren.)*

Er schickte Hortense also ein anonymes Briefchen, in dem es hieß. »Sehen Sie dort einmal nach, ob ich da bin. Ein Freund, der Ihr Bestes will.« (»Dort« war eine Adresse in der Bannmeile, für die Hortense hin und zurück zwei Stunden brauchen würde *(ja, aber wieso kann sich Gormanskoi dann dort befinden, wenn Hortense nicht da ist? Es ist wirklich dumm, wenn man Romancier ist und seine Notizen einfach so verlegt, ich glaube nicht, daß ich das Papier verloren habe, ich habe es nur verlegt, sicherlich liegt es irgendwo in dem Stapel Briefe, auf die ich nicht geantwortet habe, seitdem ich mit der Niederschrift dieses Buches begonnen habe; also schön, dann werde ich eben improvisieren*)). Hortense, stutzig geworden, nahm ihre Tasche und brach auf. Kurze Zeit danach kam Gormanskoi aus irgendeinem Grund bei Hortense an. Und unmittelbar nach Gormanskoi die FHortense.

Da aber Hortense nun etwas vergessen hatte *(was? Was konnte sie wohl vergessen haben? Als ich sie nach dem Ende des Buches danach gefragt habe, hat sie mir gesagt, daß sie sich nicht mehr daran erinnere; das macht nichts, ich lasse es trotzdem wie es ist)*, kam sie zurück. Beinahe hätte sie FHortense Auge in Auge gegenübergestanden. Sie sah sie und war versucht, die Konfrontation zu provozieren, tat es aber doch nicht und versteckte sich hinter einem Haselnußstrauch, der da vorbeikam (ich will nicht sagen, daß der Haselnußstrauch da herumlief, Haselnußsträucher sind brav (die Haselnuß ist die Frucht der Bravheit, jeder Kelte wird Ihnen das sagen), bewegen sich nicht so; wo sie sind, bleiben sie; Sie bringen mich noch so weit, daß ich dummes Zeug schreibe; was ich sagen will *(verdammt, so was Blödes, seine Notzien zu verlegen)* und was in jeder Hinsicht vernünftig ist, das ist, daß im Hinblick auf Hortense, *im Verhältnis zu Hortense*, die im Augenblick unser Verzugspunkt ist *(was ist denn das? Sollte das ein Bezugspunkt sein, eine »Bezugsveränderung«? Ist es das wirklich? Nein, es ist ganz einfach ein stupides Wortspiel: »Bezugsveränderung« darf nicht verwechselt werden mit »Verzugsbeschwängerung«, die dazu führt, daß in Entbindungskliniken die Väter oft so lange warten müssen! Papierkorb!)*, der Haselnußstrauch in Bewegung zu sein scheint). Aus welchem Grund? Auch sie wurde nun ihrerseits vom *Argwohn* befallen.

Die Entdeckung, die sie in Gesellschaft Acrab'ms gemacht hatte, nämlich daß Gormanskoi in Le Havre Zeit mit einer Pseudo-Hortense verbracht hatte, implizierte, daß es auf der Welt (aus welcher kommend?) eine notwendigerweise äußerlich von ihr ununterscheidbare Quasi-Hortense gab (diese Überlegung Hortenses war nicht korrekt, da die FHortense, wie wir wissen, im Vergleich zum hortensischen Modell sechs *körperliche* Mängel (drei sind unnennbar) hatte; doch ihre Überlegungen verliefen in Analogie zu sich selbst), die der Prinz also, ohne die Unterstützung durch ein äußeres Zeichen, nicht als »Pseudo« erkennen konnte.

Daß er mit ihr geschlafen hatte, war sicher, da er ganz unbefangen mit ihr darüber sprach und gewisse Dinge von ihr verlangte, die sie ihm freiwillig gewährte, die sie aber bisher nie getan hatte und die infolgedessen nur aus dieser Quelle kommen konnten. Sie war darauf eifersüchtig gewesen, doch seit ihrem Gespräch mit Laurie und Carlotta im neunundzwanzigsten Kapitel hatte sich ihre Eifersucht gelegt.

Und jetzt kam die andere zurück. Und als sie sie so sah, spürte Hortense, daß die andere, ohne daß daran der geringste Zweifel möglich war, nicht sie sein konnte. Gormanskoi konnte nicht in die Kneipe der Liebe gehen und mal »ein andres«, mal »dasselbe« bestellen und identische Hortenses bekommen. Ohne sich über die Moral dieser Schnepfe auszulassen, gab es eine Gewißheit: es war nicht Hortense! Wie also hatte Gormanskoi denken können, dachte sie weiter, daß es nur eine gäbe? Sie wurde von einem Argwohn befallen. Dem Argwohn, daß Gormanskoi ganz genau wußte, daß diese Hortense nicht echt war, daß es eine Falsche Hortense war. Er betrog sie mit ihrem Double! Sicherlich lachte er innerlich darüber! Sicherlich genoß er dabei eine gemeine Lust! Deshalb war er auch so ruhig, als Acrab'm und sie, in der Unschuld ihrer Herzen, das heißt, in der wiedergefundenen Unschuld ihrer Herzen, ihm das gestanden, wovon sie meinten, es sei ihr Fehltritt (und für Acrab'm war es sicherlich einer). Sie erreichte sehr schnell ihren Siedepunkt. Sie brannte buchstäblich vor Wut; ein Brennen von mindestens 2200 neuen Kerzen, was nicht wenig ist, wenn man sich in Erinnerung ruft, daß ein Quadratzentimeter schwarzer Körper oder Planckscher Strahler, auf die Temperatur des Platins beim

Schmelzen gebracht, in einer senkrecht zu seiner Oberfläche liegenden Richtung nur 60 »Candela« oder »neue Kerzen« ausstrahlt. Beinahe wäre sie hingeeilt, hätte ihnen für eine Konfrontation in flagranti die Stirn geboten. Aber sie faßte sich wieder; sie mußte Gewißheit haben! Ihrer Sache sicher sein, und wenn sie dann ihrer Sache sicher wäre, sich auf ihre Rache vorbereiten. Sie setzte sich auf eine Bank im Park, zwischen eine Linde und einen Judasbaum.

Dort setzte sich dann Alexander Wladimirowitsch neben sie und beruhigte sie voll und ganz.

Und das bestätigten:

Ophelia;

und danach Carlotta;

und danach Laurie.

(Aus dem Tagebuch Hortenses) Ich bin allein geblieben, und ich habe mich auf eine Bank des großen Parks vor die Kathedrale Sainte-Gudule gesetzt. Ich war beruhigt über den Prinzen; das heißt über seine Liebe; er liebte mich ohne Zweifel. Daß er eine andere sah, die Falsche Hortense, ohne es absichtlich zu tun, lasse ich gelten; er konnte uns nicht voneinander unterscheiden, das geht noch an. Doch ich mußte mich wirklich fragen (ob der Autor es will oder nicht), ob er eigentlich so verschieden war von den beiden anderen? Er war von vollkommener prinzlicher Körperoberfläche, von einer köstlichen Färbung, doch was tat er auf der Welt außer zu prinzessieren? Und ich, was werde ich dann tun? Erste Regierende Prinzessin werden? Die blökenden Blicke Acrab'ms ertragen (und wenn ich hier »blökende Blicke« schreibe, dann schreibe ich eben »blökende Blicke«, ich mache, was ich will), und meine Zeit damit zubringen, unter der Aufsicht Alexander Wladimirowitschs vor dem Prinzen Augre zu fliehen? Diese Aussicht scheint mir von einem eher mittelmäßigen Interesse zu sein.

(Am nächsten Tag geschriebene Anmerkung.)

Ich habe gerade diese Seiten meines Tagebuchs wiedergelesen, in das ich, fern der Blicke des Autors und der Poldeven, meine wirklichen Gedanken schriftlich niederlege. Es ist entsetzlich. Sie sind so was von unbedeutend! Und mittelmäßig! Das also bin ich? Es ist an der Zeit, daß ich Poldevien verlasse, daß ich wieder zu mir selber finde.

(Später.)

Mir kommt ein noch viel schrecklicherer Gedanke; und wenn der Autor trotz allem dieses Tagebuch entdeckt haben sollte ...

Dreiunddreissigstes Kapitel
Sagen Sie: »33!«

Hortense war am Morgen des folgenden Tages gerade im Begriff, in der Küche zusammen mit Ophelia, Laurie, Carlotta und dem Autor, der aus seinem Hotel gekommen war (dem »Hotel der Botschafter Seelands«, zwei Schritte vom Prinzenpalast entfernt) mit in der Bäckerei Groichanskoi gekauften Brioches und Croissants ihren Tee einzunehmen, als ein Majordomus des Prinzen sie davon in Kenntnis setzte, daß ein Herr sie zu sprechen wünsche. Er stellte sich als Theaterprinzipal des Regierenden Prinzen vor, vom Regierenden Prinzen geschickt, um ihr beim Erlernen der Rolle zu helfen, die sie bei der Zeremonie der Nicht-Übergabe der Macht zu spielen hätte.

»Der Verlobte von Mademoiselle«, erklärte er, »ist Mutmaßlicher Erster Prinz von Poldevien; er soll übermorgen die Nachfolge des Regierenden Prinzen übernehmen, der nach der von General Bourbaki eingeführten Tradition mit dem Erreichen der auf dreiundfünfzig Jahre festgesetzten Altersgrenze von seinem Thron herabsteigen soll. Der Regierende Prinz steigt herab, während der Mutmaßliche Prinz ihn besteigt. Es ist das, was man die Übergabe der Dienstbefugnisse oder der Macht nennt. Nun hat aber der Regierende Prinz beschlossen, die Macht nicht abzugeben. Die Zeremonie wird also in eine Zeremonie der Nicht-Übergabe der Macht umgeändert. Der Regierende Prinz wird von seinem Thron nicht-herabsteigen, und Prinz Gormanskoi wird ihn nicht-besteigen. Während der Zeremonie wird ein Auszug aus einem Theaterstück aufgeführt. Deshalb bin ich hier«, schloß der Theaterprinzipal (in dem wir trotz seiner Verkleidung als kongolesische Piroge den Prinz-Dämon Augre erkennen!).

»Und was muß ich sagen?« sagte Hortense.

»Nur wenig; ein paar Worte ohne großen Sinn; auf englisch. Fangen wir an?«

»Fangen wir an«, erwiderte Hortense, die gutmütige Haut.

(»Dieses Mädchen ist eine richtige Tagliatelle«, sagte Carlotta beiseite gesprochen, »kann sie ihn nicht zum Teufel schicken? Wir haben nun wirklich anderes zu tun. Wir gehen ins Schwimmbad«, fügte sie für den Autor hinzu. »Wir haben eine Verabredung mit einer sehr sympathischen kleinen Poldevin, Ariane.« (*Frage an den Leser: Sie sind Ariane, der errötenden kleinen Poldevin schon einmal begegnet; wo, in welchem Kapitel?*))

AUGRE, alias DER THEATERPRINZIPAL: *Will you come to bed, my Lord?* Sprechen Sie mir nach.

HORTENSE: *Will you come to bed, my Lord?*

THEATERPRINZIPAL: *Alas, my Lord, what may you mean by that?*

HORTENSE: *Alas, my Lord, what may you mean by that?*

THEATERPRINZIPAL: *Then heaven*, neue Zeile,
Have mercy on me!

usw., usw., bis

THEATERPRINZIPAL: *Kill me tomorrow, let me live tonight.*

HORTENSE: *(das Atmen fällt ihr schwer): O Lord, Lord, Lord!*

CARLOTTA, *zum Autor:* Was erzählen die denn da?

DER AUTOR: Sie soll zunächst einmal ihren Herrn fragen, ob er ins Bett kommt; dann, wahrscheinlich nach der Antwort des besagten Herrn, fragt sie ihn wieder, was er damit hat sagen wollen; das geht eine ganze Weile so weiter, und schließlich sagt sie: »Dann möge der Himmel, neue Zeile (was darauf schließen läßt, daß es sich um Verse handelt), Mitleid mit mir haben«; dann »tötet mich morgen, aber laßt mich diese Nacht noch leben«; und schließlich »O Herr, Herr Herr!«

oder vielleicht muß man es diesmal verstehen als: »O Gott, Gott, Gott.«

CARLOTTA: Das ist ja unheimlich, dieses Ding!

LAURIE: Noch unheimlicher, als du glaubst!

Denn was der falsche Theaterprinzipial Hortense sprechen lassen wollte, waren ganz schlicht und einfach die letzten im Verlaufe der verhängnisvollen Nacht des fünften Akts von Desdemona gesprochenen Sätze, und zwar in der Schackespeareschen Fassung des Dramas, die noch unheimlicher ist als die poldevische (in der Desdemona, erinnern wir wieder daran, von Othello nur den Hintern versohlt bekommt)! Carlotta war empört, sie meinte, daß man ihm in die Fresse schlagen müsse; man entschied sich eher für die Verstellung; denn Alexander Wladimirowitsch, der in diesem Augenblick auftauchte *(Der Autor hat hier eine Anmerkung für die Kritiker angefügt, in der er darauf hinweist, daß der von ihm benutzte Ausdruck »sur ces entrefaites« nichts anderes bedeute als: in diesem Augenblick, weshalb der Übersetzer, um sich diese langen Erklärungen zu ersparen, diesen Ausdruck gleich mit »in diesem Augenblick« übersetzt hat),* riet hierzu. Er wies darauf hin, daß er nicht umsonst das Pseudonym Hotello angenommen habe und daß er an Gormanskois Stelle die Rolle spielen würde; es gab nichts zu befürchten.

Doch Hortense ließ sich nicht so leicht beruhigen. Sie hatte am Ende der Proben deutlich ein Erstickungsgefühl verspürt und befürchtete die Wirkung irgendeiner schwarzen Magie, mit der Alexander Wladimirowitsch womöglich nicht zu Rande käme. Laurie gab zu bedenken, was zuviel sei, sei zuviel, man solle zum Flughafen gehen, das Flugzeug nehmen und nach Hause zurückkehren.

»Wir haben die Nase voll von Poldevien. Ziehen wir Leine, Kleine?« sagte sie.

»Aber gern, mein Stern!« machte Ophelia und stimmte mit den Schnurrhaaren zu.

»Bis später, du Verräter«, sagte Carlotta.

»Ruhig Blut, du Tunichtgut«, schloß Laurie.

Hortense räumte ein, daß sie recht hatten, aber sie wollte nicht ohne ihre große Liebe weggehen (weggehen wollte sie durchaus). Sie war in einer Sackgasse.

Und nun fing Hortense zu husten an. Man fühlte ihre Stirn, sie war fiebrig. Sie hatte die poldevische Grippe.

Man mußte einen Doktor rufen.

Der Doktor kam.

Hortense mußte sich auf ihr Bett legen; er sagte zu ihr:

»32 plus 1?«

»33.«

»31 + 2?«

»33.«

»30 + 3?«

»33.«

»28 + 5?«

»33.«

»27 + 6?«

»33.«

»24 + 9?«

»33.«

»22 + 11?«

»33.«

»18 + 15?«

»Äh!«

»18 + 15?«

»33.«

»Gut; entspannen Sie sich; denken Sie an nichts; lassen Sie sich gehen.«

Der Doktor horchte sie lange ab, hob ihren Pullover hoch und betastete lange ihre Brüste; er preßte lange sein linkes Ohr auf die linke Brust, lange das rechte Ohr auf die rechte Brust, dann umgekehrt; sie mußte sich auf sein Geheiß auf den Bauch legen, er streifte ihr den Rock hoch, zog das Höschen herunter, palpierte lange ihre Pobacken, drehte sie auf den Rücken, spreizte ihre Schenkel und schaute dort lange nach. »Das ist aber eine gewissenhafte Untersuchung«, dachte Hortense. »Das ist genau so, wie es mein Vetter Emile tat, als wir zehn Jahre alt waren und Doktor spielten.« Schließlich erhob er sich, schüttelte den Kopf und setzte sich an den Schreibtisch, nahm einen Rezeptblock und ein Formular der Krankenkasse aus seiner Aktentasche, stellte ein Rezept aus, das er Alexander Wladimirowitsch hinhielt, und dann ein anderes, das er Hortense gab.

Alexander Wladimirowitsch gab ihm einen poldevischen Chling; und er ging hinaus.

Hortense nahm zerstreut das Papier, las es, wurde rot und rief:

»Das ist ja wirklich starker Tobak!« Sie hielt das Papier Carlotta hin und sagte zu ihr: »Lies uns das vor.«

Und Charlotta las.

»Was soll das heißen?«

»Das soll heißen, daß dieser Doktor kein Doktor ist; es war Prinz Acrab'm, der sich als Doktor verkleidet hat, um mich überall betatschen zu können; dabei habe ich ihm klipp und klar gesagt, daß es aus ist, daß ich nichts mehr von all dem wissen wolle!«

»Dabei ist es ein Schöner junger Mann«, sagte Laurie, »ein ebenso Schöner junger Mann wie dein Gormanskoi.«

»Das stimmt«, sagte Hortense, »aber die Sache ist ohne ihn schon kompliziert genug! Und außerdem ist er wirklich zu behämmert; ein Sonett, das müßt ihr euch mal vorstellen; hört also zu:

Sonett (das ist ein Sonett)
für Hortense

Unser Herz ist ne Diskette
Initialisiert nur von der Liebe
Wenn doch die Taste »EWIG« bliebe
Ich tippte gern auf Olivette.

Ein ganz geheimer Auftrag ist's
Der sich gut zwanzig Jahre hält
Erinnerung an unsere Liebeszeit
Mitsamt dem Mäckintosch des Journalists.

Ein unvorhergesehner Bug
(wie »ug« aussprechen)
Tat an der Scheibe einen Schluck
Zerstörte damit das Programm,

Der triste Schrei »SYNTAX ERROR«
Er schallte bis zu uns empor
In die Software die entschwamm.

»Es ist ein mystisches Sonett«, sagte Hortense, »von der Religion her computeristisch.«

»Ein Sonett«, sagte Carlotta, »ein Sonett; das wirkt ja so mittelalterlich!«

»So was schrieb man, als wir noch nicht geboren waren«, sagte Laurie.

Ophelia, die einen ganzen Zyklus von Sonetten geschrieben hatte, die Carlotta gewidmet waren, sowie einen anderen (etwas kürzeren), der Laurie gewidmet war, wurde rot; doch das sah man nicht, wegen ihres Fells. Der Autor ... (aber wir sind nicht da, um über das Privatleben des Autors zu diskutieren).

»Mann!« sagte Hortense, »ich glaube, daß ich geheilt bin!«

Die Liebe, selbst wenn sie nicht geteilt wird, ist ein großer Arzt.

(Tagebuch Hortenses) Was zuviel ist, ist zuviel. Es ist mehr als ein kleines bißchen zuviel, es ist ganz entschieden zuviel. Mir schon wieder Acrab'm zwischen die Beine zu schmeißen (und ich bin höflich)! Ich glaube nicht, daß ich das noch lange ertragen werde. Es gibt keine siebenunddreißig Lösungen: Entweder hört man auf, mich lächerlich zu machen, oder ich verlasse den Roman.

Das wäre sicherlich hart für den Autor, aber ich werde standhaft bleiben. Es stimmt zwar, daß es die Autoren gar nicht mögen, wenn ihre Heldinnen größer werden; sie haben die allergrößte Mühe, das hinzunehmen; aber hier handelt es sich um *mein* Leben, es sind *meine* Abenteuer; daran wird er sich gewöhnen müssen. Und auf jeden Fall werde ich nicht mehr duschen, solange ich in Poldevien bin.

Vierunddreissigstes Kapitel
Die Begegnung am Faiwmurr-Paß

Einleitungsszene. Friedhof von Queneau'stown, an einem ziemlich frischen frühen Morgen; Gormanskoi und Acrab'm, eingehüllt in weite Umhänge, den Kopf mit einer Tschapka bedeckt, treten zu den beiden Totengräbern; es ist sehr kalt, und die Szene wird infolgedessen stark abgekürzt. Zweiter Totengräber hält Gormanskoi einen Totenschädel hin; es ist der des anglikanischen (Kirche, der der Prinz angehört) Pfarrers Yorickskoi.

Gormanskoi-Airt'n: Ach, armer Yorickskoi! Ich kannte ihn, Acrab'm, ein Prediger von endlosen Predigten, ein ausgezeichneter Kenner der Bibel.

Es treten auf, mit achtundzwanzig Zeilen Vorsprung gegenüber der ›Hamlet‹-Ausgabe des New Cambridge Shakespeare (es ist noch immer kalt), Alicius, Gertrude, Edelleute, Diener, die einen Sarg tragen. Eltare.

Gertrude:
Legt sie dahin auf die Erde
Und mögen aus ihrem zarten und unbefleckten Fleisch
Die Veilchen hervorsprießen.
Zärtliche Ophelia,
Adieu.

Acrab'm macht eine Gebärde des Entsetzens. Der Leser wird ohnmächtig. Prinz Airt'n bleibt unbewegt und stumm: er sagt weder »Wie, die schöne Hortense!« *noch* »Ich liebte Hortense; vierzigtausend Brüder/könnten nicht, mit der ganzen Masse ihrer Liebe/gleichkommen dem Integral der meinen, sei es von Riemann, von Stieltjes oder von Lebesgue ...« *(Hortense hat keine 40000*

Brüder). Er schweigt. Alexander Wladimirowitsch, den man hinter einem Grab erblickt, legt mit seiner Winchester auf Alicius an.

Der Sarg geht auf, und Ophelia erscheint, höchst lebendig; sie betrachtet die Szene mit erstaunten, unschuldigen und mißbilligenden Augen (ihr ist kalt); sie erkennt Gormanskoi, der sich auf einen Grabstein gesetzt hat, und springt auf seine Knie; sie schnurrt (um sich aufzuwärmen). Alicius und Gertrude sind vor Ergriffenheit ergriffen. Die Szene ist zu Ende.

»Soll man?« fragte ich mich.

»Bis zum siebenunddreißigsten und letzten Kapitel warten?«zögerte ich.

»Es ist schon überladen«, sagte ich mir.

»Also jetzt?«

»Jetzt.«

»Du hast recht«, beglückwünschte ich mich.

Das Komplott »Hamlet-Hatmel« des Regierenden Prinzen Alicius, bei dem Prinz Airt'n, nachdem er, auf Alexander Wladimirowitschs Rat hin, den Inhalt der Flasche mit sogenanntem »Bourbon 6 Roses« (der beste poldevische Bourbon), ein Geschenk des Regierenden Prinzen und Usurpators Alicius zu Weihnachten, ins WC gegossen hatte, so tat, als merke er nicht, was los ist, und *als sei er gezwungen, so zu handeln, wie er gehandelt hatte,* war ein diabolisches Komplott, fast würdig des Prinzen Dämon.

Die Szene auf dem Friedhof wäre beinahe die letzte gewesen (man hatte für das Duell, das für Hamlet-Airt'n verhängnisvoll ausgegangen wäre, sogar einen falschen Bruder Hortenses, Eltare, engagiert). Ein Teddybär mit einer hypnotischen Substanz war Hortense ins Haus geliefert worden, die ihn in ihr Bett gelegt hatte, um sich während der langen Winternächte ohne ihren Prinzen wieder aufzuwärmen; und am selben Morgen hatte die

Steuerung »Ophelia« in ihrem Ohr geklingelt, die sie dazu hätte bringen sollen, sich ins Wasser zu stürzen, um sich dann, für etwa hundert Jahre in Tiefschlaf versetzt (Alicius wollte nicht ihren Tod, er wollte sie nur aus Poldevien entfernen und sie von Gormanskoi trennen), auf Schloß Eerlosni in den Sarg legen zu lassen.

Und wenn der arme Prinz die Kiste dann aufgemacht hätte, hätte er eine schöne Dornröschen-Hortense entdeckt, und dann, entsprechend dem Text des Stückes, ausgerufen: »Wie, die schöne Hortense, usw.« Was aber Alicius nicht vorausgesehen hatte, ist die Tatsache, daß die hypnotische Steuerung nur an jemanden gerichtet sein konnte, der ausdrücklich auf den Namen »Ophelia!« hörte; und daß Ophelia geantwortet hatte! Das ist das eine! Was aber Alicius ebenfalls nicht vorausgesehen hatte, ist die Tatsache, daß die hypnotische Steuerung, sich in den Sarg zu legen und für hundert Jahre einzuschlafen, *auf Katzen überhaupt keine Wirkung hatte!* Gut gegeben!

Es war eine Niederlage. Gormanskoi erhob sich vom Grab Voltairskois, auf dem er gesessen hatte, nahm Ophelia in die Arme, grüßte und sagte zu Alicius: »Bis morgen bei der Zeremonie zur Machtübergabe« und trat ab, begleitet von Acrab'm, Alexander Wladimirowitsch und den beiden Totengräbern, seinen Leibwächtern (nun sagen Sie bloß nicht, Sie hätten nicht erraten, daß die beiden Totengräber die Leibwächter Gormanskois waren).

Der Regierende Prinz war gescheitert; er hatte jetzt nur noch eine Karte auszuspielen: die Allianz mit Augre, und zwar zu dessen drakonischen Bedingungen. Die Zusammenkunft zwischen den beiden Komplizen, der eine Diktator von Poldevien, der andere von Poldadamien, fand am Faiwmurr-Paß statt, in den Bergen, die Poldadamien von Poldevien trennen (wie das übrigens auch in allen anderen Punkten ihrer beiden Territorien der Fall ist). Alicius' Prinzenzug kletterte den eingleisigen Schienenweg hinauf, der Queneau'stown mit dem Faiwmurr-Paß verbindet, wobei er im Zickzackkurs über das Bett des Sturzbachs fuhr, wo einst die Gebrüder Pacher jene wunderbaren religiösen Szenen malten, Perlen der poldevischen Vor-Renaissance, die jetzt in den Museen der Hauptstadt hängen. Unterdessen legte Augres Prinzenzug gleichzeitig, doch in einer anderen mitmöglichen Welt, die gleiche Entfernung zurück (»die gleiche«, aber »andere«, da in Poldadamien) und hielt dann im Niemandsland neben dem Alicius'.

Die beiden Prinzen öffneten die Fenster ihrer jeweiligen Abteile und begannen mit den Verhandlungen. Verhandlungen ist etwas zuviel gesagt. In Wirklichkeit war es von vorn bis hinten ein Diktat Augres, und Alicius war einfach gezwungen, in allem nachzugeben. Zwar versuchte er einen Augenblick lang, Oberhand zu gewinnen, indem er seinen Schemel spiralförmig nach oben schraubte, um Augre mit Blicken zu messen; doch der antwortete damit, daß er den seinen ebenfalls hochschraubte, und von Erhöhung zu Erhöhung war es schließlich Alicius, der auf die Schnauze fiel; danach versuchte er erst gar nicht mehr, Widerstand zu leisten.

Die Folgen dieser Zusammenkunft (bei der auch Pläne zur Welteroberung entworfen wurden) werden sich im siebenunddreißigsten Kapitel bemerkbar machen.

Nach dem Vertragsabschluß, der mit dem Blut der beiden Vertragspartner auf einem Stück Pergament besiegelt wurde (Alicius wurde beim Anblick des Blutes ohnmächtig; man mußte ihn wiederbeleben, damit er seine Unterschrift daruntersetzen konnte), stärkte man sich und trank dazu frischen Apfelsaft; die Äpfel aus der Gegend des Faiwmurr-Passes sind die berühmtesten von Poldevien. Gertrude war beim Anblick von FHortense (die Falsche Hortense) einigermaßen überrascht; aber sie faßte sich wieder, und die beiden Damen sprachen über Mode.

Fünfunddreissigstes Kapitel
Die Eifersucht

Dies hier wird das kürzeste Kapitel sein.

Augres Plan ging davon aus, in der Seele Gormanskois, den man in einen Othello verwandeln wollte, allmählich Eifersucht aufkeimen zu lassen; und das Gift sollte ihm FHortense ins Ohr träufeln. Die Ereignisse würden weitgehendst dem poldevischen ›Othello‹ folgen, bei dem die Gleichung Jago = Desdemona FHortense dazu zwang, dem Prinzen selber die Elemente der Eifersucht zu liefern; sie nutzte die Gelegenheit, um mit ihm herumzutollen, sehr viel länger und mit viel mehr Glut, als sie Augre sagte; was Augre, immer eifersüchtiger, durch seine Spione in Erfahrung gebracht hatte. Doch hier hat uns nicht die Eifersucht Augres zu interessieren.

Das Szenario gleicht dem vom Regierenden Prinzen auf der Grundlage Hamlets ausgebrüteten wie ein Ei dem andern. Dem Bösen gebricht es in Wahrheit, im Gegensatz zu dem, was man gemeinhin glaubt, völlig an Phantasie. Das Böse, sagt Pater Risolnus in seinem großen Werk, ›Prolegomena rhythymymorum‹, ist entweder metrisch, der fortwährenden Wiederholung ausgeliefert, oder chaotisch, ungeordnet. Es kann nicht aus einem dieser beiden Pole der A-Rhythmizität heraus. Nur das Gute ist rhythmisch, und deshalb ist die Musik, die ja der Rhythmus selbst ist, die Inkarnation des Rhythmus, gut. Das Böse kann letztlich das Gute nicht verstehen, weil weder das feste Metrum noch die Unordnung die geringste Vorstellung vom Rhythmus zu geben vermögen; das Gute jedoch schließt das Böse mit ein, weil der Rhythmus das geordnete Metrum, ebenso wie das Chaos, mit einbezieht und über sie hinausgeht. Daraus folgt, daß der Böse, der das zum Mensch gewordene Böse ist, falls er kein Papagei ist, falls er nicht von der Papageienkrankheit befallen ist, von einer brownschen Bewegung geschüttelt wird. Man ist originell, einzigartig, rhythmisch oder verdammt. Die Wege der Hölle haben nichts Besonderes an sich, doch die des Paradieses sind nie zweimal dieselben.

Was die Pläne der Verschwörer durchkreuzte (die sowieso, wenn auch unter schwierigeren Bedingungen, von Alexander Wladimirowitsch, unter Mithilfe des Autors und der anderen guten Personen, besiegt worden wären), ist ganz einfach ihr eigener Mangel an Phantasie hinsichtlich böser Geschöpfe. Denn da sich der Argwohn bei Gormanskoi in Eifersucht verwandelt hatte (da er das Wort besaß, mußte er, gemäß den Theorien des poldevischen Linguisten Gorgiaskoi, auch die Sache schaffen), und da er weiterhin in FHortense Hortense sah, begann er sie heimlich zu beobachten, und da er gezwungen war (wie im vorhergehenden Fall) entsprechend dem Theaterstück zu agieren, machte er sich zu Jago, so daß sich FHortense-Desdemona, in die Defensive gezwungen, in einer schwierigen Lage befand. Daraus folgt, daß man, da die »Akte« sich überstürzten (weil die Zeremonie der Machtübergabe äußerst nahe war), sehr schnell zu der verhängnisvollen Szene kam; und FHortense, die gar nicht begriff, wie ihr geschah, lag plötzlich auf den Kissen und bekam derart den Hintern versohlt wie selten eine Schauspielerin, die die Rolle der Desdemona im poldevischen ›Othello‹ spielte, den Hintern versohlt bekam (die Hintern der Schauspielerinnen, die in einem poldevischen ›Othello‹ die Rolle der Desdemona spielen, sind versichert). Worauf sie vor die Tür gesetzt, zu ihrer Mutter zurückgeschickt, aus Poldevien ausgewiesen und mit einem Aufenthaltsverbot belegt wurde; und Alexander Wladimirowitsch brachte ihr mit einem Hieb seiner Krallen auf dem Hintern eine Narbe bei, die sie ein für allemal ungeeignet dazu machte, die Hortense zu spielen.

Nachdem Gormanskoi ihr den Hintern versohlt hatte, fand er wieder zu sich selbst, fühlte sich von seiner Eifersucht geheilt, schämte sich sogar ein wenig für die Schläge auf den Hintern, wofür er sich bei der echten Hortense entschuldigte, die alles wußte und nichts sagte. (Ich weiß nicht im Augenblick, in dem ich die Druckfahnen korrigiere, ob sie sich letztlich entschlossen hat, dem Prinzen von der Existenz der Falschen Hortense zu erzählen oder es ihm nicht zu verraten.)

Sechsunddreissigstes Kapitel
Das letzte Bad mit Hortense

Ich will damit nicht sagen, das letzte Bad Gormanskois mit Hortense oder bei Hortense oder mit Blick auf Hortense; und vielleicht nicht einmal das letzte Bad des Lesers mit Hortense, wer weiß? Sondern das letzte Bad des Buches. Außerdem handelt es sich um eine Dusche. Warum eine Dusche? Weil eine Dusche, da vertikal, sich besser dazu eignet, den oder die Anwesenden ruhig Blut bewahren zu lassen, was wir in diesem Kapitel, das von schwierigen, gehobenen Fragen handelt, dringend benötigen. Das Bad ist horizontal; Hortense liegt in ihrem Bad; die Bedingungen sind für dieses Kapitel nicht günstig. Wenn der Leser den Anblick Hortenses noch nicht satt hat, kann er entweder in den vorherigen Kapiteln nachschlagen, in denen wir in mehreren Etappen ein vollständiges Bad beschrieben haben, oder sein Gedächtnis spielen lassen, oder im Geiste Hortense unter ihrer Dusche eine zweifache Pi-Rotation in gerader Richtung ausführen lassen, wenn er unbedingt, aus ganz persönlichen Gründen, Hortense horizontal sehen will (er wird sie dann auf dem Rücken liegend wahrnehmen; wenn er sie auf der anderen Seite sehen will, muß die Drehung in der rückläufigen Richtung ausgeführt werden). Sie haben die Wahl *(eine recht gute Beschreibung, wenngleich nicht in ihrem Bad, findet sich in einem anderen Roman des gleichen Autors, ›Die schöne Hortense‹, veröffentlicht in unserem Verlag – Anmerkung des Verlegers).*

Hortense stand unter der Dusche und seifte sich ein, bevor sie sich für den Abend der Machtübergabe in Schloß Eerlosni anzog. Sie seifte sich sorgfältig ein, sorgfältig und genau, wie immer, aber ganz mechanisch, ohne den Erfindungsgeist der Gebärden, die ihr Einseifen für den Prinzen, ihren Geliebten, so anregend machte. Hortense war nämlich beunruhigt, besorgt, am Rande einer schwerwiegenden Entscheidung, die die Ankündigung der baldigen Abreise Ophelias, Lauries und Carlottas noch dringlicher machte. Carlotta hatte darin eingestimmt, ihre Rückkehr in die Stadt um einen Tag zu verschieben, um die Wirkung ihrer Festkleidung beim Neujahrsball in Bruyère-les-Armoriques auf die Poldeven ausprobieren zu können. (Der trägerlose Büstenhalter, der unglücklicherweise zum Verrutschen neigte, mußte passend gemacht werden. »Du hast zu kleine Titten«, sagte Laurie. – »Ich bin so, wie du mich gemacht hast«, gab Carlotta zu Antwort. – »Sie ist sehr gut, wie sie ist«, sagte Ophelia, und versuchte, den Faden zu stiebitzen.)

Die drei Prinzen betraten das Badezimmer. Zusammen mit dem Autor, dem Leser, Ophelia, Alexander Wladimirowitsch und dem Verleger (sieh an, was macht denn der hier?) waren das ziemlich viele Leute für ein einziges Badezimmer; allerdings war es groß. Die Prinzen hatten ihre Zeremonienkleidung angelegt, mit Hexahorn: der eine war rot, ein anderer war blau, ein dritter war grün. Hortense sah sie unfreundlich an. Sie hatte große Lust, zu zweien von ihnen zu sagen: »Hinaus!« (und sie hat fast Lust, zu allen dreien »Hinaus!« zu sagen; ja, diese Lust hatte sie fast), damit nur der bliebe, dem sie die Erlaubnis erteilt hatte, sie unter der Dusche zu sehen; aber welcher war der richtige? Sie spürte die Angst vor den unheilbringenden Ausstrahlungen des Prinzen Augre, der mit Sicherheit unter den dreien war; doch das, was bis zu ihr gelangte, war für eine Gewißheit nicht richtungsweisend genug. Sie spürte, daß Prinz Acrab'm der Gute, der nicht *der* Gute oder Richtige war, sie mit seinen weichen Augen ansah, aber wessen Blick war nun ein weicher Blick? Sie konnte es nicht sagen. Sie hatte zwar durchaus bemerkt, daß die Farbe von Prinz Air'tn das Rot war, die Acrab'ms das Grün, die Augres das Blau, eine heimtückische Farbe. Doch konnte sie sich auf Grund der Mitmöglichkeiten der Welten und ihrer unvorhersehbaren Folgen (für sie) auf dieses Kriterium verlassen? Zwar war da Alexander Wladimirowitsch; ein Blick Alexander Wladimirowitschs, und sie wüßte Bescheid; doch das erschien ihr als ein Zeichen der Schwäche, ihrer unwürdig.

Sie entschied sich also für die *Methode des Partimen.*

Die Methode des Partimen ist im 13. Jahrhundert von Prinz Arnaut Danieldzoi erfunden worden. Es ist eine unfehlbare Methode, um in der Liebe das Wahre vom Falschen zu unterscheiden. Es wird eine Frage gestellt, auf die eine der beiden möglichen Antworten gegeben werden muß; die gegebene Antwort führt die Entscheidung herbei.

»Sie kommen«, sagte Hortense zu dem roten, dem blauen und dem grünen Prinzen, »bei Nacht ins Schloß der Schlange; sie ist ein abstoßendes Tier und Lehnsherrin dieses Schlosses; sie empfängt Euch und bietet Euch den Stolzen Kuß an. ›Wollt Ihr‹, sagte sie zu Euch, ›mir einen Kuß geben?‹ Was antwortet Ihr?«

»Ja«, sagten alle drei, ohne zu zögern.

»Das hätte ich mir ja denken können«, dachte Hortense (warum? Frage des Autors). Sie stellte die zweite Frage:

»Ihr gebt den Stolzen Kuß; die Schlange, die eine von einem bösen Zauberer verzauberte strahlend schöne junge Dame ist, verwandelt sich sogleich in die strahlend schöne junge Dame, die sie wirklich und von Grund auf ist. Und sie sagt zu Euch: ›Ihr habt mich erlöst, ich gehöre euch; es gibt zwei Möglichkeiten; entweder bleibe ich bei Tag in den Augen aller, des Regierenden Prinzen und des Hofes, schön und werde bei Nacht wieder Schlange; oder aber ich bleibe Schlange bei Tag, in den Augen aller, des Regierenden Prinzen und des Hofs, und werde bei Nacht wieder schön, für euch allein.‹ Welche Zeit wählt ihr, damit ich schön bin?«

»Den Tag«, sagte Blau.

»Die Nacht«, sagten Rot und Grün.

»Hinaus«, sagte Hortense zu Prinz Augre, dem Schurken in Blau, der seine eigenen Farben angelegt hatte. »Ihr seid entlarvt.«

Sie duschte sich fertig ab, während der Leser ein letztes Mal ein Auge riskiert *(es wird Ihnen nichts erspart bleiben – Anmerkung des Autors).* Sie stieg aus der Badewanne und schlüpfte in ihren Bademantel.

»Und jetzt zu euch beiden. Prinz Grün und Prinz Rot, sagt eure Meinung mir, welche Wahl man verfechten muß? So stark hat eingenommen kluger Minne für sich   daß er ans Lager kommen   nun ehrt ihn seine Dame so sehr   daß angelegen sie ihm sein läßt das Wählen   ein sanftes Geben und Nehmen und Vögeln beim Anfang oder beim Fortgang   sagt mir welches euer Wunsch ist, wie hättet ihr es lieber, beim Abschied oder beim Kommen?«

»Wenn ich recht verstehe«, sagte der Verleger, »ist die von der Dame vorgeschlagene Wahl ganz einfach die: Entweder vögelt er sie sofort, oder er wartet noch ein wenig; ist das richtig? Man muß klar und verständlich sein; ich denke an den Leser.«

»Wenn man will«, sagt Hortense, »wenn man will.«

Die beiden Prinzen antworteten; ihre Antworten waren verschieden, und Hortense erkannte Gormanskoi *(und was hat er geantwortet?).* Die Wahre Liebe hat immer das letzte Wort.

Alle Prinzen waren zur Zeremonie ins Schloß gegangen. Hortense, der Autor, Alexander Wladimirowitsch, Ophelia, Cyrandzoi, Carlotta und Laurie würden folgen, sobald Laurie fertig wäre.

»Ich bin zwar zu spät dran«, sagte Laurie zum Autor, der auf die Uhr sah, »aber es nützt nichts, mich zu stressen; dann verspäte ich mich nur noch mehr.«

Es bleibt uns noch ein wenig Zeit vor dem Finale. Wir haben alle Hortenses Zögern bemerkt, als die drei Prinzen stürmisch ins Badezimmer gestürmt kamen (dabei hat der Verleger die Gelegenheit genutzt, sich um das zu kümmern, was ihn nichts angeht). Hatte sich Hortense geändert?

Das hatte sie sich während eines ihrer letzten Bäder selber gefragt (das der Leser verpaßt hat, da er gerade ein anderes Buch gelesen hat, bei weitem nicht so interessant wie das unsere. ›Die S …n. d … v … Z …‹, Pech für ihn). »Habe ich mich geändert?« fragte sie sich und betrachtete den Wasserwirbel, der über die Badewanne schwappte. »Bin ich noch dieselbe, die sich gestern in derselben Badewanne gebadet hat? War es dieselbe Badewanne? Obgleich das vollkommen ohne Belang ist; es ist mir egal, ob es dieselbe Badewanne ist oder nicht. Aber ich, bin ich im Begriff, weniger zu lieben, nicht mehr zu lieben? Schüttete ich das Kleinkind der Liebe mit dem Badewasser des Heraklit aus?« dachte sie, immer beunruhigter und immer philosophischer.

Dann ging sie in den Salon, um ganz laut über dieses Problem nachzudenken, wobei sie in eine monumentale Doppelkopfpartie zwischen Laurie, Carlotta, dem Autor, Alexander Wladimirowitsch, Ophelia, Blognard und Arapède (Madame Blognard und Madame Arapède Mutter waren den Leeiff-Turm besichtigen gegangen; Pater Risolnus spielte nie Doppelkopf) platzte. Laurie und Carlotta mogelten und schoben dem Autor, der überhaupt nichts merkte, alle schlechten Karten unter. Alexander Wladimirowitsch begünstigte Ophelia, seine geliebte und endlich wiedergefundene Tochter.

»Wenn ich mir Fragen stelle«, dachte Hortense laut, »sage ich: ich bin ich; aber ist das so sicher? Seid ihr eurer Identität sicher?«

»Ja«, sagten Carlotta und Ophelia zusammen.

»Übrigens«, sagte Carlotta, »Laurie und ich sind keine Poldevinnen; wir sind nur auf der Durchreise; das betrifft uns nicht.«

Laurie sagte, daß sie nicht sicher sei, eine Identität zu haben; infolgedessen stelle sich für sie die Frage nach der Veränderung nicht.

»Und du, Al. Wl.?« sagte Hortense.

Alexander Wladimirowitsch sagte, er sei ein poldevischer Katzen-Prinz und infolgedessen ebenso pyrrhonisch wie byronisch. Alles, was er sagen könne, sei, daß er nicht wisse, ob er rational die Tatsache rechtfertigen könne, daß er der Meinung sei, niemand wisse etwas. Blognard dachte an das Problem, das ihm die Übergabezeremonie stellte, und sagte kein Wort. Pater Risolnus sagte, daß es lediglich eine Frage der Markierung der Polyrhythmen sei; die Rhythmen der wahren Hortense könnten nicht mit anderen verwechselt werden; eine kurze Berechnung der kleinen Wellen beweise es.

Schließlich würdigte Inspektor Arapède die Vortrefflichkeit der Stellung Alexander Wladimirowitschs. Er wies Hortense darauf hin, daß die Hexamitmöglichkeit der poldevischen Welten für die Theorie von der Identität in diesen Welten gewaltige Probleme aufwerfe. Denn Hortense hatte, das war klar, mehrmals die Welt gewechselt und sich mal zu diesem oder jenem Zeitpunkt in mindestens drei verschiedenen Welten befunden. Die Frage, er würde nicht sagen von Lichtenbergs Messer (das sei allzu plump), sondern des Schiffs des Theseus stellte sich vielleicht für sie. Und das bedeutet dies: Beim Übergang von einer Welt in die andere konnte man zum Beispiel in Erwägung ziehen, daß sie, Hortense, unverzüglich in ihre Grundbestandteilchen aufgelöst (unendlich kleine, nach der Robinsonschen Definition, wenn Sie wollen, nicht so wichtig) und ebenso unverzüglich wieder zusammengesetzt wurde.

»Dieses Schiff des Theseus nun«, sagte er zu Carlotta, »wird zu Ausbesserungsarbeiten aufs Trockendock gebracht; die Planken werden eine um die andere entfernt, um sie durch andere, neue zu ersetzen. Theseus kommt, beglückwünscht die Arbeiter der Schiffswerft und fährt wieder hinaus auf die weinreiche See. Doch man hat die Planken des ursprünglichen Schiffs nicht einfach weggeworfen; mit ihnen wird nun, völlig baugleich, das erste

Schiff des Theseus rekonstruiert. Welches ist nun das Schiff des Theseus?«

»Das ist doch genau das, was ich gesagt habe«, sagt Carlotta, »wir sind keine Poldeven; stimmt's nicht?«

Hortense wahrte Widerstand:

»Ich bin ich, und nur ich, immer«, sagte sie, »ich bin als erstes einmal ich; und dann bin ich verliebt; und kein Sophismus, kein skeptischer Katzen-Prinz, kein sextusempirizianischer Polizeiinspektor, kein böser Geist wird mich davon überzeugen können, daß ich zu Unrecht glaube, verliebt zu sein und ich zu sein.

Aber von Poldevien habe ich die Schnauze voll, und wie!«

Zueignung & siebenunddreissigstes Kapitel
Wo der Roman zu Ende geht und jeder wieder seinen eigenen Geschäften nachgeht

Die Menge drängt sich vor Schloß Eerlosni auf der riesigen, tiefliegenden Esplanade in Form einer Halbschale gegenüber dem Eingang zur umgebauten alten Gasfabrik, die aussah wie ein Stapel von sechs mit hexafarbenen Röhren geschmückten Pancakes. In Eerlosni läuft alles über die Zahl sechs, denn es ist das Nervenzentrum Poldeviens, also der Hexarchie, ihrer sechs Welten.

Die Menge eilt hin, um an der Zeremonie der Machtübergabe teilzunehmen. Prinz Airt'n, Erster Mutmaßlicher Prinz, wird auf seinen Onkel und zweiten Ehemann seiner Mutter, den Mißbräuchlich Regierenden Interimsprinzen des Inneren und des Äußeren Poldeviens, Alicius, folgen. Das paßt diesem ganz und gar nicht in den Kram, und er schneidet in seinem gelben Zeremonienkostüm eine Fresse. Das paßt auch nicht dem Prinzen Augre, prächtig in ein blaues Gewand gehüllt, der bei all denen, die nicht zu seinem Lager gehören, Schauder des Ekels hervorruft: Diktator von Poldadamien gegen den Willen der Dynastie und des Volkes, hat er Prinz Acrab'm, in grün, den Bruder und Freund Airt'ns, der wegen seiner unmöglichen Liebe zu Hortense melancholisch von sich hinlächelt, ausgeschaltet. Es regnet nicht; es nieselt nur ein bißchen; die Wolken schubsen sich, um alles zu sehen.

Die Menge der Gäste drängt sich im Innern: da ist der Hof, seine Damen und seine Edelleute, die Verfassungsgremien, die verschiedenen hohen Tiere (aus der theologischen Fauna, dem Finanzzoo, dem Künstlertiergarten, der Journalisten- und Fernsehmeute, dem Wissenschaftsstall, der Arbeiter- und Bauernherde ...). Es war die Crème (de la crème des Handels, der Banken ...) da, es gab die Welt, die Halbwelt ..., die sechste Welt; alles, was in Poldevien und Poldadamien zählt; ferner die ausländischen Botschafter (man erkennt Sir Clerihew, den Vertreter Ihrer britischen Majestät, der mit seiner Gemahlin, einer geborenen Trent, am Steuer seiner Kalesche, einem Bentley, angekommen ist). Alles, was in Poldevien Rang und Namen hat, ist da, alles, was in Poldadamien Rang und Namen hat, ist da: die Katzen, die Ponys, die Schnecken, die Menschen. Man erkennt so viele Leute, daß man überhaupt nichts mehr erkennt.

Die Menge ist buntscheckig, strahlend. Die sechs Farben der Hexarchie, die sechs Farben der sechs Welten, die sechs Farben des poldevischen Regenbogens, das Rot, das Purpur, das Orange, das Blau (puh!), das Gelb und das Grün glänzen überall, auf den Anzügen, auf den Kleidern, im Licht der Kronleuchter, in den von den Dienern gereichten Gläsern.

Der Autor kommt herein, gefolgt vom Leser, der bei dem Versuch, ihn einzuholen, außer Atem kommt. Er reibt sich die Hände, sein Buch ist bald fertig, er wird in Ferien fahren können; er trällert:

»Kommt auf der Seite dann
das Ende des Romans
Heißt's auseinandergehn ...«

Carlotta, Laurie und Ophelia treten in Erscheinung; Gemurmel; zwei Rothaarige auf einen Schlag, was für ein Fest! Laurie hat ihren schwarzen Smoking angezogen, Ophelia ihr zartes helles Fell; Carlotta trägt das Kleid von der Sylvesterfeier in Bruyère-les-Armoriques (Jim Wedderburn hält den Herz-Fänger, für den Fall eines Falles; aber der trägerlose Büstenhalter hält). Auf ihrem Weg schlagen Flammen hoch. Es sind junge Poldeven, die für sie entflammen; nur einige junge Poldeven, nicht alle, das wäre trivial und lästig; einige unterscheidbare junge Poldeven, in der Art Kevin Costner oder ... *(nein!*

ich flehe Sie an, nicht Gregory Peck! Nein!) oder Gregory Peck in einem seiner ersten Filme. Manche entflammen für Laurie, andere für Carlotta; wieder andere für Ophelia.

Alexander Wladimirowitsch ist unsichtbar.

Messrs T. and T. verstecken sich in den Ecken.

Pater Risolnus trinkt und versucht dabei die kleine Ariane zu entdecken.

Inspektor Arapède und seine Mutter, Inspektor Blognard und Madame haben sich in Schale geworfen. Aber Blognard und Arapède machen sich schnell dünne; sie haben zu tun; sie suchen Efhocu, den Polizeipräsidenten von Queneau'stown, auf. Sie haben Vorkehrungen zu treffen.

Carlotta durchquert den Saal und klammert sich dabei an Cyrandzois Hals; sie läßt eine Flammenspur hinter sich.

Hortense kommt herein, schön. Ein Gemurmel erhebt sich: »Die schöne Hortense, die schöne Hortense.«

Die Zeremonie der Machtübergabe beginnt; wir wollen uns die Reden ersparen. Alicius sitzt auf seinem Thron; er scheint sich nicht ganz wohl zu fühlen. Er schaut ganz verstört um sich; er scheint auf ein Ereignis zu warten, das nicht eintritt. Am Fuße des Throns stehen die sechs Prinzen.

Schließlich ist der Augenblick gekommen. Der öckumenische Erzbischof von Queneau'stown nimmt das Zepter aus den Händen des *M.R.I.I.Ä.P.* Er gibt ihm ein Zeichen, vom Thron herabzusteigen. Der zögert, dann findet er sich damit ab.

Der Erzbischof gibt das Zepter Prinz Airt'n.

Der nimmt es mit souveräner Noblesse.

Er steigt die siebenunddreißig Stufen zum Thron hinauf (die beiden letzten sind doppelt).

Er setzt sich drauf. Ein ungeheures Geschrei erhebt sich.

Der neue Regierende Prinz regiert.

In diesem Augenblick ereignet sich wie ein (in der Dauer) unendlich kleiner Mahlstrom ein Chaos, ein Durcheinander; alles verhuddelt sich, vermischt sich, gerät durcheinander, setzt sich neu zusammen. Die Welt wurde verändert. Alle sind wieder wie zuvor, alles fällt wieder auf die Füße,

aber

bei allen Poldeven hat sich die Farbe verändert! (Nur bei den Poldeven; Sie können beruhigt sein, die Rothaarigen sind immer noch rothaarig, und Carlottas Kleid hat sich nicht gerührt.)

Sie werden mir nun sagen: Gut, na und? Na und! Sie sagen zu mir: na und?! Sehen Sie doch selbst:

Blognard, begleitet von Polizeipräsident Efhocu, geht auf die sechs Prinzen zu. Der Präsident wird das schicksalhafte Wort aussprechen: »Prinz Augre, kraft des mir anvertrauten Amtes und im Namen des Regierenden Prinzen verhafte ich Sie«, doch wer ist Prinz Augre? Nichts unterscheidet die sechs Prinzen voneinander als die Farbe ihrer Zeremonienkleidung (und ihr Markenzeichen, die heilige Schnecke auf der linken Pobacke, deren sechs charakteristische Zeichen unterschiedlich angeordnet sind; bloß, auch sie wenden sich mit den Welten). Und diese Farben haben sich geändert! Aber wie? Selbstverständlich weiß es der Polizeipräsident; aber er will sich nicht naß machen; er handelt auf Befehl; dieser Efhocu ist ein falscher Fuffziger. Er dreht sich mit einem zugleich fragenden und heimtückischen Gesicht nach Blognard um.

»Was soll ich tun?«

Blognard könnte Hortense fragen, die die drei jetzt absolut voneinander unterscheiden kann. Er könnte Alexander Wladimirowitsch fragen, der gerade auf seiner Schulter aufgetaucht ist. Aber er hat einen Ruf zu verteidigen.

Um zu verstehen, wie es Blognard, in seinem Genie, anstellt, das Problem zu lösen, muß man drei Dinge wissen: nämlich das erste, das zweite und das dritte.

Das erste ist, daß die Prinzen auf die legalen Antworten Blognards ihrem Wesen entsprechend antworten müssen: richtig, wenn sie *gut* wären; *falsch*, wenn sie *böse* wären.

Das zweite ist, daß Prinz Acrab'm aufgrund seines Abenteuers mit Hortense ein Trauma erlitten hatte und völlig durcheinander war. Und ein Ergebnis dieses Traumas, noch verstärkt durch den Schwindel, den die Veränderung der Welt, die ihn mitten in einem schmerzhaften Erinnern an die schärfsten Reize Hortenses überrascht hatte, bei ihm hinterlassen hatte, war, daß er nicht mehr wußte, *ob er gut oder ob er böse war* (was Alexander Wladimirowitsch gerade Blognard *(was für ein schöner Name für einen großen Detektiv, finden Sie nicht auch? Anmerkung des Autors)* ins Ohr gemurmelt hatte). Doch die andern waren intakt geblieben.

Das dritte, das übrigens nur eine Erinnerung an etwas ist, das Sie wissen müßten, ist die Tatsache, daß die Hierarchie in der Hexarchie *den Rang N° 1 dem Regierenden Prinzen Airt'n gab, den niedrigeren Rang N° 3 Prinz Acrab'm und den noch niedrigeren Rang N° 4 Prinz Dämon Augre.*

Sie sind nun im Besitz aller Elemente. Blognard wandte sich an die drei Prinzen und bat die andern, sich zu entfernen; es blieben *Der Purpurfarbene Prinz, der Orangefarbene Prinz und der Grüne Prinz.* Dann bat er Carlotta zu sich (eine Logikübung ist für eine Oberprimanerin mit Wahlfach Mathematik immer gut).

Frage Blognards an die drei Prinzen:

a) Hat der Purpurfarbene Prinz einen höheren Rang als der Orangefarbene Prinz?

b) Hat der Purpurfarbene Prinz einen höheren Rang als der Grüne Prinz?

Antwort des Grünen Prinzen auf die Frage a): Nein.

Antwort des Orangefarbenen Prinzen auf die Frage b): Ja.

Blognard fragte Carlotta: »Welcher ist Acrab'm?«

Carlotta sagte es ihm ins Ohr; es war richtig.

Blognard sagte darauf zu Carlotta: »Und wenn ich jetzt den Purpurfarbenen Prinzen fragen würde, welcher der beiden Prinzen, der Grüne oder der Orangefarbene, den höheren Rang hat, was würde er antworten?«

Carlotta sagte es ihm.

Blognard drehte sich schließlich nach dem Grünen Prinzen um und stellte ihm die dritte und letzte Frage.

c) Ist einer von Ihnen böse?

Und der Grüne Prinz antwortete: »Ja.«

Es war vorbei. Blognard und Carlotta wußten Bescheid. Hortense wußte schon längst Bescheid. Alexander Wladimirowitsch hatte schon immer Bescheid gewußt. Der Autor hoffte, sich nicht geirrt zu haben. Und der Leser?

Wie dem auch sei, Polizeipräsident Efhocu trat auf den Verbrecher zu und sagte zu ihm:

»Prinz Augre, kraft des mir anvertrauten Amtes und im Namen des Regierenden Prinzen verhafte ich Sie.«

Doch die Verhaftung fand nicht statt. Auf ein unmerkliches Zeichen Augres hin traten die Komplizen, die er an den sechs Ecken des großen Saals aufgestellt hatte, in Aktion. Mit Wasserbomben, Stinkbomben und Juckpulver. Gleichzeitig losgelassene Flöhe und Bremsen wurden jeweils mit den Katzen und den Ponys fertig. Die Eingreifbrigade der Schnecken kam zu spät. Die Verschwörer wurden ziemlich schnell Herren der Örtlichkeiten. Es war ein Staatsstreich, und er war gelungen.

Man begriff jetzt, was Alicius auf seinem Thron erwartete; denn der Staatsstreich hätte *vor* der Machtübertragung stattfinden sollen; doch Alicius war von Augre angeschmiert worden. Er fühlte sich auf einen Schlag um mindestens dreiundzwanzig Jahre gealtert. Er würde von nun an nur noch den Titel Ex-Regierender Prinz tragen.

Doch seine Frau Gertrude tröstete ihn. Sie würden sich auf eine Insel zurückziehen; sie würde ihre Memoiren schreiben; er würde für sie kochen. Er war darüber völlig getröstet, und wir können ihn jetzt verlassen.

In dem Durcheinander des Staatsstreichs wurden Ophelia, Carlotta und Laurie von Hortense getrennt. Kurz darauf im Palast verhaftet, in den weder Hortense noch der Prinz zurückgekommen waren, wurden sie gleichzeitig mit den Blognards und den Arapèdes, Jim Wedderburn, dem Leser und dem Verleger *(sieh an, was macht denn der da?)* höflich, aber bestimmt in das erste Flugzeug des nächsten Tages in Richtung Stadt gesetzt, in die sie müde, aber glücklich, das Ende ihrer Abenteuer zu sehen, zurückkehrten.

ENDE

Nach-Ende

Ich bitte vielmals um Entschuldigung, ich vergaß ganz, Ihnen zu sagen, was aus Hortense, ihrem Prinzen, Cyrandzoi, Alexander Wladimirowitsch, einer Schnecke, deren Namen wir verschweigen, und dem wieder gut gewordenen Prinzen Acrab'm geworden ist.

Einige Tage nach dem Staatsstreich des Prinzen Augre, der die legitime Regierung der Hexarchie gestürzt hatte, hielt eine von sechs starken Rennpercherons gezogene Kalesche bei Anbruch der Nacht vor einem abgelegenen Weingut der poldevischen Garrigue, im Norden von Villeverte-la-Crémade. Ihr entstiegen unsere sechs des Landes Verwiesenen, unsere Flüchtlinge, die der auf ihre Verfolgung angesetzten Geheimpolizei des Usurpators Prinz Dämon zu entkommen versuchten. Sie kamen, versehen mit britischen Pässen (fünf falschen und einem echten), ausgestellt von Sir Clerihew, dem Botschafter Ihrer Majestät, um eine unsichere und vorübergehende Zuflucht bei des Prinzen alter Amme zu suchen, die sich an diesen Ort zurückgezogen hatte. Als Hortense aus der Kalesche stieg, stützte sie sich auf den Arm Gormanskois; sie hatte ihm sehr gern seine Eifersucht verziehen; sie brach von neuem, aber liebesbedingt, in eine unsichere Zukunft auf, die jedoch, und dazu war sie fest entschlossen, weit, sehr weit von Poldevien entfernt läge.

Im Hof des ländlichen Anwesens sang ein kleines Mädchen:

> »Warum hast du dich angemalt, o Philaminte du,
> Warum hast du dich angemalt, das sieht entsetzlich aus,
> Ich mag dich gar nicht so, als eine bunte Kuh

Dein Haar das mocht ich mehr, als es noch nicht so kraus.«

Und Gormanskoi fühlte sich überwältigt von Erinnerungen.

Die alte Amme kam trotz ihres Rheumas persönlich, um sie zu empfangen. Ein gutes Rebholzfeuer brannte in dem rustikalen Kamin. Sie sagte allen höflich guten Tag, küßte Hortense viermal auf die Wangen (links rechts links rechts), schloß Gormanskoi fest in ihre Arme (sie verwechselte ihn keine Sekunde mit Acrab'm; sie schien nicht einmal eine Ähnlichkeit festzustellen).

»Wie groß du bist, mein Kleiner«, sagte sie, »ich würde nach dir keine Feigen mehr pflücken wollen!«

(Dies ist ein neuer Beweis, falls es eines solchen noch bedurft hätte, für die tiefreichende Verwandtschaft zwischen Poldevien und Okzitanien, wo diese Bemerkung ein Brauch ist.)

Man begab sich zu Tisch. Man aß eine Eskudeyedzaia mit den sechs stärkehaltigen Nahrungsmitteln: Polenta, Reis, Kartoffeln, Teigwaren, Saubohnen, weiße Bohnen. Die Amme machte sich Sorgen um ihren Appetit.

»Eßt! Eßt! Ihr braucht Kräfte, um diesen Banditen zu entkommen; ach, die Kleinen genieren sich! Alexander Wladimirowitsch, leg deine Pfoten nicht auf den Tisch. Cyrandzoi, deine Hufe!«

Die Schnecke fraß ihren Fenchel.

Später nahm man Kerzenleuchter und zog sich in die großen, frischen, nach Lavendel und Thymian duftenden Betten zurück. Man schlief beim Geräusch des Windes in den Holzläden ein.

Am Morgen mußte man sehr früh, noch vor Sonnenaufgang, weiter; die Schergen Augres waren ihnen auf der Spur. Wir werden sie hier verlassen; mit der Hand winken wir »auf Wiedersehen«, wir sehen die Schnecke, die auf die hintere Scheibe klettert; sie wird uns mit dem linken Fühler ein kleines Adieu zuwinken; und die

Schnurrhaare Alexander Wladimirowitschs, sein Lächeln, das er uns bei der Abfahrt zurückläßt, um uns zu beruhigen; wir werden zuschauen, wie sich die Kalesche in der zu Ende gehenden Nacht entfernt und die mit Zypressen bestandene Anhöhe hinaufklettert; dem Hügel entgegen, den Bergen, der nahen Grenze. Wir werden uns wieder ins Bett legen, schön im Warmen.

(Werden sie eingeholt und gefangengenommen werden, werden sie entkommen? Das werden Sie erfahren, wenn Sie die Fortsetzung dieser Abenteuer in ›Lady Hortense‹ lesen; der Leser hat den Autor noch nicht eingeholt, peng!)

Und das ist das endgültige Ende.

Inhalt